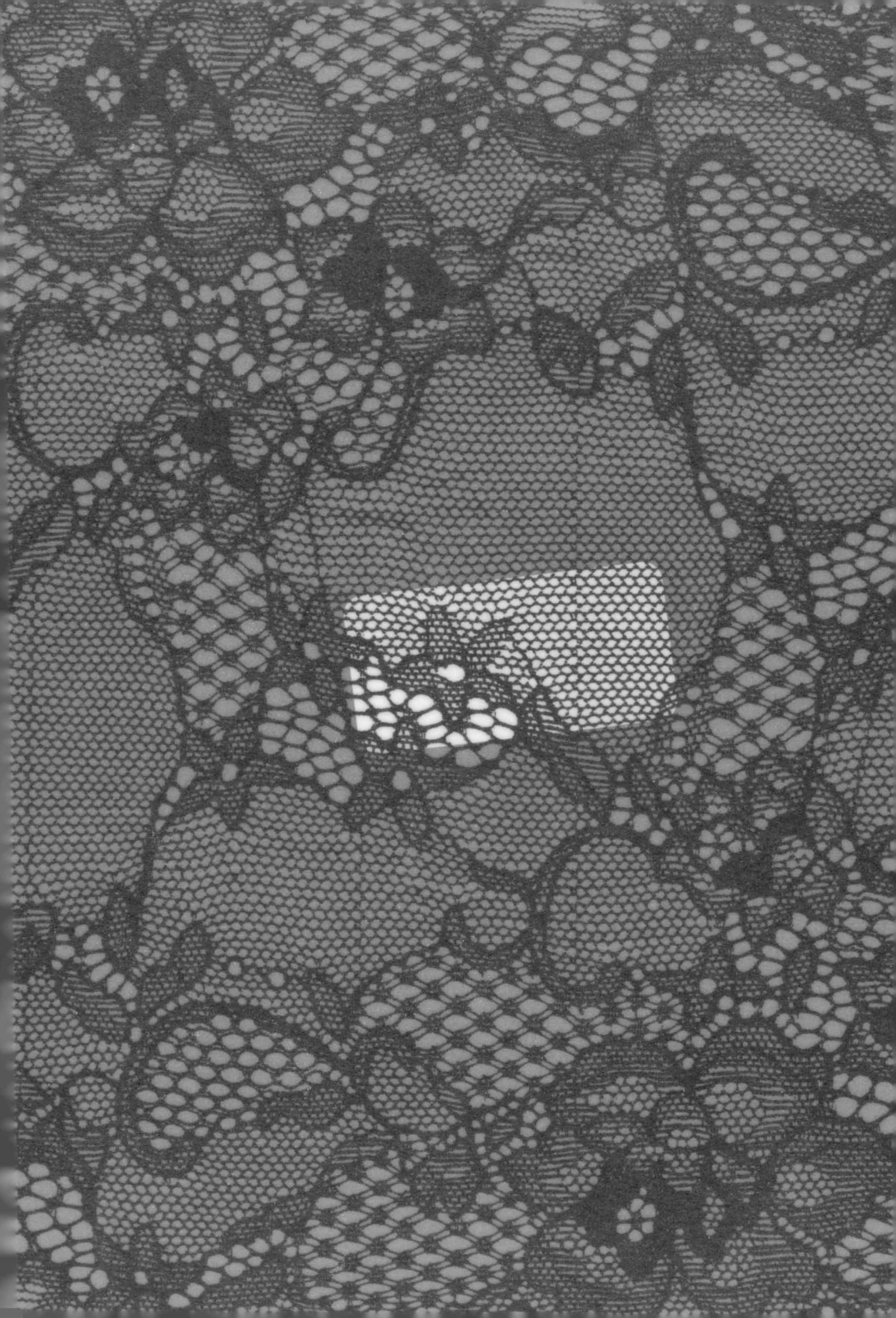

危險維納斯

東野圭吾——著

王蘊潔——譯

推薦序——

非親無愛？唯愛能親。

（本說明涉及情節設定，請務必在看完全書後再行閱讀。）

作家．編劇／游善鈞

或許是由於養兒防老的觀念，東方人對於血緣有著格外強大——甚或可以說是扭曲的執著。

認為唯有血濃於水、斬不斷的關係，才能真真正正將兩個個體緊密束綁在一塊兒：或曰義務，或曰責任。

《危險維納斯》一作以三個謎題糅為主軸：首先以手島伯朗同母異父的弟弟矢神明人失蹤之謎破題，隨之帶出母親禎子死於老家浴室的陳年命案，最後則是企圖尋回生父一清過世前所創作的那幅散發著異樣氛圍的碎形圖（Fractal）。

主角手島伯朗是一名獸醫，其母在潦倒畫家先生病逝後，帶著年紀尚幼的小伯朗嫁入當時富甲一方、家族關係複雜的矢神家。不久，誕下矢神明人。弟弟出生不久，伯朗面臨一個困難的問題：到底該不該改姓矢神？困難的，不僅僅是遺產的繼承資格，更攸關父親的「價值」——母親改姓矢神，要是如今連自己也捨棄手島一姓，這樣一來，手島一家就真的從世界上消失了。彷彿一清根本不曾存在過。

最終，伯朗選擇保留原本的姓氏，手島。

而這樣的決定，也讓他在母親意外死去後，和矢神家漸行漸遠，再無瓜葛。

直到多年後的現在——

自稱明人之妻的謎樣女人楓出現在伯朗面前，帶來震撼的消息：明人下落不明。於是，前半生想方設法和矢神家劃清界線的伯朗，不得不又再度踏入那座冰冷空闊的大宅。而後才慢慢發現，自己當初的逃避，實際上只是不願意面對彼時的諸多疑點，害怕一旦揭穿，那過於沉重的真相將是所有人都無法負荷的。

人類的極限究竟在哪裡？一直以來都是創作者所關心的議題。

本作提出的兩大主題之一即為：人可不可以跨進神的領域？

而和大多數作品相同，答案是——人可以進步，但不可以進化。

至於另一個主題，則能以電影《我的希臘婚禮》（*My Big Fat Greek Wedding*）裡頭一句令人印象深刻的台詞當作開場白——「Don't let past influence you, make past be part of your future.」意思是：不要讓過去影響你，要讓過去成為你未來的一部分。

乍看之下，《危險維納斯》是一篇是尋人解謎破案的懸疑故事。

但除了情節表面的劇情張力外，作者其實試圖傳達的是對於親情的追索探問。

伯朗之所以選擇獸醫，是因為小時候在醫院目睹繼父康治所做的「那件事」——可以說是反抗，然而，也未嘗不是一種補償、贖罪。或者用更東方一點的說法：消除業障。

血緣也好，天分也罷，伯朗因為自卑而刻意疏遠天才弟弟明人，甚至因此險些錯失母親死亡的緣由。

英國詩人約翰．多恩（John Donne）曾言：沒有人是一座孤島（No Man is an Island）。

生而在世，親情、友情、愛情……任何形式的感情，是每個人或多或少的渴望。

看似與世隔絕和他人保持彬彬有禮距離的伯朗內心深處當然有著相同的盼求。而這也正是為什麼助手蔭山元實會一語點破伯朗「不擅長掩飾自己對於一個人的喜歡」。他的情感始終有一個巨大的空缺，先是父親，接著是母親，最終，是弟弟。每一個情感的落空，都是累加。把心口的洞鑽得更深。

而後，伯朗對於「姓氏」所作出的決定，是歷經了這段旅程後所得到的和解方式。

從此以後無論為誰而活，至少這一刻，他終於能夠放過自己。

關於碎形圖，小說中，楓有這麼一段解釋：「仔細觀察撕成小塊的花椰菜，和撕下之前幾乎一樣。即使撕成更小塊，放大觀察後，還是和原來的樣子一樣。」由此可知，碎形圖的定義是——一個粗糙或零碎的幾何形狀，可以分成數個部分，且每一部分都是整體縮小後的形狀。

這不僅僅是貫穿整部小說的謎團之一，更是重要的意象——每一部分都是整體縮小後的形狀。

你中有我，自我而來。

這就是親人。

危険なビーナス

KEIGO HIGASHINO

I

這天的第二個病患是一隻棕色虎斑公貓。雖然明顯是雜種貓，但從臉型來看，應該有少許阿比西尼亞的血統。牠看到伯朗，似乎察覺到危險的氣氛，發出嗚嗚的低吼聲。這種時候伸手就是愚蠢的行為，貓咬人的速度迅雷不及掩耳，如果手指的關節被咬到，就會腫得一個星期都沒辦法工作。

「不用怕，」伯朗對貓說，「我不會做什麼，只是檢查一下。」

「不好意思。」抱著貓的女人向伯朗賠不是。雖然她看起來年輕，但實際年齡應該有三十五、六歲了。黑色的長髮很襯那張瓜子臉，應該算是美女。雖然伯朗很想問她是不是單身，但蔭山元實在旁邊，所以只能拚命忍耐。這個三十歲左右的女人也是冰山美人，而且她的言行比外表更毒舌冷酷，一定會說「如果客人告你性騷擾，你絕對輸慘了」。

貓似乎稍微平靜了些。「蔭山，」伯朗叫著助手，「妳把貓抱起來。」

「好。」蔭山元實用沒有感情的聲音回答，向飼主的女人伸出雙手，女人戰戰兢兢地把貓遞給她。即使被第一次見面的女助手抱在手上，貓也很安靜。

「把屁股給我看。」

聽到伯朗這麼說，蔭山元實皺了一下眉頭，但還是默默把貓放在診察台上，把屁股對著他。

「原來是這樣。」伯朗小聲地說。貓的肛門旁有裂傷，這是很常見的現象。

「肛門囊破裂了。啊，妳知道肛門囊嗎？」

飼主的女人聳肩點了點頭。

「我上網查了，好像會分泌有臭味的分泌物。」

「沒錯沒錯。」伯朗說。網路真方便，多虧了網路，不需要他向一個外行從頭說明。

「肛門囊中有肛門腺，會製造分泌物。有一個將這種分泌物排出體外的小洞，當這個小洞堵塞，肛門囊就會鼓脹起來，最後就會破裂。為了預防這種情況，必須定期為牠擠肛門腺，妳應該沒有幫牠擠吧？」

「對不起。」女人滿臉歉意地小聲回答。

伯朗搖了搖頭。

「大部分人都沒有擠，很多貓不擠也沒問題。如果分泌物比較清爽，就不容易造成阻塞，只是這孩子需要擠。這次破裂的那一側，最後應該會用手術切除，但左右兩側都有肛門囊，所以要小心避免另一側也破裂。」

「我會注意，但要怎麼幫牠擠？」

「這個等下再教妳，要先治療破裂的肛門囊。」伯朗指著貓的屁股說。

伯朗將貓的患部周圍麻醉後，蔭山元實拿著電動剃刀，開始為貓剃毛。伯朗看著漸漸露出的粉紅色皮膚，思考著手術的步驟時，櫃檯的電話響了。他皺著眉頭，輕輕咂了咂嘴。雖然平時都由蔭山元實負責接電話，但她目前分身乏術，默默地繼續剃毛。

伯朗打開門，走進櫃檯，接起了響個不停的電話。「你好，這裡是池田動物醫院。」電話彼端傳來倒吸一口氣的聲音。

「請問那裡有沒有一位手島伯朗先生？」一個女人的聲音快速問道，聽聲音似乎很年輕。

「我就是手島。」伯朗回答。

「喔，賓果！」對方輕輕叫了一聲。

「啊？」

「啊，對不起，我叫矢神楓。」

「矢神？那個矢神嗎？」

「對，就是那個矢神。」

雖然伯朗對矢神這個姓氏很熟悉，但並不知道「楓」這個名字。

「請問是哪一位矢神？」

「矢神明人的矢神。」

「我弟弟？」

「對，我是明人的太太。哥哥，很高興認識你。」對方很有精神地向他打招呼。

他握著電話的手忍不住用力，「原來那傢伙結婚了……」

「我們去年年底辦了婚禮，明人當時說，過一陣子會通知你，看來他還沒有和你聯絡。他這個人就是這樣，雖然超聰明，但對優先順位比較低的事就很馬虎。」

看來對明人來說，把結婚的事通知哥哥似乎是屬於優先順位很低的事。

這也難怪。伯朗心想。假設自己結了婚，恐怕也會拖很久才會通知明人。雖然他完全沒有結婚的打算。

「恭喜。」伯朗說話時，發現聲音聽起來很言不由衷，「我會送禮，請問要寄去哪裡？」

雖然他們兄弟關係疏遠，但聽到弟弟結了婚，總不能完全沒表示。他拿起放在一旁的便條紙。

「啊，你不必客氣了，我們一律沒有收禮。」

「喔，是喔。」

伯朗把便條紙放了回去。既然對方說不要，自己沒必要堅持。

伯朗回頭看著診察台，蔭山元實已經為貓剃完了毛，和飼主的女人都用狐疑的表情看著他。

「我知道了，謝謝妳通知我你們結婚的事，祝你們幸福。」

伯朗結束對話，正打算掛上電話，卻被對方打斷了，「啊，等一下。」

「還有什麼事嗎？」

「因為我還沒有說重要的事。」

「還有重要的事？我正在工作，病患在等我。」

「對不起。你不知道我們結婚的事，代表最近並沒有和明人聯絡嗎？」

「不要說最近，我們已經有好幾年沒聯絡了。」

「是嗎？果然是這樣。」對方前一刻還很有精神的聲音似乎有點沮喪。
「明人怎麼了嗎？」
「對。」她停頓了一下，似乎讓心情平靜，「明人下落不明，已經好幾天沒回家了。」

2

伯朗的父親手島一清生前是一名畫家，但伯朗對父親幾乎沒什麼記憶。因為父親在他五歲時就去世了，聽母親禎子說，他是個沒沒無聞的畫家，他的畫完全賣不出去。

當時擔任護理師的禎子一肩扛起了手島家的生活，那時護理師都叫護士。除了畫畫以外一無是處的一清當然也完全不會做家事，工作之餘還要當家庭主婦的禎子想必很辛苦。

他們認識的地點就在禎子任職的醫院。禎子看到因為盲腸炎而住院的一清在病床上畫的畫，忍不住主動對他說話。

「我第一次看到你爸爸的畫時，覺得他一定會出名，會成為一名成功的畫家。沒有眼光真是太可怕了。」

雖然禎子這麼說，但她說話的神情開朗而愉快。聽說她不顧周圍人的反對，嫁給了沒沒無聞的畫家，之後似乎也沒有為這件事感到後悔。

他們在結婚第三年生了孩子，禎子為兒子取了伯朗這個名字。「畫伯」在日文中是大畫家的意思，禎子從和丈夫無緣的「畫伯」中取了「伯」這個字，又結合巨匠畢卡索的名字

「巴勃羅」，取了發音和「羅」字相同的「朗」，變成了「伯朗」。禎子滿不在乎地對伯朗說，當時有點自暴自棄，亂取了這個名字。

伯朗對父親幾乎沒什麼記憶，只記得他在當時租的房子二樓畫畫。那棟房子很小，走上樓梯打開拉門，就可以看到父親削瘦的背影坐在巨大的畫布前。

他那時候在畫一幅很奇妙的畫。如今當然無法明確回想起來，只記得好像圖形，又好像只是花紋，盯著那幅畫，感覺會頭暈。

他記得曾經問父親在畫什麼。父親轉頭看著他，露出意味深長的笑容說：「爸爸也不知道。」

「你在畫自己也不知道的東西嗎？」

「我在畫自己也不知道的東西，不，應該是有人要我畫。」

「誰？」

「不知道，可能是老天爺。」

伯朗對是否真的曾經和父親有過這些對話完全沒有自信，也許是經過多年的歲月後經過篡改的記憶。畢竟已經是三十三年前的事了。

那幅畫最後並沒有完成。

他之前就隱約知道父親生病了。因為他除了畫畫的時間以外，幾乎整天躺在床上，有時候趴在床上抱著頭。

父親在寒冷的冬天早晨離開了人世。他看起來像睡著了，禎子站在他身旁打電話。或許是因為護士的職業關係，禎子並沒有慌亂，說話的聲音也很平靜。不一會兒，聽到一陣鳴笛聲，救護車到了，但並沒有把一清帶走。八成確認他已經死了。

伯朗不太記得一清的葬禮。聽禎子說，開始誦經時，伯朗就睡著了，被帶去另一個房間，然後一直睡到晚上。

伯朗在讀小學後得知了父親的病名。禎子告訴他，父親得了腦癌。伯朗之前就知道癌症是可怕的疾病，得知父親的腦袋得了癌症，感到驚訝不已。想起父親抱著頭的樣子，忍不住感到害怕。

父親在伯朗兩歲的時候發病，他經常說頭痛，禎子帶他去任職的醫院做了精密檢查後，發現了惡性腫瘤。但腫瘤長在很難動手術的部位，醫生說：「我們一起來考慮如何讓病人度過幸福的時間。」也就是說，根本無法動手術。

伯朗記憶中的父親一清是在知道自己死期的情況下過日子，禎子也一樣，面對著丈夫隨時可能倒下的狀況。但是，伯朗和父母在一起時從來沒有感受到這種陰沉。不光是一清本人，禎子也努力開朗地度過一家三口所剩不多的時間。伯朗至今想到這件事，仍然感到難過不已，為一無所知的自己感到羞愧。

窮畫家沒有任何遺產，但壁櫥內有好幾幅賣不出去的畫，伯朗也看過幾次。大部分都是筆調細膩的靜物畫，可惜沒有任何作品能夠打動伯朗，只有父親最後畫的那幅未完成的畫令他格外印象深刻。

聽禎子說，一清是在得了腦癌的兩年後開始畫那幅畫。之前他擅長的是靜物畫，卻突然開始畫那幅抽象畫。禎子說，她也不知道其中的原因。

「可能知道自己來日不多，所以有了什麼靈感吧，畢竟他也是藝術家。也可能他在死前想要畫一幅和之前作品完全不同的畫。」

伯朗告訴母親，父親說自己也不知道在畫什麼，也許是老天爺要他畫的。母親點了點頭說，也許是這樣。

父親去世後，手島家的生活並沒有太大的改變。因為原本就是禎子在養家，少了一個人，在經濟上可能反而更輕鬆了些。伯朗本身並沒有感到任何不自由。

禎子上班的時候，伯朗都去附近的阿姨家。阿姨順子和姊姊不同，是家庭主婦。雖然住的房子並不大，但是一棟純日式的獨棟房子。順子比禎子更早結婚，手島夫妻之所以會選擇在妹妹家附近租屋而居，是因為順子直覺地認為「這樣日後會比較方便」。姊妹兩人從小感情就很好，結婚之後，兩家人似乎也經常來往，有好幾張伯朗嬰兒時期在阿姨家拍的相片。順子夫婦沒有孩子，不知道是否因為這個原因，所以都很疼愛伯朗。

伯朗也不討厭去阿姨家，相反地，他很期待阿姨烤的餅乾和蛋糕，每天放學都一路跑去阿姨家。

順子的丈夫憲三是「大學老師」，他個子不高，留著一頭長髮，伯朗一直不知道他教什麼，升上中學之後，才知道他是數學教授。

憲三很少在家，偶爾見面時，就會教伯朗很多事。當班上有四十個學生，如果有兩對同學的生日同一天是很正常的這件事，也是姨丈告訴他的。他原本不相信，查了一下之後，發現果然沒錯，伯朗小學一年級班上有三對同學的生日相同。

「人的感覺很不可靠，所以千萬不能賭博。即使自以為贏了，但越賭，最後一定會輸。」

憲三喝著他最愛的啤酒，對伯朗說了這些話，一清生前身體健康時，他們經常一起喝酒。除了阿姨和姨丈以外，伯朗還經常和住在禎子娘家的外婆見面。外婆獨自住在西東京一個名叫小泉的地方，對伯朗這個長孫疼愛有加。伯朗用空氣槍把紙拉門和隔扇打得滿是破洞，還打中了佛壇上的裝飾，把佛壇內打得亂七八糟。外婆完全沒有罵他，只是叮嚀他，不能對著人射擊。

一清的父母很早就離開人世，所以他們和父親家的親戚幾乎沒有來往。伯朗曾經聽禎子對順子說：「那些親戚當然也不想和我們孤兒寡母有什麼牽扯，怕萬一我開口向他們借錢就慘了。」

伯朗失去父親後的生活環境大致就是這樣，說起來，每天的生活和之前並沒有太大的變化，悲傷漸漸淡薄，也很少想起父親。他甚至覺得也許一開始，自己就並沒有太難過。

有一天，他像往常一樣去阿姨家，發現阿姨為他準備了新衣服。那是一件白襯衫和灰色短褲，還有一件藏青色的外衣，完全就是現在所說的「面試服裝」。

這套衣服也的確是為了「面試」所準備的。

他換上新衣服在阿姨家等候，傍晚時，禎子來接他。伯朗看到母親，忍不住有點驚訝。因為母親平時都只穿牛仔褲，那天穿了裙子。不知道是否去了髮廊，頭髮也吹得很漂亮，經過仔細化妝的臉比平時看起來年輕了好幾歲。

「今天晚上我們要在外面吃飯。」走出阿姨家後，禎子對他說。

「要吃拉麵嗎？」伯朗問。因為他們每次在外面吃飯，不是吃拉麵，就是吃烤肉。

「不是，今天可以吃很多更好吃的東西。」

母親又接著說：

「因為還有另一個人要和我們一起吃飯。雖然你不認識他，但不必在意，只要有禮貌地打招呼就好。」

「是妳的朋友嗎？」

「嗯，」禎子有點吞吞吐吐，「不能算是朋友，但你今天這麼認為應該也沒問題。」最後，母親又簡短地補充說：「是一個男人。」

伯朗聽到這句話，立刻感到坐立難安。那種感覺，就好像正在玩熟悉的遊戲，卻突然被告知遊戲規則更改了。近似不安和焦慮的感情在他內心擴散，等一下會有什麼事發生，這件事將改變我們的生活——他沒來由地產生了這樣的預感。

母親帶他來到一家天花板很高的餐廳。餐廳的地板擦得很亮，鋪了白色桌布的桌子上放了插有鮮花的花瓶。每張桌子旁都坐著看起來很高雅的大人，一臉穩重的表情談笑風生，就連伯朗也可以一眼就看出他們是「有錢人」。這家餐廳就是這種人出入的地方。

伯朗當然是第一次踏進這種餐廳，服務生為他們帶位，他躡手躡腳地跟在母親身後。他們跟著服務生來到和其他客人隔離的房間，那裡是包廂。

一個男人等在那裡，他穿著看起來像是黑色的西裝，身材魁梧。他站了起來，對伯朗露出溫和的笑容打招呼說：「你好。」

「你好。」伯朗也向他打招呼，但不敢看他的眼睛。

伯朗完全不記得那天晚上吃了什麼。聽禎子說，那天吃的是法國料理，伯朗吃的是為兒童準備的特別餐，但他完全沒有記憶，只記得那個男人問了很多關於自己的問題，禎子逐一回答。不，還有一件事，禎子雖然不時露出緊張之色，但臉上的表情自始至終都很開朗，令他印象特別深刻。

那個男人姓矢神，當時並沒有告訴伯朗他的名字。

幾天後，伯朗一如往常地在放學後去阿姨家。在吃阿姨做的戚風蛋糕時，順子問他：

「上次怎麼樣？」

伯朗不知道阿姨在問什麼，所以阿姨又說：

「你不是和矢神先生一起吃飯嗎？開心嗎？」

「阿姨，妳認識那個人嗎？」

「只見過一次。怎麼樣？開心嗎？」

伯朗搖了搖頭，「一點都不開心，他們兩個大人一直說話。」

「啊哈哈，」順子笑了起來，「原來是這樣，難怪你會覺得無聊。」阿姨說完，露出嚴肅的表情問：「你覺得矢神先生怎麼樣？」

「什麼怎麼樣？」

「就是你感覺他人好不好。」

「我怎麼知道？我才見過一次而已。」

「但是，你並不覺得他是壞人，對不對？他看起來是不是很溫柔？」

阿姨顯然期待聽到肯定的回答，但伯朗還是堅稱「不知道」。事實上，他的確不知道。

不久之後，又有機會和矢神先生一起吃飯，這次要吃烤肉。不知道是否因為吃烤肉的關係，伯朗只穿平時的衣服，禎子也沒有特地去髮廊吹頭髮，但和上次一樣，臉上的妝很濃，而且也穿了裙子。

矢神先生的衣服和之前差不多，但沒有繫領帶。他脫下上衣，挽起襯衫袖子，為伯朗和禎子烤肉。

「你不是喜歡吃五花肉嗎？多吃點，小心別烤焦了。你看，這塊已經可以吃了。」他這麼說著，把烤好的肉放進伯朗的盤子裡。

伯朗很愛吃烤肉，所以他專心吃肉，心想反正他們一定會自顧自說話。沒想到矢神先生主動找他說話。

「伯朗弟弟，聽說你很喜歡琴風？」

伯朗停下了準備把五花肉送進嘴裡的手，看著矢神先生的臉。他怎麼會知道？八成是媽媽告訴他的，但為什麼現在問自己這個問題？他內心充滿警戒，輕輕點了點頭。

琴風豪規——他是相撲力士，以壓低姿勢的「猛搖力推技」為武器，幾乎就靠這一招一路成為大關。伯朗是因為覺得他的暱稱叫「Peko醬」很有趣，在調查之後發現，他是一個不屈不撓的力士，曾經克服了好幾次重傷重新站起來，所以更想要支持他。

「下次要不要去看相撲，你可以在升席為琴風加油。」

伯朗那時候剛知道「升席」這個名詞不久。那是相撲比賽土俵周圍的觀眾席，但沒有椅子，而是在隔成四方形的空間鋪上坐墊，大家都坐在上面觀賽。當比賽結果出乎意料時，在土俵上亂飛的就是升席的坐墊。

「可以買到票嗎？聽說很熱門，很難買到票。」禎子問。

「只要託朋友就沒問題──怎麼樣？要不要去看？」矢神先生再度問伯朗。

伯朗看著禎子。他之前從來沒有現場看過相撲比賽，雖然很想去看，但不知道能不能老實回答。

「你想去嗎？」禎子問，伯朗覺得她問話的語氣中，帶著「你可以實話實說」的語氣。

「嗯。」伯朗回答。矢神先生聽了之後立刻說：

「好，那就這麼決定了，我會馬上安排。這個時間剛好，你應該也知道，國技館要改建了，我打算在改建之前，去看一下目前的國技館。別看我這樣，我也很愛相撲。」

「你喜歡誰？」伯朗問，這是他第一次主動向矢神先生發問。

「以前只支持北之湖，但現在有點變了。」矢神先生微微偏著頭，「因為他現在已經不像以前那樣強得讓人牙癢癢了，現在支持千代富士，他很強，而且會更強。」

伯朗聽到他支持千代富士，心裡有點不是滋味。因為琴風完全不是千代富士的對手，從來沒有贏過一次。

即使如此，伯朗還是稍微對矢神先生敞開了心房。

第一次相撲觀賽充滿興奮。矢神先生似乎真的是相撲迷，告訴伯朗很多相撲知識。尤其琴風的師父琴櫻升上橫綱的關鍵一戰，就是用喉輪把千代富士的師父北富士推下土俵而獲勝，讓痛恨千代富士的伯朗感到痛快。矢神先生應該特別準備了這個故事讓伯朗開心。

之後，伯朗跟著禎子定期和矢神先生見面。矢神先生的全名叫矢神康治，伯朗好幾次聽禎子叫他「康治」。

看相撲比賽很開心，但如果只是純吃飯，伯朗就覺得很無趣。兩個大人似乎察覺了伯朗的心思，經常帶他去看煙火或是棒球比賽。這些經驗都很新鮮，但無法和去東京迪士尼樂園帶給他的強烈衝擊相比。據說當時很難買到迪士尼樂園的門票，不知道矢神先生用了什麼方法，買到了三張門票。

在東京迪士尼樂園的那一天簡直就像在做夢，所看到的一切、聽到的一切和摸到的一切都華麗優美，充滿了驚訝和感動。每次想起那一天，就忍不住興奮不已，有好幾天都興奮得睡不著覺。

他漸漸開始覺得，矢神先生是很厲害的人。

禎子不知道是否察覺了兒子的心境變化，有一天晚餐時對他說：「我有很重要的事要告訴你，你要聽嗎？」

伯朗點點頭，心想一定是矢神先生的事，同時覺得該來的終於來了。

「爸爸離開已經三年了，爸爸走了之後，只剩下我們兩個人，你有沒有覺得痛苦的事？」

伯朗偏著頭。他想了一下，但沒想到任何痛苦的事。

「你的同學不是都有爸爸嗎？你看到他們有爸爸，難道不覺得羨慕嗎？」

伯朗搖了搖頭。他並沒有說謊，他向來覺得自己並不是沒有父親，只是父親死了。

「是喔。」禎子垂下雙眼後，再度抬起頭。

「媽媽打算讓矢神先生代替你的父親，矢神先生也說，如果可以，他也希望這麼做。老實說，媽媽和矢神先生想要成為一家人，但如果你不願意，我們就會放棄，因為我不希望勉強你。你覺得怎麼樣？」

禎子的眼神很嚴肅，伯朗的身體差一點向後仰。

伯朗沒有回答，禎子笑了起來。

「突然問你這種事，你也很傷腦筋吧。對不起，你不用馬上回答我，你好好想一想之後再告訴我。」禎子說完，想要結束這個話題。

「我，」伯朗開了口，「我……沒問題啊。」

「啊？」禎子微微瞪大了眼睛，伯朗看著她的眼睛繼續說道：

「妳的意思是，妳想和矢神先生結婚，對嗎？」

「嗯，是啊……」

「那就沒問題啊。妳不是喜歡矢神先生嗎？那你們就結婚啊。」

禎子微微低著頭，抬眼看著伯朗問：「沒問題嗎？」
「嗯，我覺得矢神先生是好人。」
伯朗知道大家都勸禎子再婚，每次親戚聚在一起時，有人甚至直接這麼說。伯朗記得曾經有人大聲地說，根本沒必要顧慮那個窮畫家。
當時，禎子才三十多歲。伯朗心裡很清楚，雖然對自己來說，禎子是母親，但在世人的眼中，是一個考慮結婚也很正常的女人。最重要的是，他早就察覺到母親頻繁帶他和矢神先生見面的意義。
禎子突然抱住了伯朗的身體。因為禎子從來沒有這麼抱過伯朗，所以他很驚訝。
「謝謝。」禎子費力地擠出這句話，「媽媽絕對不會讓你難過，一定會讓你幸福，媽媽向你保證。」她更用力地抱住兒子。
雖然媽媽用力抱著伯朗，但他完全沒有真實感。媽媽要結婚了，要變成別人的太太了。原本母子兩人的生活即將變成三個人的生活，簡直就像是幻想的世界。
伯朗聞到一股香味，那是禎子脖子上發出的香味，但並不是伯朗熟悉的洗髮精或是香皂的味道。當他發現那是香水的味道，就知道媽媽已經不再只屬於自己。
過了一陣子，伯朗再度穿上了第一次和矢神先生見面時穿的那套衣服，所以他知道又要去某個正式的地方了。他希望不是去法國餐廳，因為很無聊，而且會很緊張。
禎子從一大早就不太對勁。她仔細化了妝，在鏡子前換了好幾套衣服，然後不時停下手，獨自小聲嘀咕著，好像在練習打招呼。

沒多久後，矢神先生來接他們。他開了一輛白色的大車子，伯朗第一次看到那種車子，聽說是賓士車。伯朗在寬敞的後車座時而躺下，時而讓身體彈起來。禎子坐在副駕駛座上。

車子不知道開了多久，當伯朗回過神時，發現已經駛入住宅區。住宅區有很多坡道，也有很多漂亮的房子。

其中有一棟房子格外引人注目。那棟房子完全超出了伯朗對「家」的想像，他覺得自己和母親住的那種小房子才是「家」，但眼前這棟房子不算是「家」。那棟房子的大門很寬敞，車子可以直接開進去。房子周圍是很高的圍牆，車子沿著鋪了碎石子的車道終於來到房子的玄關，一個身穿黑衣服的男人站在玄關前。

矢神先生請伯朗他們下車。

「歡迎回家。」一身穿黑衣的男人向矢神先生鞠躬。

「幫我把車子停進去。」

「遵命。」一男人接過車鑰匙，坐上了賓士車。

伯朗這時才終於發現，這裡應該是矢神先生的家。他無法相信，住在這種房子的人，竟然要和自己成為一家人。

他跟著矢神先生一走進房子，立刻來到一個可以打躲避球的巨大空間，但那只是脫鞋子的地方。他完全搞不懂為什麼需要這麼大的空間。

他們走進中央放了一張巨大桌子的房間，桌子周圍是黑色的皮沙發。房間面對著庭院，只要打開落地窗，就可以走去庭院。

「伯朗弟弟，」矢神先生叫著他，「你可以在這裡等一下嗎？」

他不知所措地看向母親。

「媽媽要先去向矢神先生的父母打招呼，你在這裡等一下沒問題吧？」

禎子用叮嚀的語氣說道，伯朗默默點了點頭。

他們離開後，伯朗坐在沙發上，打量著室內。巨大的桌子是乳白色的大理石，蕾絲桌布上放著水晶菸灰缸和香菸盒。掛在牆上的風景畫應該是知名畫家的作品，放在架子上的花瓶和茶杯似乎不碰為妙。

他看著牆壁，想著這些事，發現有什麼東西在視野角落動了一下。伯朗轉頭看向庭院的方向，忍不住倒吸了一口氣，因為有一個少年站在那裡。那個少年應該比伯朗大兩、三歲，瘦瘦高高，但眼神很銳利，讓人聯想到敏捷的野生動物。

少年想要打開落地窗，但月牙鎖鎖住了，所以打不開。他發現後，看著伯朗，指了指鎖的部分，似乎想叫伯朗幫他打開。

伯朗走到落地窗前，打開了月牙鎖。少年粗暴地打開了落地門，脫了鞋子，走了進來。然後動作熟練地在旁邊的沙發上坐了下來，從上到下打量了伯朗好幾次。

「哈哈，」他滿臉不屑地笑了起來，然後，的確說了很看不起人的話，「果然是窮人。」

伯朗生氣地瞪著他，但他完全不感到害怕。

「這一定是你最好的衣服吧，窮人的這種地方太土了。」

伯朗握緊了雙拳。雖然他從來沒打過人，但想要痛扁這個沒禮貌的傢伙。

「坐下吧，不然我會心神不寧。」

伯朗不想聽從他的命令，繼續站在那裡，「你不想坐嗎？那就一直站著吧。」少年說。

伯朗不想聽他的話，在旁邊的沙發上坐了下來。少年得意地「哼哼」了一聲，然後對他說：

「你媽真厲害啊。」

伯朗眨了眨眼睛，不知道他在說什麼，少年又接著說：

「我是說康治的事，他們不是要結婚嗎？那不是很厲害嗎？他可是這棟房子的繼承人，可以一輩子都吃喝玩樂。」

「這麼有錢嗎？」

少年聽了伯朗的話，噗哧一聲笑了起來。

「你傻了嗎？如果沒錢，怎麼可能住這麼大的房子？但這棟房子並不是康治造的。」

「誰造的？」

「你很快就會知道了。」少年揚起單側嘴角。

門打開了，矢神先生探頭進來，看到少年，露出一絲驚訝的表情。

「你從庭院進來的嗎？」

「對啊，不行嗎？」

「我沒有這麼說，你們在聊什麼？」矢神先生看了看少年，又看著伯朗。
「沒聊什麼。」少年站了起來，打開落地窗，穿上球鞋，頭也不回地穿越了庭院。
「他是誰？」伯朗問矢神先生。
「嗯……他是親戚的小孩，你以後就知道了。」
「喔。」
「你可不可以跟我來，我要帶你去見人。」
「造這棟房子的人嗎？」
矢神先生驚訝地皺了皺眉頭，緩緩點了一下頭說：「對。」
「是你爸爸？」
「還有我媽，走吧。」
矢神先生說完，打開了門。
在好像歷史劇中曾經看過的巨大和室內，伯朗和已經坐在那裡的禎子一起，見了矢神先生的父母。矢神先生的父親是留著白色鬍子的老人，穿著棕色的和服，他的母親穿著淡紫色的洋裝。
老人抱著手臂，仔細打量伯朗後問：「你叫什麼名字？」
「我叫手島伯朗。」
「伯朗弟弟，你在學校最喜歡哪一門科目？」
伯朗不知道該怎麼回答，沉默不語，老人微微撇著嘴角問：

「你不喜歡讀書嗎？」

因為老人說對了，伯朗輕輕點了點頭。老人輕輕笑了笑。

「你很誠實，但我再問你一個問題。如果你現在可以許一個願望，你會許什麼願？」老人露出銳利的眼神看著伯朗。

不光是老人，他的妻子、他的兒子──也就是矢神先生，還有禎子也都看著伯朗，但伯朗覺得每個人眼神所透露的想法完全不一樣。尤其是禎子不安的眼神，讓伯朗內心下定了決心。

「我希望媽媽，」他開了口，然後又繼續說道：「我希望大家不會討厭媽媽。」

老人的妻子露出了驚訝的表情，老人也微微張大了眼睛，然後看著禎子說：「看來教得還算不錯。」

雖然這句話聽起來完全不像稱讚，但禎子鞠了一躬道謝：「謝謝。」

面試結束了。矢神先生和來的時候一樣，開車送伯朗和禎子回家，但在白色的賓士車上，每個人都沒說什麼話。

兩個月後，禎子和伯朗搬去了矢神先生新買的公寓。在此之前，矢神先生也沒有住在那棟大房子，而是一個人住在公寓，但一家三口住在那裡太擠了，所以他又重新買了大一點的房子。伯朗也因此必須轉學，雖然他很不想和同學分開，但因為不能跨學區就讀，所以也沒辦法。最遺憾的是不能在放學後去阿姨家了，伯朗當時已經讀三年級了，被問「你一個人在家沒問題吧？」時，只能點頭表示同意。

矢神先生和媽媽並沒有舉辦婚禮，但不知道原因。也許沒有人叫他們辦，他們自己也不想辦吧。

在身為轉學生向大家自我介紹時，伯朗說自己姓矢神。他覺得好像在說謊，總覺得矢神伯朗不是自己，而是別人的名字。

但是，在別人眼中，伯朗就是矢神伯朗。禎子在接電話時，很自然地說：「你好，我是矢神。」門旁的門牌上寫著「矢神」的姓氏，附近的鄰居也叫禎子「矢神太太」。伯朗在學校時，大家叫他「矢神同學」時，他也必須回答。

他有一種奇妙的感覺，好像在不知不覺中迷了路，走在一條完全陌生的路上。他想要趕快走回原本的路，卻不知道該怎麼回去。

但是，沒多久之後，他就發現自己並沒有迷路，而且已經走在根本不可能擺脫的軌道上。

在搬去新公寓差不多三個月時，伯朗放學回到家，看到禎子穿戴整齊，好像出門剛回來。不久之前，她辭去了醫院的工作。

餐桌上放著泡芙的盒子，伯朗看著盒子，禎子對他說：「你可以吃啊，但要先去洗手。」

伯朗乖乖去洗了手，吃著泡芙。禎子坐在一旁，心情愉快地看著他。

「媽媽，妳不吃嗎？」伯朗停下手問道。

「媽媽不吃，伯朗，你想吃幾個就吃幾個。」

「太好了！」伯朗欣喜若狂，第一個還沒吃完，就用空著的手拿起第二個。

「伯朗，」禎子叫著他，「學校開心嗎？」

「還好，」伯朗回答，「終於習慣了。」

「是嗎？」禎子露出鬆了一口氣的笑容，然後一臉正色地說：「我要說一件重要的事。」她似乎努力克制了感情。

伯朗雙手拿著泡芙，看著母親的臉點了點頭。

「明年，」禎子說，「我們家就有四個人了，拜託你囉。」

「啊？」伯朗驚叫一聲，他聽不太懂這句話的意思。禎子似乎察覺了這一點，輕輕摸著自己的肚子說：

「我們家會多一個人，你快有弟弟或妹妹了。」

伯朗仍然沒有立刻理解，注視著有點害羞的母親。

3

伯朗看到一個身穿深色套裝的年輕美女站在門口，忍不住坐直了身體，伸手摸著桌上的紅色紙袋。這是約定的記號，對方的記號是會穿黑色衣服。

但是，身穿套裝的美女看向和伯朗所在位置完全不同的方向，露出了笑容，然後邁著輕盈的步伐走了過去。一個身穿休閒服裝的中年男人在等她，臉上的笑容讓人覺得很討厭。這對男女看起來就不像是要談工作，非假日的大白天在飯店的咖啡廳準備偷情嗎？伯朗兀自發揮了想像力，然後感到很生氣。

雖然杯子裡還有半杯咖啡，但服務生剛好經過，他請服務生幫他加滿。這家咖啡廳的咖啡可以免費續杯，所以不喝就太吃虧了。

一看手錶，發現已經過了五點。不守時的人真糟糕。他忘了自己平時的行為，忍不住嘀咕著。

他在等明人的太太，就是白天打電話來的那個女人。她在電話中自我介紹說，自己叫楓，但伯朗沒問是漢字的「楓」，還是片假名或是平假名。

話說回來，伯朗忍不住思考，真沒想到那傢伙會結婚——

弟弟在伯朗九歲那年出生。他還搞不清楚詳細的狀況，就跟著順子和憲三一起趕去醫院。那天，他和阿姨、姨丈在一起，等待禎子生下孩子的通知。只有康治先去醫院待命，正確地說，他是那家醫院的副院長，伯朗在很久之後才知道他是神經科的醫生。

禎子在醫院的特別病房，伯朗在那裡看到了剛出生的弟弟。

弟弟看起來好皺。這是他的第一印象，而且發現弟弟的皮膚是粉紅色。手腳都很細，腦袋特別長。他很納悶，這麼怪的嬰兒能夠長成正常的人嗎？但其他大人什麼都沒說，他猜想應該沒問題。

印象深刻的是，禎子一邊笑著，一邊流著淚。伯朗知道，弟弟出生對媽媽來說，是一件極其高興的事。

「你終於有弟弟了，一定很高興吧？」順子和其他人都這麼對他說，伯朗坦誠地表示同意。事實上，這個新的角色帶來了新鮮的空氣。矢神家一片喜氣，禎子和康治臉上洋溢著幸福的表情。和他們在一起的伯朗，當然不可能不高興。

弟弟的名字叫明人。伯朗不知道這個名字的來由，但知道和自己不同，並不是禎子有點自暴自棄亂取的名字。

雖然有一段時間沒去那棟大房子了，明人出生之後，一家人有時候會一起去。大房子的主人，那個白髮老人名叫康之介。他和伯朗第一次見到他時判若兩人，一臉慈祥的表情迎接他們上門，但他的雙眼始終都停留在剛出生的孫子身上，搞不好根本沒發現伯朗也在場。

「他的眼睛很棒，」康之介抱著明人，開心地說：「眼中充滿了堅強的意志，以後一定是個大人物。」

他的話音剛落，明人的下半身就發出了噗嘰噗嘰排便的聲音，大家都笑了起來，最高興的當然是康之介，他心滿意足地瞇起眼睛說：「果然是個大人物。」

除了慶祝明人出生以外，每當有什麼喜慶的事時，就經常會在矢神家吃晚餐。餐廳有一張可以坐二十人左右的大餐桌，伯朗每次都坐在末座，和差不多坐滿餐桌的賓客一起吃飯。每次的菜都讓人垂涎欲滴，現在回想起來，應該使用了很多昂貴的食材。而且事後才知道，這種時候，都會請廚師上門。

每次的賓客都差不多，只不過伯朗幾乎不知道誰是誰，和矢神家有什麼關係，只知道每個人都對康之介阿諛奉承，誰都不敢惹他生氣。伯朗知道，白髮的爺爺是這棟房子的國王。

在這種餐會時，也會見到第一次去矢神家時遇見的那個少年。因為伯朗對他的第一印象不佳，所以不會主動接近他，但他有時候會主動和伯朗說話。少年的名字叫勇磨。

在為明人慶生時，伯朗坐在勇磨的旁邊。吃飯時，勇磨把頭伸向伯朗，小聲地對他說：「這下子完了。」

伯朗不知道他在說什麼，露出訝異的表情。勇磨撇了撇嘴角，繼續說道：

「弟弟出生後，你就完了，你媽的任務也完成了。不知道哪天會被趕出去，你要作好心理準備。」

勇磨略帶沙啞的聲音說的這番話，讓伯朗內心無法平靜。

伯朗事後問禎子，那個少年是誰，但禎子只告訴他，少年是親戚的小孩，然後又補充說：「你不必在意他。」

即使禎子這麼說，伯朗也不可能不在意，但他無意繼續尋找答案。因為早晚會知道，而且他察覺似乎自己不該問這個問題。

但是，勇磨的那句話一直留在他腦海，因為他覺得勇磨並不完全是亂說。

從康之介的態度，不難瞭解矢神家多麼希望有繼承人。繼承人當然必須是有矢神家血緣的兒子，明人是矢神家期待已久的孩子。

最好的證明，就是明人還沒學會走路，就已經有家庭教師了。伯朗搞不懂，家庭教師能教這麼小的孩子什麼，但似乎還是有適合幼兒的訓練，禎子隨時瞭解明人的進步狀況，向丈夫和公公報告。

而且，家裡經常放古典音樂。一問之下才知道是康治的指示，說從小聽優秀的音樂，可以培養音樂感。

伯朗心想，自己已經來不及了。

明人三歲後，開始學很多才藝。游泳、鋼琴、英文會話——完全沒有一天可以休息，所以伯朗幾乎沒有機會和明人接觸，只有吃飯的時候才會遇到，但伯朗不知道該怎麼對待比自己小九歲的弟弟，結果就只好一直看著他。

不久之後，伯朗就必須為自己的將來作決定。有一天晚上，禎子對他說，希望他去考私立中學。伯朗難以置信，因為他從來沒有這麼想過。

「我讀附近的公立中學就好，我的同學也都一樣。」

禎子聽了伯朗的回答，為難地垂下眉毛說：

「我知道，但我希望你去考考看。」

「哪一所學校？」

禎子小聲地說了學校的名字，伯朗差一點從椅子上滑下去，因為那是一所超有名的學校。

「別強人所難，我怎麼可能考得進？要考那所學校的人，從幾年前就開始準備了。」

「但你在校成績並不差啊，爸爸也說，你沒請家庭教師，就有這種成績很了不起。」

「這是因為我們學校所有人的成績都很差，難道妳連這種事都不知道嗎？」

「但你不考看看，怎麼知道結果呢？你從現在開始用功，應該也來得及。」

「我為什麼要去讀那所學校？」

禎子停頓了一下，才終於開了口。

「這是爸爸提出的，他說希望讓你也接受良好的教育，他會盡力做好自己該做的事。爸爸覺得你也是他的兒子。」

伯朗聽到母親這麼說，一時不知道該怎麼回答。他還沒有叫康治「爸爸」，康治也沒有直接叫他的名字。

「我……不要。我不想考那所中學，這種事讓明人做就夠了。」

禎子垂下眼睛，輕輕嘆了一口氣，小聲地說：「我就知道。」之後，她再也沒提過這件事。

但是，伯朗並不是只有那一次必須作出關係到自己人生的選擇。如之前所說，伯朗進入了當地的公立中學幾個月後，面臨了更困難的問題。

那一次，也是由禎子向他提出了收養的事。禎子問他，想不想正式成為矢神家的人。

禎子說，那時候，伯朗雖然是她的孩子，但康治還沒有辦理收養的手續，嚴格來說，伯朗並不是矢神家的人。但之所以叫矢神伯朗，是因為之前辦了手續，只要伯朗有意願，將來可以改回手島的姓氏，只不過一旦辦理了收養手續，就無法再姓手島了。

「但是，這件事很微妙，」禎子突然吞吞吐吐起來，但還是繼續說了下去，「如果不辦理收養手續，爸爸和你並不算是正式的父子關係。如果爸爸有什麼三長兩短，你就沒有繼承權。呃，你知道什麼是繼承嗎？」

「我當然知道啊，別把我當傻瓜。」

「對喔，你已經是中學生了。反正就是這樣，爸爸說，如果你有意願，就去辦理手續。當然，你不必馬上回答，可以慢慢考慮。」

「媽媽，妳覺得我怎麼做比較好？」

「我喔，」禎子說完，用力吸了一口氣，注視著兒子的臉，慢慢吐了出來，「我希望萬一有什麼狀況時，你可以和明人一起繼承財產，因為你們是兄弟。」

兄弟。伯朗在嘴裡小聲重複著，覺得這兩個字很空洞。於是他問禎子：「我和明人是兄弟嗎？」

母親瞪大了眼睛，用力搖著頭說：

「當然是啊，你們兩個人都是我生下來的，為什麼會問這種問題？」

她難過地問，伯朗不敢看她的臉，但並不覺得自己問了奇怪的問題。

伯朗回想著往事，突然發現桌上有一個影子。他抬起頭，看著站在他面前的女人，腦海中浮現了「好高大」的感想。因為感覺整個視野都是她，看不到其他東西。

她微微偏著頭，一頭棕色的微鬈頭髮晃動著。「哥哥嗎？」她問道。她的聲音略微沙啞，但正是電話中那個聲音。

伯朗慌忙站了起來，結果大腿撞到了桌角。「好痛、好痛。」

「你還好嗎？」她從下方探頭望著伯朗。

「我沒事。呃，妳是楓……吧？」

「對。」她回答後鞠了一躬說：「哥哥，初次見面。」她又重複了電話中說過的話。

「初次見面，請多指教。」伯朗從上衣口袋裡拿出名片。他很少有機會用到名片。

她接過名片，仔細打量著。

「怎麼了？」伯朗問。

「池田動物醫院，所以，並不是你開的嗎？」

「我是被僱用的，院長是個酒鬼老頭，因為陰錯陽差，所以由我代理院長的職務——妳要不要先坐下？」

「啊，好啊。」

看到楓坐下後，伯朗也跟著坐了下來，看到服務生後，舉起了手。

「不好意思，臨時約你出來。」她再次鞠了一躬。

「不會。」伯朗回答後，再度打量對方。她的服裝和伯朗想像的完全不一樣。

她身上的黑色皮夾克發出淡淡的光澤，這的確也是「黑色衣服」，她穿的牛仔褲有很多破洞，指甲是銀色。

雖然剛才覺得她「很高大」，但其實她身高並沒有特別高，也並不胖，臉應該算很小。

硬要說的話，肩膀看起來有點寬，但並不至於厚實。
服務生走了過來，楓點了奶茶。
「呃，」伯朗雙手放在腿上，「讓我再次對你們結婚表達祝賀。」
「謝謝哥哥，我也代替明人為沒有及時向你報告道歉。」
伯朗皺了皺眉頭說：
「可不可以別叫我哥哥？我感覺很不自在。」
「啊喲。」楓眨了眨眼睛，又長又濃密的睫毛也跟著抖動。伯朗無法判斷是不是真的睫毛。
「你不是他的哥哥嗎？我聽說你們有血緣關係。」
「嗯，是沒錯啦。」
「我還聽說你們兄弟之間也沒什麼往來。」
「不是沒什麼往來，應該是完全沒有往來，尤其是這幾年。」
「我聽說了，太可惜了。」
「可惜？」伯朗皺起眉頭，「為什麼？」
「明明是兄弟，彼此相處明明很開心，卻不往來不是很可惜嗎？」
「妳有兄弟嗎？」
「有哥哥、姊姊和妹妹。」
「陣容真強大。」

「哥哥和姊姊已經結婚了，但現在也有往來，很開心啊。他們的孩子也很可愛。」
「那真是太好了，但是，這個世界上有各種不同的形式。」
「我覺得，」楓的一雙大眼睛直視著伯朗，「只是父親不一樣，並不是什麼大不了的事啊。」
伯朗看到她豐滿的雙唇停留在語尾「啊」的形狀，移開了視線。
服務生走了過來，把茶杯和牛奶壺放在楓面前。伯朗要求咖啡續杯。
「明人目前在做什麼？」伯朗看著楓把牛奶倒進紅茶的手問道。
「資訊科技相關的工作。」
「妳的回答還真簡單啊。」
楓放下牛奶壺，用茶匙在杯子裡攪拌一下後挺直了身體。
「主要業務是運用人工智慧處理和管理大數據，目前正在發展的新業務，是把重點放在元數據管理系統，建構能夠有效靈活運用知識和經驗的新型網路業務。聽明人說，目前爭論的分歧點，在於是否能夠擴充到元數據的元數據，也就是宏元數據。總之，為了相關的準備工作，我們在上個月之前，都一直在美國的西雅圖，因為系統的共同開發者在那裡。」楓一口氣說完後，問伯朗：「你有什麼疑問嗎？」
伯朗輕輕咳了一下，服務生走了過來，為他的杯子加滿咖啡。
伯朗拿起杯子喝了一口，擺好架式後說：「妳瞭解自己剛才說的這些話的意思嗎？」
「大概知道一半。」她很乾脆地回答。

「了不起，」伯朗發自內心地說：「真是太了不起了。」
「你對你弟弟一無所知嗎？」
「我好像聽過他在做電腦方面的工作，因為他以前就很喜歡這些。他的父親似乎希望他繼承醫院，為這件事感到很沮喪。但我早就離開那個家了，所以不太瞭解詳細的情況。」
「明人對醫生的工作好像完全沒興趣。」
「是啊，雖然他從小就受到期待，還教了他很多帝王學，但可能他自己沒興趣。」說到這裡，他想起楓剛才說的話，「妳剛才說，你們去了西雅圖？上個月之前，都在西雅圖？」
「沒錯。」楓拿起杯子，點了點頭。
「什麼時候去的？」
「差不多半年前。」
「妳說你們是在去年年底結婚的，所以是在那裡辦婚禮嗎？」
「對，只有我們兩個人。」
「只有你們兩個人？」伯朗忍不住皺起眉頭。
「我們去鎮上的教堂，請牧師為我們主持了婚禮，是不是很浪漫？」她一臉陶醉地說。
「矢神家竟然會同意？」
「因為，」楓放下杯子說，「因為根本沒告訴他們。」
「啊？」伯朗瞪大了眼睛，「不光是我，連矢神家的人也都沒說嗎？」

「因為明人說，如果告訴他們要結婚，一定會叫我們回日本，邀很多人參加婚禮，還會舉辦盛大的婚宴……」

「那倒是，因為他畢竟是舉世無雙的矢神家的繼承人。」

「但他覺得這種事很煩，所以就決定先斬後奏。」

伯朗噘起嘴，聳了聳肩膀，「真想知道那些親戚會說什麼。」

「我不是很清楚，矢神家這麼了不起嗎？」

「我也不是很清楚，至少以前很了不起。他們家是大地主，做很多生意。雖然現在除了綜合醫院以外，只經營幾家養生設施和療養所，但即使這樣，也很了不起啊。」

「是喔。」楓有點不以為然地哼了一聲。

「言歸正傳，」伯朗說，「妳說明人下落不明。從什麼時候開始？」

「四天前，我們回國的第二天。」楓突然露出了嚴肅的表情。

伯朗扳著手指計算，他們回國至今，才過了五天而已。

「所以妳不知道他去了哪裡。」

「不知道，因為我們突然回國，結果他就失蹤了，我不知道該怎麼辦……」楓搖著頭，她的一頭棕色鬈髮也跟著晃動起來。

「突然回國？是因為工作嗎？」

「不是，是被叫回來的。」

「被誰？」

「聽明人說，是他姑姑……就是我公公的妹妹。」
「為什麼叫他回來？你們說了結婚的事嗎？」
「不是。姑姑說，恐怕越來越危險了。」
「危險？什麼危險？」
「是我公公，」楓一雙大眼睛看著伯朗，「聽說他快不行了，所以叫明人回來見他最後一面——姑姑是這麼說的，所以我們就慌忙趕回來了。」

4

伊莉莎的血液檢查報告出來了，伯朗單手抓著頭，看著報告上的數據嘀咕說：「肌酸酐的數值有點高。」
「喔，果然是啊。」植田太太停下正在撫摸腿上愛貓的手，難過地把眉毛皺成了倒八字形，嘴角也垂了下來。當她露出這樣的表情，看起來一下子老了十歲。她應該六十幾歲，但現在滿臉皺紋，完全變成了老太婆，毀了原本想要扮年輕的妝容。
「目前還不需要擔心，因為年紀大了，分解毒素的能力變差，這也是無可奈何的事。那就餵牠吃活性炭吧。」
「活性炭是……」
「就是炭。把炭粉裝在膠囊裡，讓體內的毒素吸附在上面，變成糞便一起排出體外。」

伯朗打開旁邊的櫃子，把實物拿了出來，遞到植田太太面前說：「就是這個。」

「又要給牠吃藥嗎？」植田太太嘆了一口氣，「而且是這麼大的膠囊……我不太會餵牠吃藥。」

之前為伊莉莎處方了包括營養補充劑在內的多種藥物。

「借我一下。」伯朗說完，從植田太太的腿上把貓抱了起來，讓牠坐在診察台上。用左手的中指和無名指夾住貓的下巴，用力往上抬。然後用拿著膠囊的右手摸著牠下巴下方，伊莉莎就張開了嘴。伯朗立刻趁這個機會，把膠囊塞進牠喉嚨深處，讓牠閉上嘴，輕輕摸著牠的鼻子。伊莉莎露出粉紅色的舌頭，隨即聽到牠把藥吞下的聲音。

「就像這樣。」伯朗把伊莉莎抱了起來，放回植田太太的腿上。

「簡直就像魔術。」

「每個人都可以做到，如果希望伊莉莎公主長壽，就請多練習。」

植田太太的愛貓今年十四歲，以人類的年紀換算，已經稱不上是公主了，但對飼主來說，寵物永遠都是孩子。

「我會努力。」年邁的飼主用充滿愛的眼神看著伊莉莎。

植田太太離開後，伯朗坐在電腦前寫病歷，通往櫃檯的門打開了，蔭山元實走了進來。

「有客人在等你。」

「我知道。」

「你等一下要出去，對嗎？我來收拾就好。」

「謝謝，拜託了。」
但是，蔭山元實並沒有離去，反而把臉湊到伯朗面前。
「你弟弟的太太很迷人。」她用沒有起伏的語氣說道。對她來說，只是談論對訪客的印象而已。
「有嗎？」
「你最好小心點。」
「小心什麼？」
但是，蔭山元實沒有回答，露出意味深長的笑容後，轉身走開了。
伯朗繼續追問，但並沒有聽到回答，只聽到拉門關上的聲音。
「喂？到底是什麼意思？」
「到底是什麼意思啊。」伯朗偏著頭，繼續面對電腦，但蔭山元實說的那句「很迷人」一直留在他的腦海。
他站了起來，輕輕打開通往候診室的門。
楓在白襯衫外穿著藏青色套裝，坐在角落的座位看雜誌，和昨天一身黑色皮夾克和牛仔褲的感覺完全不一樣。從短褲下露出的雙腿並不粗，但有勻稱的肉感。一旁的紙袋應該是為去醫院探視所準備的伴手禮。
伯朗輕輕關上了門，以免發出聲音。他回到電腦前，但沒有立刻工作，而是回想起昨天和楓之間的對話。

聽楓說，康治在幾年前罹患了胰臟癌，並動了手術，但之後的情況並不理想，一直在抗癌。明人在去西雅圖之前，曾經獨自去探視。從醫院回來後，用冷靜的語氣對楓說：「恐怕來日不多了。這也沒辦法，這是他的命。」

「我當時問他，既然公公已經病入膏肓，他去西雅圖沒問題嗎？他說，即使他留在日本，也不能做什麼，也無法延長公公的壽命……」楓說話時，露出了滿臉歉意的表情。

伯朗覺得很像是明人會說的話，明人從小在任何事上都追求合理性。

但是伯朗也沒資格對明人說三道四。因為他之前就從阿姨順子口中得知康治似乎生病了。雖然他覺得應該去探視，但一直拖到今天。一方面是他以為康治並不是什麼大病，但真正的原因是他不想遇到應該會陪在康治身邊的矢神家的人。

「你們回國之後，有去看他嗎？」

伯朗問，楓搖了搖頭。

「還沒有，我們打算去的那一天，明人就失蹤了。」

回國之後，他們住在明人在港區租的房子，但楓買了去探視康治時的伴手禮回到家，發現明人不見了，桌上留了一張字條。

「字條？上面寫什麼？」

「就是這個。」楓說完，從皮夾克的口袋裡拿出一張摺起的信紙。伯朗接了過來，打開信紙，上面用簽字筆寫了以下的內容。

我有事要出門，可能暫時無法回家，但妳不必擔心。如果我沒回家，請妳一個人去探視我爸爸。不好意思，拜託了。

明人

「就這樣而已？」

「就這樣而已。」

伯朗把信紙放在桌子上，「妳之後做了什麼？」

「我立刻打他的手機，但打不通。我也傳了電子郵件，也沒有回我。以前從來沒有發生過這種事，所以我不知道該怎麼辦。」

她等了兩天，都沒有等到明人的消息。楓向當地警察報案，但接待她的警員可能認為明人既然留了字條，應該沒有牽扯到犯罪行為，所以一直問他們夫妻最近感情好不好。

「他好像懷疑是因為我們夫妻不和，老公離家出走。真是太失禮了，絕對不可能有這種事。」楓憤慨地斷言道。

「妳要不要再發揮耐心多等幾天？如果仍然沒有接到他的聯絡，到時候再去報警就好。」

「我當然打算這麼做。」

「因為妳說明人下落不明，我還以為出了什麼事，既然這樣，應該不需要擔心，我也幫不上什麼忙。」

「不，我需要你的協助，請你一定要幫我。」

「雖然妳這麼說，但我完全沒有任何線索可以找到明人。我已經說了好幾次，我們已經很久沒見面了，妳比我更瞭解他。」

「不是這件事，我希望你陪我一起去探視。」

「探視？」

楓從桌上拿起信紙說：

「上面不是寫了嗎？如果他沒回家，叫我一個人去探視。雖然我很擔心明人的下落，但該做的事還是要做好。如果事後被他們知道我們已經回了國，卻沒有去探視的話，今後就沒臉見矢神家的人了。」

「喔喔，」伯朗終於瞭解了，「但上面不是寫，叫妳一個人去嗎？」

「明人在這方面神經很大條，請你站在矢神家人的立場想一想，突然有一個陌生的女人上門，說是他們家的媳婦，任何人都會產生懷疑。」

「那……倒是。」

「對不對？哥哥，你為什麼一直沒有去探視公公？」

「為什麼……」

「雖然不是你的親生父親，但不是照顧你的生活超過十年嗎？你能夠讀大學，能夠當上獸醫，都全靠公公。難道我說錯了嗎？難道你不知道知恩圖報這四個字嗎？」楓像開機關槍一樣說道。

伯朗沉默不語，覺得她說的話很有道理。楓可能覺得再努力一下就可以成功了，低下一頭鬈髮的腦袋說：「拜託了。」

「明天下午，妳來動物醫院找我。」伯朗嘆著氣答應了。

寫完伊莉莎的病歷，伯朗脫下白袍，換上了夾克，走出了診間。

身穿套裝的楓站了起來。伯朗瞥了一眼她的水蛇腰後，注視著她的臉說：「簡直就像要去參加公司面試。」

「答對了。」楓豎起食指說，「這就是面試套裝，我好久沒穿了，幸好還穿得下。」

「面試？妳在遇到明人之前做什麼工作？」伯朗有點在意坐在櫃檯裡的人，但還是這麼問道。蔭山元實不可能沒聽到他們的對話，但她正一本正經地低頭做事務工作。

「我是空服員，日本航空的。」

伯朗的眼角掃到低著頭的蔭山元實的腦袋動了一下。

「喔，」伯朗說道，「原來是這樣啊。」

「有這麼意外嗎？」楓嘟起有點豐滿的雙唇，不滿地問。

「也不是意外，應該說有點驚訝，因為完全沒想到。所以，妳和明人是在飛機上認識的？」

「很遺憾，你猜錯了。是停留在溫哥華時，在一家壽司店認識他。我們一起坐在吧檯的座位，他主動找我說話。」

「喔喔。」伯朗張大了嘴，「在國外搭訕女生嗎？他還真有兩下子。」

「我想他應該沒這個意思。他一個人，我們有三個人，而且他是問我關於飛機上的電腦服務。因為他聽到我們的談話，發現我們是空服員。」

即使在異國的壽司店，明人也滿腦子都想著生意的事嗎？如果缺乏這種精神，恐怕很難在三十歲左右就成為成功的創業家。伯朗再次發現，自己和明人完全不同。這也是明人還很小的時候，伯朗就產生的自卑。

如果當時只聊工作，明人和楓不可能結婚。他正想問，當初是誰追求誰，但立刻把話吞了下去，因為他怕被蔭山元實聽到。

「妳什麼時候辭去空服員的工作？」他換了一個問題。

「去年三月時辭職的，因為他希望我輔佐他的工作，我就像他的秘書。」

所以他們才會一起去西雅圖，然後在那裡結了婚。明人的行動力也和自己完全不一樣。

動物醫院旁有一個小型停車場，伯朗上下班時開的國產休旅車也停在那裡。他讓楓坐在副駕駛座上，自己坐進駕駛座。

他在衛星導航系統中輸入了目的地，發動了車子。他們要去矢神綜合醫院，康治住在那裡的特別病房。

伯朗想要瞭解康治目前的狀況，所以昨晚難得打電話給順子。順子聽說他要去探視康治，忍不住驚叫起來。

「並不是我想去看他，而是事出有因。」

伯朗把楓的事告訴了順子，但沒有提到明人失蹤的事。只說明人因為工作關係無法回國，所以只有新婚妻子先回日本。

「是喔？原來明人已經有太太了。」阿姨在電話中深有感慨地說：「我知道了，那我會向波惠打招呼，因為目前由她掌管矢神家的大小事。」

「拜託了。」伯朗說完後，掛上了電話。波惠是康治的妹妹，以前在矢神家吃豪華晚餐時，她都會在場，但伯朗從來沒有和她說過話，所以想不起來她是一直沒出嫁，還是離婚後又回娘家。

伯朗在開車時忍不住感到不安。雖然楓依賴自己感覺很不錯，但又覺得自己陪她去根本無法發揮任何作用。因為對矢神家的人來說，自己也是外人。

「那次之後，警方有沒有再和妳聯絡？」伯朗看著前方，握著方向盤問道。

「完全沒有，好像也不打算找人。警察在取締違反交通規則時總是卯足全力，這種時候完全不願意幫忙。」楓不滿地說。

「如果是未成年的人失蹤，警察或許會動起來，但這次畢竟是個大男人，而且還留了字條叫妳別擔心。」

「明人為什麼沒有寫清楚？如果他對我說清楚，我就不會這麼焦急不安了。」

他可能有無法說明的隱情。伯朗想要這麼說，但還是忍住了。

可能正如楓所說，他們夫妻的感情很好，但無法斷言明人沒有不為人知的一面。

伯朗想起以前有一本推理小說的情節，就是新婚不久的丈夫失蹤，新婚妻子追查他的下落。因為那對夫妻是相親結婚，所以太太對丈夫婚前的情況幾乎一無所知。在調查之後，發現丈夫有驚人的秘密。原來丈夫在另一個地方和另一個女人過著婚姻生活。

雖然明人應該不至於有這麼極端的狀況，但即使他除了楓以外還有其他女人，也不會太出人意料。他難得回國，可能去和那個女人見面了，這就是他在字條上所說的「有點事」。只不過明人也不認為事情可以很快圓滿解決，也預料到可能會陷入長期戰，所以才會在字條上寫下「可能暫時無法回家」這句話。

但是，伯朗當然不可能把這些想像說出口，這就是所謂「眼不見為淨」。

「哥哥，」坐在副駕駛座上的楓開了口，「你已經很久沒有和公公見面了吧？」

伯朗心算了一下，回答說：「差不多有十年沒見了。」

「雖然不是親生的，但你們畢竟是父子啊。」

「我們並不是父子，明人沒有告訴妳嗎？我姓手島，沒有被他收養，二十歲的時候，我就選擇了手島的姓氏，那是我親生父親的姓氏。」

那是大學二年級的時候。就讀大學獸醫系的伯朗已經搬離家中，在課餘時間拚命打工，盡可能避免接受康治的經濟援助。他沒有和任何人商量就獨自將姓氏改回手島，事後才告訴禎子這件事。母親沒有生氣，只是說了聲「我知道了」，冷靜地接受了兒子的決定。

「十年都沒有聯絡嗎？」

「對，沒聯絡，也沒有必要。我說了很多次，康治先生和我之間沒有任何關係。」

「竟然叫他康治先生……但不是有你媽媽嗎？難道你不認為，你們因為你媽媽而有了關係嗎？」

伯朗沒有馬上回答，調整呼吸後說：「明人有沒有告訴過妳關於我媽的事？」

「聽說了一些……只知道在明人小時候就去世了。」

「沒錯，我媽十六年前死了。十年前，是因為參加我媽的忌辰，才會見到康治先生，那是我媽去世七週年的忌辰。」

「我聽說是意外。」

「是啊，意外。警察以意外結了案。」伯朗直視著前方。

5

在比伯朗小九歲的同母異父弟弟很小的時候，就知道他的智商很高。首先，他有驚人的記憶力。不光是很快就學會閱讀和寫字，甚至可以正確記住只看過一次的東西，而且可以記很久。伯朗經常看到禎子讀繪本給明人聽，但明人聽了兩、三次後，就能夠一字一句完全背誦。有時候不是背誦，而是用平假名或是片假名寫下來。

明人對數字的敏銳度也令人驚訝。他在讀幼兒園時，當然就已經會加、減法，而且也憑直覺理解了乘法和除法的結構。聽說在幼兒園分橘子時，他馬上計算出每個人可以分多少個，而且在老師分完橘子之前，他就思考了該如何處理剩下的橘子。他向老師建議，只要榨成果汁，就可以平均分給大家，老師都驚訝得說不出話。

明人的空間感也很優秀。比方說，把有許多小燈泡的電線繞在聖誕樹上時，他能夠憑直覺知道，以多少間隔繞在樹上，燈泡的距離可以很平均。而且，只要看一張建築物的相片，就可以用黏土製作出立體模型。更令人驚訝的是，連相片中沒有拍到的部分，他也不會出太大的差錯。

每個人都說，這孩子是天才。任何父母聽到別人這麼稱讚自己的孩子，都不可能不高興。康治和禎子也都很滿意，一定覺得很早就開始讓他接受高難度的教育奏了效。

只不過康治也沒忘了叮嚀，「明人並不是天才，」他說：「具有改變世界力量的人，才能稱為天才，明人最多只能說是有天分而已。」

然後，他又繼續說：「這樣就足夠了，因為天才無法得到幸福。」

不久之後，明人進了小學。他也許不是天才，但也不至於平凡得只能用「有天分」這三個字來形容。那所私立大學附屬的小學有很多有錢人的小孩，都毫無例外地接受了高水準的教育，但明人的優秀似乎仍然出類拔萃。之所以說「似乎」，是因為伯朗並沒有親自確認過明人的學習能力，只是聽禎子興奮地轉述而已，但禎子顯然沒有說謊或是誇張。

「他的班導師說，以後要以得諾貝爾獎為目標，還說他有這樣的才華。」

明人小學三年級時，禎子在晚餐時這麼說。康治笑著說：「接下來才要開始正式學知識，還不知道以後會怎麼樣。」但他的笑容很得意。

伯朗不記得自己當時怎麼回答，八成沒有吭氣。他只是清楚地記得自己內心湧起了近似焦躁的感情。

他並不是嫉妒比自己小九歲的同母異父弟弟，只是滿腦子想著必須趕快離開這裡。但伯朗在家裡並沒有受到任何虐待，康治仍然叫他「伯朗弟弟」，平時相處時也都很客套，伯朗對此並沒有任何不滿。因為自己對康治的態度也差不多，相反地，他很感謝康治對自己這個沒有任何血緣關係的「拖油瓶」，在經濟上的援助和親生兒子一樣，只不過伯朗知道康治不是基於愛，而是基於義務。

伯朗那時候正準備考大學。和中學時一樣，伯朗高中也讀了公立高中，他沒有和任何人討論過升學的問題，但並不是想要隱瞞父母。有一天晚上，禎子不知道為什麼突然問起這件事，伯朗說出了自己的想法後，她瞪大了眼睛。

「獸醫？」

「不行嗎？」伯朗冷冷地問。

「不是不行……為什麼？」

「因為我想當獸醫。這樣不算是回答吧？就好像想成為鋼琴家的人會讀音樂大學一樣。」

「你想當動物的醫生？不當普通的醫生嗎？考獸醫系也不容易吧？既然這樣，不如再加把勁——」

「媽媽，」伯朗打斷了禎子的話，「我不想當醫生，也不想在矢神綜合醫院工作。明人會繼承那家醫院，這樣不是就夠了嗎？」
禎子露出悲傷的眼神，但還是苦笑著說：
「你無論如何都不想和矢神家有任何關係。」
「我並不是在嘔氣，我只是想做自己喜歡的事，就只是這樣而已。」
禎子垂頭喪氣地嘆了一口氣，小聲地說：「我知道了。」
伯朗參加考試後，順利考進了位在神奈川縣的大學。因為離家太遠，無法每天從家裡去上學，所以他搬離了家裡。學校附近有幾棟專門租給學生的公寓，他租了其中一間。房間很狹小，放了桌子和床之後，就只能勉強放一張坐墊，但對伯朗來說，終於有了自己的城堡，終於有了可以不必在意任何人的自由空間。當他第一天晚上躺在床上時，覺得從這一天開始，自己不再是矢神伯朗，而是要變回手島伯朗。
大學生活很愉快，有很多該學的知識，每天都忙著實驗、實習和寫報告，幾乎沒時間玩樂，但他覺得很充實，也接觸了很多動物。除了貓、狗等寵物以外，還曾經照顧過牛、豬等家畜，連原本很怕的蛇，也因為研究室養了幾尾之後，漸漸覺得牠們很可愛。
大學二年級時也交了女朋友。那是在打工的居酒屋認識的女大學生，比他小一歲，很可愛，笑容也很美。那時候他剛學會做愛，每到週末，就會在雙方的租屋處賴在床上糾纏一整天。暑假時，更是連續好幾天都不下床，一個星期就用完一盒十二個保險套。
伯朗原本以為自己會和這個女生結婚，但最後並沒有結婚。有一天，那個女生突然對他說：「我覺得和你做愛很膩。」他就這樣被甩了。事後才知道，她另結新歡，在分手之前就被劈腿了。

那時候，伯朗剛把姓氏改回手島，他以為這件事影響了自己的運氣，所以就去圖書館查了姓名學的書，調查了筆畫，發現是大吉。雖然禎子說，當初是有點自暴自棄為他取了伯朗這個名字，但想到母親搞不好事先調查過筆畫，內心深處就流過一陣暖流。

而且，失戀對他來說，可能反而是一件好事。因為升上三年級後，必須花很多時間在功課上，忙碌的時候，甚至必須住在研究室。

升上四年級，開始上解剖這些實務課時，伯朗接到了那通電話。那時候是晚上六點多，伯朗還在研究室。

電話是康治打來的。雖然每年都會見一次面，但伯朗第一次接到他的電話。

「伯朗弟弟，發生了一件令人難過的事，非常令人難過。」伯朗聽到康治嘆息的聲音，陰霾立刻在內心擴散。

「什麼事？」他問話的聲音有點沙啞。

「禎子，你媽媽……去世了。」

伯朗的腦袋一片空白，眼前頓時發黑，聽覺似乎也麻痺了，什麼都聽不到。他最先聽到的是自己的聲音，在思考幾乎停止的狀態下，他問：「為什麼？」

「發生了意外，她在浴室撞到了頭，然後就昏了過去，倒在浴缸裡……所以是溺水身亡。」

「浴室？為什麼會這樣？為什麼沒有人發現？」伯朗用力握著手機，大聲責備康治。

「並不是在我們家的浴室。」

「不是家裡？那是在哪裡？」

「在小泉的家裡。」

「啊！」伯朗忍不住叫了起來。小泉是禎子的娘家所在的地名。

伯朗深夜來到矢神家附近的殯儀館，因為禎子的遺體已經送去那裡，那裡正在為只有家人參加的守靈夜做準備。

伯朗在榻榻米房間內看到了一身白衣的母親。有人描寫人死之後就會面目全非，但禎子的臉和生前一樣，一臉平靜的表情，就像睡著了，好像隨時會睜開眼睛。

康治、明人和順子也在那裡，圍坐在禎子躺著的被子周圍。

「最近不知道怎麼回事，她突然很在意小泉的房子。昨天出門之前，也說要去那裡整理東西，還說如果時間晚了，就會住在那裡。但直到今天，都沒有接到電話，所以我很擔心，請順子去看一下，結果就在浴室……」康治痛苦地說明了情況。

「我嚇了一大跳，」順子重重地嘆了一口氣，左手扶著臉，「雖然我看到姊姊的東西，但怎麼叫她都沒有回應。於是我就走去盥洗室，看到脫衣籃裡有衣服，浴室的燈也亮著。我心想該不會在浴室，打開門一看，發現浴缸裡浮著黑色的東西。我嚇壞了，仔細一看是頭髮。」

禎子臉朝下，倒在浴缸裡。順子急忙把她的頭拉起來，但禎子的臉毫無血色，已經變成了灰色。

「我猜想應該沒救了，但還是打了一一九。在等救護車時，也聯絡了康治姊夫……我腦袋一片混亂，可能說不清楚。」

「不，遇到那種狀況，妳已經很鎮定了。」康治說。

「那是幾點的事？」伯朗問順子。

「中午……應該還不到十二點。」

「這麼早？」伯朗轉頭看向康治，「為什麼不早點通知我？」

「不，這是因為……」康治說到一半，順子插嘴說：

「這是有原因的。雖然救護車來了，但救護員一看到姊姊的身體就說，已經死了，所以無法送去醫院。而且這種情況屬於非自然死亡，所以必須報警。事實上，之後真的有警察上門在家裡調查了一番，姊姊的遺體也被送去警局了。」

「非自然死亡……」

「說起來，的確算是非自然死亡，」康治說：「在醫院以外的地方死亡，而且明顯不是因病死亡，通常都會被視為非自然死亡，所以警方也會調查遺體和現場。我到小泉那棟房子時，還有警察在那裡，問了我很多問題，還直接問了我不在場證明。雖然對他們來說，這只是工作，但心裡還是很不舒服。」

「結果呢？」

「他們也問了我很多問題，像是有沒有和姊姊交惡的人，真是莫名其妙。」

康治聳了聳肩，搖著頭說：

「沒有查出什麼，最後認為是意外。警察說，很可能是在浴缸裡不小心滑倒，撞到後腦勺後昏了過去，然後掉進水裡。聽順子說，大門鎖著，所有的窗戶也都從內側鎖住了，室內也沒有打鬥的痕跡，所以警方認為和犯罪無關。在驗屍時也沒有發現不自然的地方，所以傍晚就把遺體送回來了。因為這個原因，所以才這麼晚打電話給你。我知道你感到不滿，但希望你能夠諒解。」

雖然伯朗無法釋懷，但也找不到任何可以提出異議的點，只能小聲嘀咕說：「這樣啊。」

之後，順子先回家了，康治也說有急著處理的工作先離開了，結果只有伯朗和明人兩個人守靈。

伯朗洗完澡後，走去安置禎子的房間，發現明人坐在枕邊，探頭看著母親的臉。

「媽媽臉上沾到什麼東西了嗎？」伯朗問。

「我覺得化妝的方式和平時不一樣，媽媽不會這樣畫眉毛。」

「那你幫媽媽重新畫啊。」

「不，」明人搖了搖頭，「這樣比較好，很適合媽媽，看起來也比較年輕。真希望能夠在她生前告訴她。」他笑著抬頭看向伯朗，「好久不見啊。」

「是啊。」

「大學怎麼樣？」

「反正就那樣。」伯朗回答後，盤腿在明人身旁坐了下來。

「你怎麼樣？有沒有享受中學生活？」

明人已經讀中學了。

「我也不太清楚，」同母異父的弟弟微微偏著頭，「雖然不會說不開心，但沒有想像中那麼刺激。同學幾乎都是以前那些人，新進來的人感覺也很普通。」

「你說很普通，是指功課嗎？」

「不管是功課，還是運動，或是藝術品味，」明人說著，轉頭看著伯朗說：「我是不是也應該像你一樣讀公立學校？」

「開什麼玩笑，你一定會說同學全都是笨蛋，很受不了。」

「笨蛋也是個性，總比平庸好多了。」

伯朗聽到明人成熟的口吻，忍不住打量他的臉。很久沒見面的這段日子，他的下巴變尖了。雖然他的輪廓沒有很深，但鼻子很挺，細長的眼睛和眉毛絕配。無論誰看到他，都會認為他是美少年。

「你有沒有加入社團？運動社團之類的。」

「我加入網球社和計算機科學社。」

「什麼社團？我知道網球社，另一個是什麼？」

「計算機，」明人緩緩說道，「研究計算機的科學，計算機科學社。那是我創立的，原本想要取電腦科學社這個名稱，但我想拉高門檻，避免阿狗阿貓都進來，所以用了計算機這個名稱。」

「是喔……社團活動時，大家都做什麼？」
明人收起下巴，抬眼看著伯朗說：「我可以解釋給你聽，你想聽嗎？」
「不必了。」伯朗舉起雙手。
伯朗以前就知道明人對電腦很有興趣，他從小學生時就經常玩電腦，自學了高難度的程式技術。
「我覺得當醫生應該不需要學電腦。」
明人驚訝地眨了好幾次眼睛，「哥哥，你真的這麼認為嗎？」
「我說錯了嗎？」
「完全相反。只要有了電腦，早晚有一大半醫生會失業。你想一下醫生做的事，根據問診的結果和各種檢查報告結果推測病名，然後處方藥物——就只是這樣而已，最大的武器就是名為經驗的資料庫，但任何人都不可能記住全世界所有的病例。但如果換成電腦，就有可能做到。」
聽到中學一年級的弟弟這番話，伯朗說不出話。不光是因為不知道該如何反駁，更覺得他說得很有道理。
「所以也不需要獸醫了。」
「這就難說了，考慮到費用和效果，可能暫時由人類看病比較便宜。」
「聽你這麼說，我就放心了。」
「所以，」明人一臉嚴肅地說：「我不會當醫生。」

「啊？那醫院怎麼辦？」
「不知道，這不是我要考慮的問題。」
「是喔，反正你高興就好，這和我沒有關係，我原本就不是矢神家的人。媽媽死了之後，就完全沒有關係了。」伯朗看著禎子的臉說。
兩個人都沒有說話。伯朗突然覺得有點冷，是因為想到母親的遺體下方墊著乾冰嗎？
「鑰匙這種東西，」明人幽幽地說，「只要配一把就有了啊。」
「啊？」伯朗看著弟弟，「你在說什麼？」
「大門的鑰匙，小泉的房子。配一把備用鑰匙太簡單了。」
伯朗沒有馬上理解他的意思，但從明人看著半空的眼中，察覺了他想要表達的意思。
「不是意外嗎？」
「小泉那棟房子的大門有防盜鍊，媽媽這個人很小心謹慎，在鎖門的時候不可能沒有掛上防盜鍊。」
「你知道自己在說什麼嗎？」
「當然知道。」明人說完後笑了起來，搖了搖頭，「只是一個小小的疑問。但也覺得任何人……媽媽也會漫不經心，只是剛好忘了掛上防盜鍊，結果又剛好在那天晚上在浴室滑倒。也許只是這麼一回事。」
明人注視著母親的屍體，又重複了一次，「也許只是這樣而已。」

6

出發已經將近一個小時，伯朗駕駛的國產休旅車從幹線道路駛入了岔路。這一帶是有很多坡道的住宅區，不時看到可以稱為豪宅的民宅。

原本狹窄的道路突然寬敞起來，右側是一所小學，左側是灰色的建築物。那是一棟六層樓的建築，地下應該還有兩層地下室。

伯朗放慢了車速，抬頭看著那棟建築物。他內心掠過一絲不安，真的是這裡嗎？記憶中應該更大，而且白得發亮。但是，眼前這棟建築物大門的上方的確掛著「矢神綜合醫院」的牌子。

「太久沒來了，」伯朗駛向停車場時說道，「我應該在中學之後就沒來過這家醫院。」那次是來打流行性感冒的疫苗，但那年冬天，伯朗還是得了流行性感冒，從此之後，他再也不相信流行性感冒的疫苗。

停車場內沒什麼車子，停好車之後，他們走向大門。

走進自動門，來到大廳，一整片鐵管椅上，只有零星幾個人在候診，這也和伯朗的記憶完全不同。他雖然只來過幾次而已，但記憶中，這裡每次都擠滿了病人。

「對病人來說，不用等很久應該是好事。」身旁的楓說道，她應該是想說這家醫院的生意很冷清。

伯朗巡視周圍，他記得以前有服務台，但現在不見了。無奈之下，他只好走去掛號的櫃檯。一個戴眼鏡的中年女人皺著眉頭，正在做事務工作。

「請問，」伯朗問她：「服務台在哪裡？」

中年女人抬起頭，眼鏡的鏡片閃著光，她冷冷地問：「你說什麼？」

「我在找服務台。」

「喔，」中年女人一臉無趣地點了點頭，「現在沒有了，你要探視病人嗎？」

「對，矢神康治先生……」

中年女人聽到伯朗這麼說，她的眼鏡好像又發亮了。

「喔喔喔，」她用奇怪的方式附和著，「你先去六樓，再問護理站的人。」說完，她看向伯朗身後，仔細打量著楓。

「謝謝。」伯朗說完，轉身離開了。

「感覺好差啊。」楓邊走邊說。

「我也有同感。我們說來探視院長，竟然是這種態度，到底是怎麼回事？」

但是，他們在六樓的護理站再次體會了這種奇妙的感覺。當伯朗詢問康治的病房時，年輕的護理師回答說：「矢神先生在六〇五號病房。」她在說話的時候，露出了好奇和困惑的眼神。

伯朗納悶地偏著頭，走向病房。六〇五病房位在走廊盡頭。

他敲了敲門，病房內立刻傳來應答聲。雖然聲音聽起來很低沉，但是女人的聲音。

不一會兒，門就從裡面打開了，一個身穿紫色開襟衫的矮小婦人走了出來。她的頭髮白了，臉上也有了和年紀相符的皺紋，但抬頭挺胸的姿勢很有力。她就是康治的妹妹波惠。

波惠抬頭看著伯朗，挑起單側眉毛說：「好久不見。」

「好久不見。」伯朗鞠了一躬。

「多久了？」

「我媽的七週年忌辰之後就沒見過。」

「喔喔，」波惠面無表情地輕輕點了點頭，「沒錯。」

「上次承蒙妳費心了。」

「我什麼都沒做。」波惠瞥了楓一眼，再度看著伯朗，「昨天接到順子的電話，聽說你要來探視。老實說，我嚇了一跳，因為我以為你已經和矢神家斷絕關係了。你還記得自己在禎子的七週年忌辰時說了什麼嗎？」

「當然記得，我當時說，我今天是代表手島家來這裡。」

「所以哥哥生病時，也沒有通知你。哥哥也說，不需要通知。」

「我對你們沒有通知我這件事並沒有不滿，而且我也的確很猶豫到底要不要來探視。但是，她拜託我陪她來……」伯朗說到這裡，轉頭看向後方，「我來介紹一下，她是明人的太太。」

「我叫楓，請多指教。這個、如果不嫌棄的話，請大家品嘗。」楓必恭必敬地打了招呼，遞上了一直拿在手上的紙袋。

波惠注視著楓，臉上甚至沒有露出客套的笑容，然後輕輕嘆了一口氣說：「進來吧。」

她沒有伸手接過紙袋，轉身走了進去。

「打擾了。」伯朗說完，和楓一起跟在波惠身後走了進去。

一走進病房，立刻看到了流理台和壁櫥。波惠打開了後方的拉門，一個大型液晶電視映入眼簾，電視前有一張床，離病床不遠的地方是桌子和椅子。

波惠走到病床旁，一臉冷漠的表情探頭向被子張望，小聲地叫了一聲：「哥哥。」然後看著伯朗他們搖了搖頭，「他睡著了。」

伯朗遲疑了一下，然後走上前，看到了躺在病床上的康治的臉。他的臉變成了灰色，瘦得幾乎快認不出來了，但獨特的鷹勾鼻顯示他就是康治。

康治的身上除了點滴以外，還連了很多管子，監測心跳的儀器就放在床邊。

康治一臉平靜的表情閉著眼睛，可以聽到有規律的呼吸聲。

「他有醒來的時候嗎？」伯朗問波惠。

「偶爾會，但很快又睡著了。醒來的時間最多不超過三十分鐘。」波惠拉了一張桌旁的椅子坐了下來，「你們也坐吧，哥哥還不會這麼快醒來。」

「好。」伯朗還沒說話，楓就搶先回答，然後拉了椅子，在波惠對面坐了下來，「請問這個要放在哪裡？」她坐下之後，從紙袋裡拿出一個長方形的禮盒。

「上面寫著『虎屋』，裡面該不會是……」

「當然就是羊羹。」

楓很有精神地回答，波惠無力地皺起眉頭。

「不要以為所有老人都喜歡吃甜食，其中也有人因為健康因素，必須控制糖分的攝取。」

「啊，對不起。」楓想要把禮盒收回來。

「沒關係，放著吧，反正會有人吃。」波惠厲聲說完後，看著楓的臉問：「對了，明人什麼時候回國？工作再怎麼忙，父親命在旦夕，他還不回來，到底是怎麼回事？」

「啊，對不起。他目前正在開發新業務，暫時無法離開西雅圖，所以請妳把我當成明人的代理，不管什麼事，都儘管吩咐。」

「哼哼，」波惠不以為然地冷笑著，「明人也真是的，竟然沒有通知一聲，就突然叫老婆上門，也未免太過分了，看來他真的很討厭我們。」

「不是討厭，只是生意——」

波惠搖了搖手，打斷了楓的話，「你們什麼時候結婚的？」

「去年年底。」

「登記呢？」

「還沒有。」

「還沒有嗎？」伯朗在坐下的同時問道，「我第一次聽說。」

「因為你沒問。」

「但通常說結婚，就是指登記啊。」

「日本是這樣，但我們是在美國舉辦婚禮，登不登記根本無關。」

「話雖這麼說，這裡是日本，」波惠用平淡的語氣說，「既然沒有登記，有人會不承認妳是正式的太太。」

「等明人回來之後，我們會馬上去辦手續。」

「最好這麼做，原本就已經有很多糾紛了，如果獨生子的太太只是同居人，事情會變得更複雜。」

波惠說到一半時，伯朗忍不住感到不對勁，「糾紛？」

波惠瞪了他一眼問：「你不是和矢神家斷絕關係了嗎？」

「是啊，對不起，我這個外人太多管閒事了。」伯朗抓了抓頭，將視線移向病床，「但既然來探視，問病人的情況應該沒問題吧？目前是什麼狀況？」

「我剛才也說了，目前處於時睡時醒的狀態，並沒有進行積極的治療，感覺就是靜靜等待那一刻。主治醫生說，隨時都可能離開。」波惠淡淡地說。

「所以目前陪在這裡的……」伯朗用手掌指向她，吞吐起來。

波惠苦笑著說：

「你直到最後，都沒叫過我一聲姑姑。所以，現在也不知道該怎麼叫我？我說錯了嗎？」

因為波惠說的完全正確，伯朗聳了聳肩，她滿意地點了點頭。

「我們都是老大不小的成年人了，你可以直接叫我的名字。還是說，你連我的名字也忘記了？」

「怎麼可能？」伯朗清了清嗓子，再度開口時，感覺到自己臉上的表情有點僵。

「所以，波惠，目前只有妳陪在這裡嗎？」

「對。」她一臉嚴肅地點了點頭，「哥哥身體好的時候那麼照顧那些人，最近他們甚至不來探視，真是薄情寡義。」

伯朗不知道該怎麼回答，只能附和說：「這樣啊。」

三個人都陷入沉默時，床上傳來衣服摩擦的聲音。波惠伸長脖子張望了一下，然後站起來說：「他好像醒了。」

伯朗也站了起來，走到病床旁，楓也跟了過來。

「哥哥，聽得到嗎？伯朗來看你了。他是伯朗，你知道吧？」波惠大聲地在康治耳邊說話。

康治微微睜開眼睛，微微轉過頭。雖然臉上幾乎沒有表情，但雙眼似乎看到了伯朗。他的嘴唇動了一下，雖然聽不到聲音，但伯朗從他的嘴形知道，他叫了一聲「伯朗弟弟」。

「好久不見。」伯朗鞠了一躬。

康治的眼皮好像痙攣般動了幾下，伯朗見狀，認為康治應該是感到高興。他應該已經沒有力氣活動表情肌，但仍然努力試圖表達目前的心情。

「還有啊，」波惠再度在康治的耳邊大聲說話，「伯朗帶了明人的太太一起來。明人結婚了。」

康治的眼皮再度抖動起來，眼珠子晃動著，似乎在尋找什麼。

「就是這位。」伯朗稍微離開病床前，讓楓站到前面。

下一剎那，楓好像癱倒般跪在病床前，把臉伸到康治面前叫了一聲：「爸爸，我是楓。啊，真是太感動了，我竟然可以見到明人的爸爸。」

伯朗聽到這番好像在演戲般的台詞愣了一下，同時和波惠互看了一眼。她似乎也嚇了一跳，但立刻收起了慌亂的神情對康治說：「哥哥，太好了，這下子沒有任何遺憾了。」

康治的嘴巴動了一下，但還是聽不到聲音。波惠把耳朵貼到康治的嘴邊問：「啊？什麼？你剛才說什麼？」

康治似乎說了什麼，波惠突然皺緊了眉頭說：

「不是，你在說什麼啊。她不是伯朗的太太，是明人的太太。明人結婚了，伯朗還沒有結婚，你知道嗎？」

但是，康治臉上的表情沒有變化，也不知道他是不是聽懂了波惠的話。

「雖然主治醫生說他的腦袋很清醒，但有時候會有點糊塗。」波惠低頭看著康治，微微偏著頭說：「與其胡言亂語，還不如睡著就好，我也不必整天忙著擦屁股了。」

「但是，我能夠在爸爸醒著的時候見到他，真是太幸運了，我好感動。」楓的語氣仍然很興奮，「我決定了，我明天就來這裡幫姑姑。我每天都會來，妳可以叫我做任何事。」

她興奮地說道，波惠也有點被她嚇到了，「這當然幫了大忙……」

「哇，太好了。爸爸，我們說好了，明天開始，就請你多指教了。」

聽到楓這麼說，康治的嘴唇微妙地動了幾下，「啊？爸爸你說什麼？」楓把耳朵貼在康治的嘴邊，但似乎仍然沒有聽清楚。

「讓我來。」波惠擠進他們中間，把臉探到康治面前，「哥哥，怎麼了？你有想要說的話嗎？啊？什麼？你再說一次。」波惠拚命把耳朵貼過去，想要聽清楚康治說什麼。

波惠隨即訝異地皺了皺眉頭，離開了康治。

「他好像有事要找伯朗。」

「啊？找我嗎？」

「好像是，雖然不知道他會說什麼，但你來聽一下。」

伯朗有點困惑地走到病床邊，和楓剛才一樣跪在地上，探頭看著康治的臉。因為他不知道該說什麼，所以就說：「我是伯朗。」

康治把頭緩緩轉向伯朗，用力睜開了原本半閉的眼睛。雖然他臉上仍然沒有表情，但從他的臉上可以感受到堅強的意志。

「你告訴明人，」康治說。他的聲音很有力，聽得一清二楚。「你告訴明人，叫他不必背負……」

他的口齒清晰，不可能聽錯。伯朗和波惠互看了一眼，她也意外地瞪大了眼睛。

「什麼意思？他不必背負什麼？」伯朗問。

但是，康治沒有反應，然後緩緩閉上了眼睛，立刻聽到均勻的呼吸聲。

「剛才這句話是什麼意思？」伯朗問波惠。

「應該可以理解為字面的意思吧。明人是矢神家的繼承人，一旦哥哥去世，他必須扛起很多責任。哥哥應該是說，他不必勉強背負這些責任。」

「為什麼特地對我說？他應該知道我和明人沒有來往。」

「這就不知道了。」波惠偏著頭，「搞不好因為生病的關係，腦筋有點錯亂。」

「沒這回事，爸爸一定覺得只有哥哥才能夠幫助明人，一定就是這樣。」

「妳根本不瞭解我們兄弟，也不瞭解康治先生。」

「那我會努力瞭解，我會在照顧的同時，和爸爸說很多話。所以，姑姑，請多指教。」

楓似乎真的打算明天開始來這裡照顧康治。

「我非常瞭解妳的心情，但我無法擅自決定。」

「啊？為什麼？」

「我剛才也說了，既然你們還沒有登記，就會有人不承認妳是正式的太太，但也不能不把妳介紹給他們。」波惠沉思片刻後，用力點了點頭，似乎終於下定了決心，看著楓說：

「妳要不要乾脆來參加親屬會？」

「親屬會是什麼？」

「最近會找時間討論矢神家今後該怎麼辦，再怎麼中落，畢竟是矢神家，等當家的去世之後才開始手忙腳亂就太丟人現眼了。」

「太棒了，我可以參加嗎？」楓雙眼發亮，在胸前握著手。

對一般的女生來說，受邀參加親戚的聚會一定會心情很沉重，但楓的感性似乎異於常人，而且她還催促地問：「什麼時候？我隨時都沒問題。」

「我會開始約人，決定詳細日期後會通知妳。」

「太好了，真期待啊。是不是很期待？」楓徵求伯朗的同意。

「我是外人，和我沒關係。」

「不，」波惠開了口，「既然明人不在，也許你也出席比較好。」

「為什麼？」

「因為這次大家聚會，是要討論遺產的繼承問題。」

「那更和我沒關係了，我沒資格繼承矢神家的財產。」

「的確是這樣，但這次哥哥的親生兒子明人不在，所以必須找人代理。你沒有任何利害關係，從某種意義上來說，是很適合的人選。既然楓不是明人正式的太太，只有這樣才能讓大家接受。」

「哥哥，拜託你了，請你和我一起出席。」

「饒了我吧，大家都不想看到我。」

「但是，」波惠露出意味深長的眼神看向伯朗，「遺產中應該也有禎子的遺物，即使這樣，你也不想有任何牽扯嗎？」

伯朗愣了一下後問：「有什麼樣的東西？」

「這我就不知道了，因為哥哥也沒告訴我們詳細情況。你的決定如何？」

波惠逼他趕快決定。
「哥哥。」楓央求地叫著他。
伯朗嘆了一口氣，從口袋裡拿出名片遞給波惠。「日期決定之後，打電話到這裡通知我。」

7

「原本只是陪妳來探視，沒想到惹上麻煩事了。」伯朗發動車子後嘀咕道。
「但你也很在意公公怎麼處理婆婆的遺物吧？」
「是啊，但仔細想一想，就知道並沒有留下什麼像樣的遺物，否則我媽死的時候，應該就會提到。嗯，沒錯，果然是這樣，我不應該跑來湊什麼熱鬧。」伯朗踩了煞車，「我去跟波惠說，收回我剛才說的話。」
伯朗說完，想要轉動方向盤迴轉。
「等一下。」楓抓住了他的手臂。因為她握得很用力，伯朗有點驚訝。
「妳幹嘛？」
「如果你不一起出席，我會很傷腦筋。」
「妳沒問題，妳只要說妳是明人的老婆，完全不必怕任何人。」
「但如果一直找不到明人呢？這樣也沒關係嗎？他是唯一和你有血緣關係的親人。」楓握住伯朗手腕的手指更加用力。

伯朗轉頭看著她的臉，她的雙眼有點充血。

「什麼意思？」

「我覺得，」楓開口說道，「明人的失蹤和矢神家不無關係。」

「妳是說，矢神家的人知道明人的下落。」

「對，不僅是這樣，」楓略帶棕色的雙眼亮了起來，「搞不好是因為矢神家某個人的關係，他不得不失蹤。」

「妳是說，他遭到軟禁嗎？」

「這還不算最糟的。」

「軟禁還不算最糟？妳的意思是……」

伯朗說到這裡，楓突然笑了起來，「開玩笑的。啊喲，你不要露出這麼可怕的表情嘛，怎麼可能有這種事嘛。」她鬆開了伯朗的手腕，用力拍了他的肩膀。她拍得很用力，伯朗覺得很痛。

「開玩笑，開玩笑而已啦，哈哈哈。總之，如果你不陪我一起去，我會很傷腦筋。你是男人，一言既出，駟馬難追，知道了嗎？」

伯朗的手鬆開方向盤，摸著剛才被打的肩膀。他不打算再迴轉了，因為他發現楓剛才說的話並不是「開玩笑而已」。

因為明人留了字條，所以伯朗一直認定是明人按照自己的意志失蹤，但未必是這樣。即使一開始他是自願離家，但之後可能有人強行留住了他。

楓應該早就想到了這個可能性，所以想要瞭解矢神家的情況。這就是她想要參加親屬會的最大目的。

「哥哥，你為什麼不說話？」楓問他。

「不，沒事。妳家在哪裡？不，應該說明人的公寓在港區哪裡？我送妳回家。」

「真的嗎？太幸運了。」

楓說了詳細的地址，伯朗輸入了衛星導航系統後，再度把車子開了出去。

明人的公寓位在離青山大道不遠，那是在一條複雜地彎來彎去的馬路旁一棟六層樓房子，沒有華麗的裝飾，整體感覺很高雅。周圍有很多類似的建築物，不遠處是某國的大使館。

「明人這傢伙一個人住在這種地方嗎？有幾個房間？」

「應該算……一房一廳。」

「和我住的房間一樣，一個人住足夠了。」

「你要不要去參觀一下？我倒咖啡給你喝。」

「可以嗎？」

「當然啊，我很樂意，只不過回國後還沒有打掃過，家裡很亂。」

「那我就不客氣了。」

楓告訴伯朗，明人去西雅圖之前把原本租的停車位解約了，所以伯朗把車子停在附近的投幣式停車位後，兩人一起走回公寓。

一走進公寓，伯朗立刻驚訝不已。自動門內有一個櫃檯，管家秘書對他們說：「歡迎回家。」

「這裡的房租多少錢？」伯朗走進電梯後問道。

「我也不是很清楚，」楓按了六樓的按鍵，「但查一下就知道了。」

「雖然只有一房一廳，但看起來不像只有十萬、二十萬。」

伯朗想起自己在豐洲所租的公寓，雖然不到五十平方公尺，但房租也超過十五萬圓。

電梯來到六樓，伯朗跟在楓的身後。無論牆壁的質感和一整排門的感覺都很厚實，感覺是在飯店。

楓很快在一道門前停了下來，從皮包裡拿出鑰匙，打開了兩道門鎖。她一打開門，屋內的燈就自動亮了。

「請進。」在她的邀請下，伯朗走進屋內，立刻對寬敞的脫鞋處感到目瞪口呆。不要說腳踏車，恐怕可以停一輛機車。這麼大的空間內，只隨便放了幾雙看起來像是平時穿的球鞋和海灘鞋。

前方右側是房間，但正前方有一道門，他忍不住問：「這是什麼？」

「是壁櫥式鞋櫃。」楓神態自若地回答。

「壁櫥式……我可以看一下嗎？」

「請便。」

一打開門，裡面也自動亮起了燈，高爾夫球袋立刻映入眼簾，後方是滑雪板。伯朗繼續東張西望地打量著，牆上的架子上整齊地排放著看起來很高級的鞋子。他隨手拿起旁邊一雙皮鞋，就連對名牌沒有興趣的伯朗，也知道鞋底印的品牌名稱。

他把鞋子放了回去，關上門後，嘆了一口氣。

「是不是又小又亂？我之前就叫明人稍微整理一下。」楓一臉歉意地說道。

伯朗說不出話，他發現脫鞋的地方和壁櫥式鞋櫃，比自己學生時代住的房子更大。

「進來吧。」楓為他準備了拖鞋。

光是玄關就這麼大，不難推測裡面的情況。但實際走進去後，發現遠遠超出了他的想像。客廳兼餐廳至少有十五坪，巨大的液晶電視前是豪華的皮沙發，還有正統的音響設備。一整片牆都是架子，放滿了書籍、CD和DVD類。大理石餐桌應該可以坐八個人，但放在這個房間內，並不覺得特別大。

「你隨便找個地方坐。」

雖然楓這麼說，但房間太大了，他不知道該坐哪裡。猶豫了一下，在旁邊的電動按摩椅上坐了下來。

「我來泡咖啡。啊，我會順便查一下房租。」

「不，房租不用查了。」

「沒關係嗎？查一下就知道了。」

「不用了，謝謝妳。」

伯朗覺得還是別問比較好。

既然坐在按摩椅上，伯朗打開了電源。根據語音介紹的內容，隨便按了幾個按鍵，按摩椅就動了起來，卻按不到腰和脖子的穴道。伯朗感到納悶，一看面板，發現上面顯示了「喜好設定 使用者1」，八成是根據明人的身高設定的。

他操作按鍵，配合自己的身體重新調整，這次終於按到穴道了。由此可見，明人目前比伯朗稍微高一點。到底什麼時候被他超越的？禎子去世時，伯朗還確實比明人高。

他沉浸在按摩的快感中，再度打量室內。房子真的很大，明人一個人住，為什麼需要這麼大的房子？

伯朗看向架子上的CD，有莫札特和巴哈等經典古典音樂。伯朗想起在明人出生後，家裡就經常放古典音樂。康治認為要聽真正的音樂，才能培養樂感。

伯朗覺得康治的方針或許很正確，同時也想到明人挑選這麼大的房間，或許是拜那些帝王學所賜。明人一定不覺得自己做了什麼特別的事，如果別人問他為什麼要住這麼大的房子，他應該會回答，房子不都這樣嗎？

一股香氣飄來，楓從廚房走了出來。她雙手拿著托盤，上面放著白色咖啡杯，而且不知道什麼時候換了一件V領的白色針織衫和藍色長褲，頭上綁了髮帶。

楓把托盤放在沙發前的茶几上，看著伯朗問：「要不要我把咖啡拿去那裡？」

「不，我過去。」

伯朗坐在沙發上，楓把咖啡杯放在茶托上，放在他面前。這時，V字領的領口下露出了乳溝。因為伯朗完全沒有期待，也出乎他的意料，所以忍不住心慌意亂，沒來由地抓了抓頭。

「你不需要牛奶和砂糖吧？」

「對，不需要。」

伯朗把杯子拿過來時，不經意地看向楓的手，發現她的左手無名指戴著戒指。

「這個婚戒真特別啊。」

「這個嗎？對吧？」楓伸出左手，似乎覺得伯朗很有眼光，「這是在紐約的珠寶店訂做的。」

一條銀色的蛇纏繞在她的無名指上，也就是所謂的蛇戒。眼睛的部分鑲的應該是紅寶石。

「明人說，蛇是吉祥的動物，他的戒指眼睛部分是藍寶石。」

「原來是這樣啊。」

來動物醫院的飼主中，也有很多女性戴著婚戒。伯朗之前從來沒有注意過，但是，此刻看到楓無名指上的蛇戒，再次確認眼前的女人是有夫之婦，而且是明人的妻子，所以有點不知所措。

「妳知道蛇是怎樣交配的嗎？」

楓聽了他的問題，眨了眨眼睛說：「我不知道。」

「牠們會在合體的狀態下，纏在一起好幾天。可以說，蛇是所有動物中最熱情交配的動物。」

「是喔……」

「進入母蛇體內的精子，可以在母蛇體內存活好幾年。」

「是喔！」楓打量著自己的左手後，轉頭看著伯朗，她的眼中散發出妖媚的光，「我越來越喜歡這個戒指了。」

「那很好啊。」

伯朗輕咳了一下，視線從戒指上移開，把杯子舉到嘴邊。他看著排放在架子上的相片，其中有幾張是明人和楓的合影，有些在公園，有些在看起來像是餐廳的店內，也有在神社——有各種不同的背景。

他看到其中一張相片時，忍不住倒吸了一口氣。相片上是獨棟的房子，但對伯朗來說，那並不是普通的房子。他放下杯子，拿起相片。

「你果然覺得很懷念嗎？」楓問道。

「或多或少吧，」伯朗說：「但難過的感覺稍微強烈一點。因為總是會忍不住想，如果沒有這棟房子，我媽或許就不會發生那種事。」

相片上是位在小泉的那棟房子，也是禎子在浴室意外身亡的那棟房子。

「他……明人為什麼把這張相片放在這裡？對他來說，應該也不是愉快的回憶。」伯朗把相框放回架子時，感覺裡面有什麼東西動了。他感到很納悶，搖了搖相框，聽到喀答喀答的聲音。

「怎麼了？」

「裡面除了相片以外，好像還有其他東西。」

伯朗把相框翻了過來，拆下後蓋，有什麼東西噗嗒一聲掉在地上。是鑰匙。原本似乎用膠帶貼在後蓋上。

伯朗注視著撿起的鑰匙。

「是那棟房子的鑰匙嗎？」楓問。

「應該是，雖然我從來沒有仔細看過，但我記得我媽有這樣的鑰匙。」伯朗再度看著房子的相片，「為什麼會有鑰匙……？」

配一把備用鑰匙太簡單了——明人在禎子守靈夜時說的話在腦海中響起。那是同母異父的弟弟中學一年級時的聲音。

「現在那棟房子呢？」

「很久以前就拆了，但在我媽去世之後，我就再也沒去過。那棟房子一直由我媽管理，之後由康治先生負責，但老房子留著也沒用，所以最後就拆了，我只收到一張變成空地的相片。」

伯朗忘了那張相片去了哪裡，可能看了一眼就丟掉了。

伯朗把鑰匙放回原處，把相框放回架子上。接著他看到一個光碟收納盒敞開著放在架子上，裡面是空的。那是通用的盒子，並沒有封套。

「DVD的盒子嗎？」伯朗拿起盒子，小聲嘀咕著。

「是CD，回來的那一天，明人聽了CD。」楓操作著不知道從哪裡拿出來的遙控器。牆邊的音響打開，響起了音樂聲。喇叭似乎也是高級貨，音質很棒。

那不是交響樂，而像是合成器演奏的旋律。伯朗不知道是什麼曲子，以前從來沒聽過。那首曲子很奇妙，聽起來很單調，卻又包含了複雜的旋律。閉上眼睛傾聽，忍不住漸漸被吸引。

「是用合成器演奏古典音樂嗎？」伯朗睜開眼睛問道。

「這不是古典音樂，好像是病人創作的曲子。」

「病人？」

「正確地說，是以前的病人，公公的病人。明人這麼對我說。」

「康治先生的病人？我記得他是神經科的醫生。」

「創作這首曲子的人有學者症候群。」

「學者症候群？喔……所以是康治先生的病人。」

有些自閉症病患在語言和人際關係方面的能力有明顯的障礙，但在知識領域和藝術領域展現出異於常人的才華，所以稱為學者症候群。達斯汀．霍夫曼主演的《雨人》引起了廣泛討論，也讓更多人瞭解了這種疾病。

「公公好像一輩子都在研究學者症候群。這名病患在音樂方面發揮了特別的才華，但聽說也有很多人在其他領域也很有才華。尤其是繪畫作品，聽說公公蒐集了這些人的作品，兼顧興趣和實際利益。」

「是這樣啊，我完全不知道。」

「聽明人說，」楓露出嚴肅的眼神看著伯朗，「公公和婆婆也是因為這個原因才會認識。」

「這個原因？」伯朗看著楓的臉，「什麼意思？」

「公公在某家畫廊看到一幅畫，」楓說了起來，「一看到那幅畫，公公立刻直覺地知道，畫這幅畫的畫家應該有學者症候群，或者是接近學者症候群的狀態。於是就問了畫商，調查了畫家，想要見畫家本人。」

「但畫家已經死了。」

楓點了點頭，「就是這樣，但他見到了畫家的遺孀，他們就是因為這樣才認識的。」

「我第一次聽說。」

「我想也是，因為明人說，他也是長大之後才聽公公說的。」

禎子和康治的相遇——回想起來，以前從來沒有考慮過這個問題。雖然這件事讓他感到驚訝，但事實上也沒有什麼機會思考。

「但根據我的記憶，我爸應該很正常，所以說他有學者症候群，我也完全沒感覺。」

「聽說好像不是能夠明確斷定的病例，雖然有這種傾向，但仍然有各種不同的程度。對公公來說，可能沒有太大的研究價值，但在人生方面，卻有了重大的收穫，因為他遇到了後來成為他太太的女人。」

「所以說，他們是因為我媽之前的丈夫的關係認識的嗎？」伯朗抱著雙臂，「作為那個丈夫的兒子，心情有點複雜。」

「但如果他們沒有相遇，就不會有明人。」楓露出挑釁的眼神看向伯朗，「對我來說，這件事更重要。」

伯朗被她的眼神震懾，低頭回答說：「我瞭解。」

8

伯朗把洗出來的X光照放在投影機上，點了點頭。果然不出所料。

他轉動椅子，面對飼主。今天第五位飼主是一名二十多歲的女性，頭髮染成棕色，強調一雙大眼的化妝很妖豔。她身上的皮夾克看起來很高級，胸前的鑽石應該是真貨，卡地亞的戒指應該也不是仿冒品，迷你裙下露出雙腿，腳趾擦了五色繽紛的指甲油。

她小心翼翼地抱在手上的是倭狨，是全世界最小的猴子。

當有人帶猴子來醫院時，伯朗通常都很警覺，不會輕易靠近。雖然一方面是避免猴子突然咬人或是抓人，但最大的原因是因為不知道猴子到底生了什麼病。猴子和人類的基因很相似，即使是像倭狨這種小動物，也是如假包換的靈長類。人類的感冒不會傳染給貓、狗，但會傳染給猴子，當然也會發生相反的情況。所以，伯朗沒有馬上伸出手，而是問飼主：「請問牠哪裡有問題？生病了嗎？還是受傷了？」

女飼主回答說：「我覺得牠的動作不太對勁。」詳細瞭解後，大致知道是什麼問題，看起來並不是傳染病。他叫來蔭山元實，為倭狨做了X光檢查。那是三十分鐘前的事。

「妳可以看一下這裡嗎？是不是有一條很小的龜裂？」伯朗指著相片中的一部分，那是倭狨的下肢，「大腿骨有裂痕，所以牠的動作會奇怪。」

「啊！」女飼主發出驚叫，「什麼時候出現的……？是不是曾經從哪裡掉下來？」

「所謂猴子也會從樹上掉下來，有這種可能，但這不是根本的原因。」伯朗用指尖畫了一個圓，把X光照圈了起來，「牠的骨質密度很低，是不是營養方面有問題？妳餵牠吃什麼？」

「牠吃很多東西啊，像是水果，還有餅乾。」

「猴糧呢？」

「喔，那個喔，」女人皺著臉，「牠不吃那個，感覺好像不好吃。」

「你們該不會把吃剩的食物餵牠？」

「不行嗎？」女人不以為然地問。

伯朗用指尖抓了抓眉尾。

「因為人類的食物很好吃，吃慣了之後，猴子就不想吃猴糧了，但考慮到營養均衡的問題，必須以猴糧為中心。即使一下子改不過來，可以先泡在牛奶或是果汁裡，或是搗碎後混在人類的食物中，要設法讓牠吃。當牠願意吃之後，再逐漸增加猴糧的份量。」

「有辦法做到嗎？」

「如果妳不這麼做，牠的身體會出問題，會一再發生更嚴重的骨折。」伯朗指著在女人手上縮成一團的猴子，「我會開一些鈣劑和維他命D，每天餵牠吃一次。另外，有沒有為牠裝紫外線燈？」

「那是什麼？」

她果然不知道。伯朗感到渾身無力。

「飼養猴子一定要裝紫外線燈。首先，要把籠子放在可以照到太陽的地方，盡可能去買紫外線燈。妳男朋友應該會幫妳買吧？」

「……我問他看看。」

「請務必這麼做。那就請多保重。」

抱著倭狨的女人站了起來，目送她走向門口後，伯朗轉動椅子，在桌前寫藥的處方。猴子的病患又增加了，他忍不住咂著嘴。池田院長原本是動物園的獸醫，這家動物醫院的賣點就是為所有動物看病，但伯朗忍不住想要抱怨，根本沒有為實際看診的自己著想。

「真可愛啊。」

背後突然響起一個聲音，他差點跳起來。

回頭一看，發現是楓。她今天穿了一件曲線畢露的灰色針織洋裝，外面是一件棕色大衣和皮包，手上拎著紙袋。

「妳什麼時候進來的？」伯朗在問話時努力忍住不看她的大腿和胸部。

「就是現在，那個可愛的客人走出去的時候。」

「那不是客人，而是病患，而且即使看起來可愛，猴子是很兇猛的。」

「我不是說猴子，我是說飼主，既年輕，又漂亮。」
「喔。」伯朗點了點頭，「猴子的飼主通常都是年輕漂亮的女生，而且都很有錢。」
「是喔？為什麼？」楓瞪大了眼睛。
「因為有乾爹，」伯朗壓低嗓門，「她八成是在銀座的酒店上班。因為一個人住很寂寞，所以就央求男朋友買猴子給她。猴子很貴，而且很難買到珍奇的猴子。那隻猴子八成是走私進來的，因為不是在正規的寵物店買的，所以連飼育時需要紫外線燈這種基本知識也不知道。」
「普通人有辦法走私猴子嗎？」
「當然沒辦法，所以她的乾爹應該是這個。」伯朗用食指在自己的臉頰做出劃了一刀的動作，代表黑道的意思。
楓聳了聳肩說：
「原來獸醫也要體會各種經驗。」
「因人而異啦。」
門打開了，蔭山元實從櫃檯走了過來。她輪流看著伯朗和楓後，冷冷地問：「打擾你們說話了？」
「已經說完了——妳去候診室等我。」伯朗說，楓點頭走了出去。
伯朗拿起倭狨的處方箋，遞給蔭山元實。
她瞥了一眼處方箋後，揚起嘴角問：「今天也要約會嗎？」

「約會？只是帶她去親戚家而已。」
蔭山元實什麼都沒回答，故弄玄虛地用緩慢的語氣，小聲地說：「胸部，很有料喔。」
伯朗大驚失色。剛才目送楓走出去時，瞥了她胸部一眼，難道被蔭山元實看到了？
「什麼胸部？妳是說猴子嗎？」
他故意裝糊塗，蔭山元實用識破一切的眼神斜眼看了他一眼，默默走回櫃檯。

「和動物一起生活真不錯，應該可以得到療癒。我回西雅圖之後，也要來養寵物。有什麼值得推薦的動物嗎？」電車離站後，坐在旁邊座位上的楓立刻問他。
「不太清楚，貓和狗不行嗎？」
「那不是很普通嗎？你覺得迷你豬怎麼樣？空服員時代的一個朋友養了迷你豬，超可愛，很聰明，也很愛乾淨，也很容易訓練。」
「妳朋友家多大？」
「普通的套房。」
「妳最後一次看到那隻迷你豬是什麼時候？」
「嗯，差不多兩年前。」
「當時牠多大？」
「差不多這麼大。」楓用雙手比出小型犬的大小。
「妳最近有沒有聽這個朋友聊過迷你豬？」

「啊，你這麼一問，我想起好像很久沒聽她提到了，不知道怎麼了。」

「八成是丟掉了。」伯朗馬上回答。

「啊？怎麼可能？為什麼？」楓大聲問道。周圍的乘客都看著他們，她縮起脖子，小聲地繼續說：「她那麼疼愛牠。」

「迷你豬只要一年時間，就可以長到八十公斤，有些甚至超過一百公斤。」

「啊？這樣嗎？一點都不迷你嘛。」

「普通的豬有幾百公斤，相較之下，不是算迷你嗎？但還是不可能養在套房，而且牠的食量驚人，飼料費也很可觀。妳朋友應該養了半年就後悔了，祈禱她不是隨便棄養，而是確實進行撲殺了。」

「撲殺……」

「還是相信牠變成了豬肉，有人開心地吃下肚了。」

楓一臉悵然，垂頭喪氣。「太難過了……」

「飼養動物就是這麼一回事，不要想得太簡單。」

「那我考慮其他動物，不知道養什麼比較好呢？」

楓露出認真的眼神看著前方，伯朗看著她的側臉，覺得她搞不好真的打算飼養動物。她剛才說，等回到西雅圖之後，這當然代表她和明人一起飼養的意思。原來她相信明人會安全回來。不，也許只是她想要這麼相信。

伯朗則是覺得五五波，既有不吉利的想像，覺得明人可能捲入了什麼事件，又覺得搞不好他突然現身，發現他果然是因為女人的事發生了糾紛，讓人忍不住有點洩氣。這兩種結果輪流浮現在腦海，兩種想像都沒有任何根據，也無法繼續想像下去，伯朗最後總是都告訴自己，無論是哪一種結果，自己都無能為力，然後不再繼續想下去。每次都這樣。

「對了，」伯朗看著放在楓身旁的紙袋問：「這是伴手禮嗎？」

「沒錯，我聽從了你的建議，買了烏魚子。」

「他們一定很高興。」

他們正準備去順子家。因為楓說想要見見順子，然後問伯朗，送什麼伴手禮比較好。伯朗告訴她，阿姨和姨丈喜歡喝酒。伯朗猜想晚餐時，也會邀自己和楓一起喝，所以今天沒有開車，而是改搭電車。

從都心搭了數十分鐘電車後，終於抵達了目的地車站。從車站搭計程車很方便。這是禎子再婚之前居住的地方，但是，看著計程車窗外，也沒有絲毫的懷念。過了三十多年，一切都變了樣。以前沒有的巨大購物商城拚命強調著自己的存在，小小的商店街似乎受到了影響，看起來格外沉寂。

「哥哥，你也很久沒和阿姨、姨丈見面了嗎？」剛才好奇地看著馬路的楓轉頭看向伯朗。

「差不多有三年沒見了。」伯朗回想後回答，「姨丈從大學退休了，說要為他舉辦慶祝會，我也一起參加了。但是，那次沒有去家裡，所以最後一次去家裡是我大學剛畢業的時候，差不多十三、四年前。」

伯朗去向他們報告，自己順利畢業了。之後雖然有打電話聯絡，但很少和他們見面。

「不知道明人怎麼樣。」

「他應該也幾乎沒和他們見面，我從來沒有聽阿姨提過明人，甚至曾經聽她說，她完全不知道明人在幹什麼。」

「是嗎？要重視和親戚之間的來往，以後我會和他們定期保持聯絡。」

「太佩服妳了，我不太喜歡和親戚來往，但阿姨和姨丈是例外，因為我小時候，他們曾經照顧我。」

「這樣不好，雖然俗話說，遠親不如近鄰，但外人終究是外人，不值得相信。」

聽到楓語氣強烈地這麼說，伯朗忍不住看著她的臉。

「對了，我還不知道妳的情況，只知道妳有哥哥、姊姊和妹妹。妳的父母呢？」

「都健在。」

「他們住在哪裡？」

「在葛飾經營串烤店。」

「他們知道妳結婚的事嗎？」

「我打國際電話通知了他們。」

「他們竟然沒有罵妳。」

「啊，我父母不會在意這種事。」楓若無其事地說，「因為他們當初結婚也有點像是私奔。」

「妳回國之後，曾經回去看他們嗎？」

楓默默地搖了搖頭。

「為什麼？」伯朗問。

「因為我騙他們說沒有回國。我用電子郵件告訴我妹妹說，原本打算回來，但臨時改變了。因為我決定回家時，要和明人一起回去。」

聽到楓這麼說，伯朗內心湧起一股暖流。明人一定平安無事，他一定會回來——這個信念讓她變得開朗。

「這……這樣可能比較好。」伯朗的視線看向窗外。

前方出現了一家小郵局，計程車在郵局停了下來。

下車後，走進了旁邊的單行道。小學低年級時，曾經在這條路上走過無數次，但長大之後，發現是一條很狹窄的私有道路，兩側都是民宅。

他在一棟門面很小的日本傳統房子前停下腳步，門牌上寫著「兼岩」兩個字。他按了老舊的對講機。

玄關的門打開了，披著白色開襟衫的順子面帶笑容地走了出來，「歡迎光臨，你們終於來了。」她歡快地跑了過來。

「好久不見。」伯朗鞠躬說道。

伯朗和楓跟著順子走進客廳，和兼岩夫婦面對面坐在使用多年的沙發上，就立刻用啤酒乾了杯。順子原本打算泡茶，但憲三得知楓帶來的伴手禮是烏魚子，就提議直接喝酒。他說，既然要喝，早點開始喝，就可以有更長時間開心喝酒。雖然他已經年過七十，但思考仍然很合理。

「話說回來，真是太驚訝了，沒想到明人竟然結了婚，而且娶了這麼漂亮的太太。」順子瞇起眼睛看著楓。

「對不起。」楓向他們道歉。

「為什麼道歉？在國外兩個人舉辦婚禮不是很棒嗎？伯朗，你是不是也這麼覺得？」

「呃，是啊。」

「以合理性的角度來說，這也是出色的選擇。」憲三摸著據說是模仿夏目漱石的花白鬍子說道，「豪華婚禮和婚宴根本沒有任何好處，不光是不經濟，還會為了要邀請誰、不邀請誰，如何安排座位、敬酒的順序這些人際關係的問題煩惱。」

「對啊對啊，如果你們在日本結婚，矢神家的親戚一定會有很多意見，搞不好根本不會邀請我們。」

「啊，那我可能也差不多。」

聽到伯朗這麼說，楓坐直身體說：

「怎麼可能？如果我們在這裡舉辦婚禮，不管誰有什麼意見，都不可能不邀你參加，阿姨和姨丈也一樣。」

「楓，這是因為妳不瞭解矢神家，才會說這種話。」順子用說教的口吻說道，「他們家的人自尊心很強，又很封閉，覺得自己最了不起。」
「順子，妳這麼說，會讓楓嚇到……」
「我只是實話實說啊，楓之後要和那邊的親戚打交道，所以，有心理準備比較好啊，妳說對不對？」順子徵求楓的意見。
「對，提供了很大的參考，謝謝。」楓拿起啤酒瓶，為憲三的杯子裡倒了酒，「我聽明人說，姨丈經常教他數學。」
「有嗎？但的確是我最先發現他在數學方面的才華。」憲三喝了一口啤酒，鬍子上沾到了白色的泡沫，「他在小學低年級時，就已經能夠理解方程式的概念了，但我不記得曾經教過他。」
「但他說，在姨丈家學數學……」
憲三和順子互看了一眼，笑了起來。
「這是事實，但我並沒有教他。他一個人在我的房間讀書，因為我房間有很多數學相關的資料和書，他基於好奇心翻閱後產生了興趣。他來這裡的目的就是這個。」
「原來是這樣啊。」
「那時候，他還是小學生，所以是天才，雖然康治不喜歡別人這樣說他兒子。」
伯朗也記得，康治經常說，明人並不是天才，還說天才無法得到幸福。
伯朗突然想起昨天和楓的談話。
「我想到一件事，阿姨、姨丈，你們知道康治先生在研究學者症候群嗎？」

「竟然叫他康治先生……」順子苦笑著，「這個稱呼不能改一改嗎？」

「事到如今，還能怎麼叫他？——姨丈，你知道嗎？」伯朗又問了憲三。

「學者症候群，就是《雨人》吧？雖然有智能障礙，但在其他方面發揮了天才性。康治在做這樣的研究……不，我不知道。」

「我也不知道，有這回事啊？」

「好像是，聽說是因為這件事才會認識我媽。」

伯朗簡短地向他們說明了昨天從楓口中得知的康治和禎子的認識經過。

「我第一次聽說，」順子說，「我記得姊姊跟我說，當初是透過共同的朋友認識的，但並沒有詳細告訴我是怎樣的朋友。也許那是騙我的，因為畢竟很難跟別人說，是因為去世的丈夫所畫的畫而認識的。」

「聽說康治先生看了我爸的畫，認為他有學者症候群的傾向，你們有什麼線索嗎？」

夫妻兩人再度互看了一眼，憲三搖了搖頭說：

「沒有。我和一清認識很久，從來不覺得他在精神上有什麼問題。康治看了哪幅畫，產生了這樣的感覺？」

楓困惑地偏著頭說：

「不知道，明人好像也不知道，只說是在畫廊看到的畫……」

「這就奇怪了，因為在一清去世的幾年前開始，畫廊就不願再掛他的畫。即使真的看到了畫，應該也是在其他地方。」

伯朗聽了順子的話，也忍不住點頭。因為他從禎子口中得知，父親的畫賣不出去。

「公公都是畫怎樣的畫？」楓問。

「妳要看嗎？」

楓聽到順子的問題，雙眼發亮地問：「可以嗎？」

「當然可以啊，伯朗，你也沒問題吧？」

「沒問題，我也很久沒看了，也想看看。」

「那就跟我來。」順子站了起來。

她打開了客廳旁的和室拉門，伯朗瞪大了眼睛。十張榻榻米大小的和室排滿了一清的畫，有些裝在畫框裡，有些只是畫在畫布上。

「我猜想你可能會想看，所以早上就準備好了。」

「原來是這樣啊……」伯朗走進和室，打量著那些畫。

他忘了最後一次看到父親的畫是什麼時候。一清死後，這些畫也放在家裡，但禎子再婚時，把畫送回了娘家。禎子離開人世時，康治曾經問他要怎麼處理這些畫，伯朗和順子討論後，決定放在兼岩家。

他拿起了手邊的畫框。古幣、手錶和鋼筆隨意地放在圖案很複雜的蕾絲上，這是他少數記得的畫之一。

「哇，好厲害，」不知道什麼時候走到身後的楓發出感嘆的聲音，「這真的是畫嗎？看起來好像相片。」

「雖然畫得很不錯，只可惜能夠畫出這種寫實畫的畫家太多了。」伯朗嘆著氣，放下畫框，「看這些畫，應該不可能懷疑他有學者症候群。」

伯朗又確認了其他的畫，雖然有幾幅畫以前沒看過，但圖案都很相似。

「阿姨，你們有沒有看過我爸最後畫的那幅畫？」

「最後？不知道……」順子轉頭看著丈夫。

「怎樣的畫？」憲三問。

「很難形容，但和這些畫完全不一樣，更抽象，而且有點像幾何圖案。如果是說畫那幅畫的畫家有學者症候群，我可能會相信。」

「一清畫了這種畫喔……不，我從來沒看過。」

「我也沒看過，姊姊也沒向我提過。」

「聽我媽說，我爸是在病情相當惡化之後開始畫那幅畫，但那幅畫還沒有完成。」

「是嗎？那姊姊可能處理掉了。」

伯朗雖然點了點頭，但內心還是覺得不太可能。那是父親生前最後的作品，即使未完成，母親應該也會妥善保管吧？

「畫的事就聊到這裡吧，難得楓帶了好東西來，差不多該喝日本酒了吧？」憲三改變了話題。

「啊，對啊，就這麼辦，就這麼辦。」順子走去廚房。

伯朗看著楓，她拿起了另一幅畫，「有妳喜歡的畫嗎？」伯朗看著她的側臉問。

她把手上的畫出示在他面前，畫中是一頂壓扁的舊棒球帽。那是巨人隊的帽子，伯朗不記得這頂帽子，但帽簷上用麥克筆小小地寫了伯朗名字的羅馬拼音「HAKURO」。

「哥哥，對你來說，只有一個父親嗎？」

伯朗想了一下後，點了一下頭。

「對我來說，一個父親就足夠了。雖然我媽可能需要新的丈夫。」

楓聳了聳肩，什麼也沒說，就把畫放了下來。

順子把一大早就準備好的菜排放在餐桌上，憲三拿出了珍藏很久的大阪灣沿岸一帶出產的清酒名酒。用名為「江戶切子」的雕花玻璃杯喝了幾口，濃醇的香氣從喉嚨一直擴散到鼻腔。冷酒容易入口，雖然伯朗告訴自己不能喝太多，但還是連續喝了三杯。

「話說回來，看來明人真的很忙，否則不會叫太太一個人回來，自己還留在美國。」順子眼睛周圍稍微有點紅。

「因為剛開始發展新的生意，所以有很多問題。」楓一臉歉意地垂下雙眉解釋。

「目前還是工作最重要，人生過程中，的確會有這種時期。麻煩的是，這種時候，經常會發生父母病倒，或是小孩生病的情況。但是，只有克服這些，才能獨當一面。妳可以告訴明人，叫他不必放在心上。」憲三有點口齒不清地說，「只是有點遺憾，原本希望難得可以和明人一起喝一杯。」

「姨丈，你現在平時都做什麼？」

「不瞞你說，和以前沒什麼兩樣。雖然現在不再去大學了，但數學是可以獨自研究的學問，所以我在持續研究。」

「喔？是什麼研究。」

「名叫黎曼猜想……妳沒聽過嗎？」

「黎曼？應該和雷曼兄弟沒關係吧？」

聽到楓認真地回答，伯朗差一點把嘴裡的酒噴出來。

憲三把酒杯舉到嘴邊，苦笑著說：

「這是數學界最大的難題，我活著的時候當然不可能解出來，即使我投胎轉世，也不知道那時候能不能解出來。但是，正因為這樣，才更值得研究。」

「所以你每天都在做研究，很少出門嗎？」

「是啊。雖然她經常說我運動不足，叫我至少要出門散步。」憲三說這句話時看著順子。

「你平時都在家嗎？」

「是啊。」

「明人說，他這個月七日曾經打電話來這裡，」楓說，「但那時候你們好像都不在家。」

「七日？」憲三困惑地轉過身。牆上貼著月曆，「七日的什麼時候？他打電話到家裡嗎？」

「應該是下午，他說是打家裡的電話。因為他想在我來之前，先向你們打聲招呼。」

憲三看向順子，「七日嗎？有接到電話嗎？」

「那天我出門了，朋友約我去看和服的展示會。」

「喔，是那天啊，那我沒有出門，一整天都在家。他真的是七日那天打電話來的嗎？」

「明人這麼告訴我，我再向他確認一下。因為有時差，所以搞不好他搞錯了。」楓回答後，嫣然一笑。

「妳告訴他，隨時都可以打電話來，我很想聽聽他的聲音。」

聽到順子這麼說，楓很有精神地回答說：「好。」

伯朗聽著他們的談話，覺得內心產生了狐疑。他在舉杯喝酒時，瞥了楓一眼。楓似乎察覺到了，一雙棕色的眼睛也看向他。

伯朗移開了視線，拿起筷子。餐盤裡裝了切成薄片的烏魚子和蘿蔔，他用筷子把烏魚子和蘿蔔片夾了起來，送進嘴裡。

晚上九點多時，伯朗和楓離開了兼岩家。

「今天真開心，改天再來家裡坐。」順子送他們到門外時說。

「謝謝招待。」伯朗道了謝。

「楓，妳也不要客氣。妳接下來還要參加矢神家的親屬會，加油囉，妳要抬頭挺胸，表現得落落大方。」

「好，我會努力。」楓在胸前握著雙手。

他們搭上順子為他們叫的計程車前往車站。

「他們人真好，而且聊了很多，給了我很大的參考。哥哥，謝謝你帶我來。」楓在車上低下一頭鬈髮的腦袋說道。

「妳覺得開心就好。」

「超開心，菜也都很好吃。」

「是啊。」

「你中途開始很少說話，怎麼了嗎？」

沒想到她看起來遲鈍，觀察卻很敏銳。伯朗覺得果然不能小看這個女人。

「不，沒事，只是喝酒有點累。」

伯朗說了謊，其實他也有問題想要發問，只不過怕被計程車司機聽到，所以就沒有說話。

來到車站後，他們一起搭上了往都心方向的電車。雖然電車並沒有很擁擠，但他們無法坐在一起。伯朗抱著雙臂，假裝睡著，不時觀察楓的情況。她坐在對面那排座位的角落，和大部分乘客一樣，不停地滑著手機。

他們直到下車後，才有機會說話。一走出驗票口，伯朗就對楓說，有話想要問她。

「請問妳說明人打電話到阿姨家是怎麼回事？」

「這件事有什麼問題嗎？」楓偏著頭問。

「妳不要裝糊塗，這個月七日，不正是明人失蹤的那一天嗎？他那天打電話去阿姨家嗎？即使真有其事，妳怎麼會知道這件事？」

楓抬眼看著伯朗，伯朗從她的眼中看到了以前不曾見過的冷漠眼神，有點慌了神。

她默默把頭轉向一旁，伯朗用雙手抓住了她的肩膀，「妳看著我。」

楓再度露出挑釁的眼神看著他，左手握住了伯朗的右手腕，用低沉而響亮的聲音說：「請你放手。」那一剎那，伯朗覺得纏繞在她無名指上的那條蛇的眼睛發出了紅光。

伯朗移開了放在她肩膀上的手。

「妳為什麼要說那種謊？為什麼說明人曾經打電話給他們？」

楓沒有回答，但也沒有慌亂。她目不轉睛地注視伯朗的雙眼帶著從容，好像在掂他的份量。

「雖然稱不上是推理，但要不要把我的想像說出來？」

楓微微揚了揚下巴，似乎在說：「請便。」

「那是為了確認他們的不在場證明。妳試圖確認阿姨和姨丈在七日那天的行蹤，是不是這樣？難道妳認為明人的失蹤和他們有關係嗎？」

楓挑著眉毛，嘴角露出了笑容，「有什麼根據認為他們無關呢？因為他們人很好嗎？」

「妳是認真的嗎？」

「當然啊，我老公下落不明啊。」楓的臉上仍然帶著笑容，但眼神格外銳利，而且雙眼充血。

伯朗嘆了一口氣，「妳去參加矢神家的親屬會時，也打算做同樣的事嗎？」

「如果有必要的話。」

「好吧，那請妳保證一件事。雖然我不知道妳會用什麼手法，但請妳事先告訴我，絕對不要胡來，沒問題吧？」

伯朗指著楓的臉問道。

她輕輕點了點頭，「我知道了。」

伯朗放下手，巡視周圍，「我們來找計程車，我送妳回家。」

「不用了，我自己回去沒問題。」楓舉起手，攔下一輛空車，「哥哥，那我就等你的通知。」她恭敬地鞠躬，說了聲「晚安」，就坐上了車子。

伯朗目送計程車離去，坐在後車座的鬈髮腦袋沒有回頭。

9

這對年輕男女帶來的花栗鼠六歲，伯朗在診察時，牠似乎無法用鼻子吸氣，所以一直張著嘴。年輕女人說，牠這幾天幾乎不吃飼料，而且好像變瘦了。

他們在兩個星期前發現有點不太對勁，因為花栗鼠經常一動也不動。伯朗覺得如果他們當時就送來，或許還有救，但他並沒有把這句話說出口。

花栗鼠在氧氣箱內活動起來，雖然稱不上很活潑，但至少能夠走來走去。那對年輕男女用一臉複雜的表情看著。

雖然不知道原因，但伯朗猜想花栗鼠應該得了肺癌，然後引起了各種併發症，導致消化系統和循環系統也都受到了影響。必須讓牠在氧氣箱內接受治療，也就是說，必須讓花栗鼠住院，為牠打點滴、注射後，觀察後續的情況，只不過不知道能不能治好。伯朗判斷八成治不好。

如果那對男女認為，即使最後治不好，也要盡人事，伯朗當然會收下這隻花栗鼠，但他告訴這對年輕男女：「治療的費用不便宜，不是一、兩萬而已，至少也要五萬圓，這是最低金額。」

這對年輕男女看起來二十出頭，不知道是已經結婚了，還是在同居而已，但只要看他們的打扮，就知道他們經濟上並沒有太多餘裕。他們之所以會飼養花栗鼠這種其實很難飼養的寵物，八成也是因為價格便宜。

年輕男人聽到伯朗的話，狠狠瞪著他。他一定覺得這個獸醫很無情。伯朗老神在在地回望著他。這家動物醫院並不是慈善事業——

伯朗看向牆上的掛鐘，快下午一點了。那對年輕男女說，會在下午一點之前作出決定。

嘎啦一聲，櫃檯的門打開了。

「醫生，你的手機響了。」蔭山元實遞上了手機。

伯朗接過手機，對那對年輕男女說了聲「不好意思」，走出了診間。走過無人的候診室時，接起了電話，在回答「你好，我是伯朗」時，已經走到門外的人行道上。

「我是波惠。」電話中傳來感受不到絲毫親切的聲音。

「那天謝謝了。」

「關於親屬會的事，明天方便嗎？」
「明天？這麼急啊。」
「因為我哥哥目前是這種狀態，所以我希望趕快召集大家。而且，我把楓的事告訴大家後，大家都很好奇。如果你明天不方便，那我可以提供幾個候補的日期。」
「不，我沒問題。楓八成也沒問題，去矢神大宅嗎？」
「沒錯，可以請你們正午來嗎？」
「知道了。」
「那就等你們了。」
「那就拜託了。」伯朗話才說到一半，電話就掛斷了。
他拿著手機準備走回醫院時，自動門打開了，花栗鼠飼主的那對男女走了出來。年輕女人一臉痛苦的表情，小心翼翼地抱著小籠子，一看到伯朗，對他鞠了一躬。年輕男人一臉憤然，甚至沒看他一眼。
走進診察室時，發現身穿灰色毛衣的老人正在看電腦螢幕。
「你隨便亂走沒問題嗎？」伯朗對著老人的後背問。
「今天感覺不錯，膝蓋和腰也都不痛。」老人轉動椅子，看著伯朗笑了起來，「只是手有點麻。」
他是這家動物醫院的院長池田幸義，今年快八十歲了，獨自住在這家醫院旁的主屋，平時很少出現在伯朗他們面前。聽說住在附近的姪女會去他家照顧他的三餐，但伯朗不太瞭解詳細的情況。

伯朗打開通往櫃檯的門，對蔭山元實說：

「花栗鼠的那對飼主似乎放棄治療了。」

「是啊，應該是院長的建議奏了效。」

伯朗將視線移向池田，「請問你提供了什麼建議？」

池田聳聳肩說：「我沒說什麼。」

「我想聽一下，作為日後的參考。」

「不是什麼值得參考的意見。我只是說，貓狗已經成為人類的寵物，但花栗鼠比起被人類飼養，在山上自由奔跑當然更幸福。他們剝奪了這隻花栗鼠生命的喜悅，花栗鼠很不抗壓，壓力也是造成牠生病的原因。」

「原來是這樣。」

雖然池田說的完全正確，但那對年輕男女一定覺得太嚴厲。

「對了，」池田說，「聽說你弟妹來找你？」

伯朗轉頭看向櫃檯。應該是蔭山元實告訴他的，但她假裝沒有聽到他們的談話，低頭繼續做事。

「有什麼問題嗎？」

「不，沒問題，只不過——」池田搓了搓鼻子下方，「你不是說，和家人都斷絕關係了嗎？」

「因為有一些複雜的原因。」

「是喔，我是不是最好不要知道這些原因？」

「沒什麼好說的。」

「是嗎？那這個話題就到此結束，但我想聊一聊另一件事，你有沒有考慮過了？」

「雖然考慮過了……」

「但還沒有結論？」

「對，」伯朗點了點頭，「因為畢竟事關重大。」

池田從鼻子吐了一口氣。

「只是改姓氏而已，我覺得並不是什麼大不了的事。」

「三十多年來，我都一直沒有父親，而且，我母親也在十六年前去世了，但到了這個年紀，突然要有新的父親，連我都不知道要怎麼接受這種狀況。」

「我說了好幾次，你不必擔心照顧我的問題。我之後會去安養院，錢也準備好了，我已經和春代說好了，會盡可能避免增加你的麻煩，更何況我的日子已經不多了。」

春代就是池田的姪女。

「我並不是擔心這件事。」

「那你到底卡在哪件事上？果然是姓氏嗎？你不想放棄手島這個姓氏嗎？」

「我也不知道，也許吧，畢竟是我當年特地改回來的姓氏。」

「既然這樣，那就繼續叫你手島，也可以把醫院的名字改成手島動物醫院——」

池田的話還沒說完，伯朗就伸手制止了他。

「這裡是池田動物醫院，沒有理由改成莫名其妙的名稱。」

池田垂著眉尾，苦笑著說：

「你還真頑固，不過，你以前就這樣。好吧，那我就繼續等，但你也知道，我的身體已經這樣，所以時間不多了，希望你盡快做出結論。」

「我會努力。」

「要朝積極的方向努力。」

老獸醫說完，嘿喲一聲站了起來。他扶著診察台，然後又扶著牆壁，緩緩走向後方的門。當他的身影消失在門外時，伯朗深深地吐了一口氣。

他巡視診間。可以稱為古董的X光機、訂製的診察台，以及需要掌握訣竅，才能夠穩定測量的心電圖記錄儀——這些都是這家醫院不可或缺的東西，同時，對伯朗來說，也都充滿了回憶。

他在禎子去世的隔年認識了池田，所以至今已經十五年了。他們是在伯朗打工的居酒屋認識的，有一天，一對看起來六十多歲的男女走進那家居酒屋用餐。

當伯朗把他們點的菜放在桌上，正準備離去時，發生了狀況。

「喂！」那名男客叫住了他，「這不是我們點的菜，」他指著盤子說：「我們點的是柳葉魚。」

「老公！」坐在同桌的女客皺著眉頭，「你別鬧了。」

伯朗立刻察覺了男客想要投訴的內容。雖然現在有很多人知道這件事，但當時很少有客人會質疑這件事。

盤子裡的確就是「柳葉魚」，但伯朗知道，只是大家這麼叫而已。

男客開口說：「這不是柳葉魚。」

「是毛鱗魚，」伯朗搶先回答，「也叫樺太柳葉魚，是胡瓜魚目胡瓜魚科的魚。因為樺太柳葉魚的名字太長了，所以本店簡稱為柳葉魚。另外，本店的鯛魚是吳郭魚，甜蝦是阿根廷紅蝦，蔥花鮪魚用的是翻車魚加沙拉油。」他一口氣說完後問：「有什麼問題嗎？」

男客哼了一聲，抬頭看著伯朗說：「你們明知道是假貨，還敢端出來給客人嗎？所以是明知故犯。」

「在這一點上，我們半斤八兩。你明知道真正的柳葉魚不可能這麼便宜，猜想應該是毛鱗魚，所以才點的吧？如果你是為了想看店員為難的表情，很抱歉，我辜負了你的期待。」

男客啞口無言，和坐在對面的太太互看了一眼。女客用訓斥的口吻說：「看吧，別人也知道。」

但是，那名男客難以釋懷地問：「是店裡教你們針對這種投訴怎麼回答嗎？」

「怎麼可能？」伯朗回答，「如果是其他店員，一定會嚇一跳。因為他們以為這就是柳葉魚。」

「你為什麼知道是冒牌貨？」

「我在大學時，聽老師說的。」
「大學？你讀什麼系？水產學嗎？」
「是獸醫學。」
男客張大了嘴，和他同桌的女客興奮地睜大了眼睛叫了一聲：「啊喲！」
伯朗就這樣認識了池田夫婦。不用說，伯朗得知他們是獸醫和獸醫的太太，也大驚失色。
那天之後，池田夫婦經常去那家居酒屋。有一天，池田問伯朗，畢業後的工作已經安排好了嗎？
伯朗據實以告。雖然曾經去幾家動物醫院實習，但目前還沒有找到工作。池田說，既然這樣，就別在居酒屋打工，馬上去他的醫院。池田說，想僱用他當助手。
「雖然在大學學的知識也很重要，但更需要實務經驗，要累積數字。獸醫和人類的醫生不同，必須為各種動物看診，即使沒有實際進行治療，在一旁觀察，也有助於累積知識。」
池田又繼續說了下去。
「而且，獸醫要面對的並不只是動物而已，還必須和牠們的飼主打交道。從某種意義來說，這更重要，也更麻煩。這個世界上有各式各樣的飼主，有窮人，也有有錢人；有對寵物寵愛不已的飼主，也有出於無奈飼養寵物的飼主。大學的老師不會教學生如何應付這些千差萬別的飼主，短期的實習也無法掌握這方面的訣竅。」

池田之所以這麼熱心勸伯朗，其實是有原因的。當時，他的太太貴子在池田動物醫院當助手，但貴子的心臟不好，已經無法長時間工作。池田自己也超過六十五歲，體力大不如前。

動物醫院的助手通常稱為動物護理師。雖然有人有這方面的證照，但並不是官方的證照，而是各種團體獨自核發的。也就是說，實際上根本不需要任何證照，任何人都可以擔任。貴子也是在嫁給池田後，有樣學樣地開始在動物醫院幫忙，很自然地成為助手。

池田一直在找新的助手，但因為他已經這把年紀，不能僱用一竅不通的外行人，但是，他認為獸醫系的學生伯朗是適當的人選。於是希望伯朗能夠在他找到下一位助手之前，去動物醫院幫忙。

伯朗聽了他的說明後，覺得似乎也不錯。白天的時間，他必須去大學上課，所以沒辦法，但傍晚之後，可以去動物醫院幫忙。而且，當助手和實習不同，有薪水可以領。

他開始在動物醫院工作前和池田約定，最多幫忙到畢業為止。伯朗之前都是在大型的動物醫院實習，所以覺得私人醫院的工作充滿了新鮮和驚奇。最大的不同，就是和飼主之間的關係很密切，大部分都是池田的熟人和認識多年的朋友，池田也不時和這些飼主朋友一起吃飯、喝酒。

伯朗在那裡的工作很忙碌，除了打掃和照顧動物以外，也經常幫動物診察、治療。當有動物住院時，他甚至必須睡在醫院。

轉眼之間，一年就過去了，伯朗順利畢了業，開始在池田介紹的醫院工作。那是和池田動物醫院有合作關係的醫院，當動物需要動大型手術，池田無法獨自勝任時，就會轉去那家醫院。

伯朗在那家醫院工作了差不多五年的時候，貴子因為急性心臟衰竭去世了。池田極度沮喪，之後突然老了很多，而且也經常生病。有一次，池田把伯朗找去，問他願不願意回來醫院幫忙。

「我已經這把年紀了，原本覺得乾脆收掉這家醫院，但那些飼主懇求我，千萬不要收掉，所以我改變主意，決定盡力而為。但只有我一個人，體力上無法負荷，所以，你是我唯一可以拜託的人，你願不願意？」

伯朗很煩惱，他已經完全適應了職場，對在那家醫院當獸醫的生活也感到滿意。有適度的責任，但也同時可以適度偷懶，一旦回到池田動物醫院，一定會辛苦好幾倍。

但是，伯朗最後還是選擇了困難的道路。池田對他有恩，因為有之前在池田動物醫院學習、累積的經驗，他才能夠成為獨當一面的獸醫。

回到池田動物醫院後，他驚訝地發現，他以前當助手時代認識的那些飼主，仍然經常來這家醫院。有些飼主飼養的寵物已經和之前不同，但他們仍然無意換另一家醫院。看來池田說那些飼主懇求他不要把醫院收掉這件事是真的。

兩年前，池田因為腦中風病倒了，顯然是因為他從年輕時就飲酒過量造成的。雖然救回一命，但留下了後遺症，所以無法再進行診療。

從那個時候開始，伯朗的頭銜從原本的副院長變成了代理院長，並趁這個機會招募新的助手。以前在動物醫院工作的女性是對動物護理一竅不通的外行，而且是家庭主婦，所以工作的時間受到了限制。

蔭山元實看到徵人廣告後前來應徵。伯朗第一眼看到她，就決定錄用她，當然是因為她很漂亮。即使是外行，只要教一教，應該不會有太大的問題。

沒想到她竟然是專業的動物護理師，而且還有記帳師證照。一問之下才知道，她不久之前還在一家相當知名的動物醫院工作。伯朗問她為什麼會辭職，她面無表情地回答：

「因為有人對我性騷擾，所以我決定下次要找不會有這方面疑慮的地方工作。調查之後，發現這家動物醫院的院長快八十歲了，所以我想應該沒問題。」

「結果看到有代理院長，是不是失算了？」伯朗問她。

「雖然出乎我的意料，但現在還不知道是不是失算？」她若無其事地回答。

至今已經過了兩年，蔭山元實還沒有提出要辭職，應該認為並沒有失算吧。池田的身體仍然很差，但醫院的經營狀態並不差。

不久之前，池田提出了意想不到的建議。他問伯朗，願不願意成為他的養子？

「你也知道，我來日不多了，所以開始思考如何處理無法帶去那個世界的東西。因為我沒有兒女，按照目前的情況，可能會由幾個親戚繼承，但我完全不知道該交給誰，也不知道該讓他們用什麼方式繼承，為此感到一籌莫展。最近，我的姪女春代也說，希望我在生前交代清楚，否則他們也會很傷腦筋。我的確不希望我的親戚為這些事發生糾紛，我最關心的就是這家醫院。以前曾經決定，一旦我退休，就會收掉這家醫院，但現在有你在這裡。為了那些老主顧，我也希望這家醫院能夠留下來。」

池田說，他希望趁現在把醫院轉到伯朗的名下，最簡單的方法就是由他收養伯朗。

對伯朗來說，這當然不是一件壞事。日後，自己開動物醫院的可能性很低，而且和池田相處多年，也大致瞭解他的人際關係。即使成為他的養子，也不必擔心會被捲入麻煩的紛爭。

但是——

你不想放棄手島這個姓氏嗎？池田的話在耳邊響起。這的確是原因，但只是姓氏的問題嗎？他總覺得是另外的原因，讓他無法踏出這一步。

他突然想到一件事，拿起手機操作起來。他登入了可以根據名字算命的網站，輸入了「池田伯朗」這個名字，正打算開始算命，察覺到身後有動靜。回頭一看，立刻看到蔭山元實的臉。伯朗嚇了一大跳，整個人忍不住向後仰。

「你在幹什麼？」

「沒事，」伯朗把手機翻了過來，「妳在幹什麼？」

「我準備下班了。」

「下班？喔……」他看了牆上的時鐘。今天是星期六，看診時間早就結束了。「好，辛苦了——」伯朗看到蔭山元實的下半身，忍不住住了口。她不知道什麼時候已經換好了衣服，「真難得啊。」

「什麼難得？」

「妳穿裙子啊，而且——」他原本想說「而且裙子很短」，但最後把話吞了下去。

蔭山元實露出銳利的眼神說：「我也會穿迷你裙啊。」

「嗯，那當然。對不起，我說錯話了。」

她平時都穿牛仔褲上班，套上白袍後，就可以馬上工作。如果穿裙子來上班，還要先換褲子才能工作。

「辛苦了。」伯朗說。

「辛苦了。」蔭山元實鞠了一躬，走向門口，但在走出診間之前回頭說：「不管是池田動物醫院，還是手島動物醫院，我都沒關係。」

她剛才似乎聽到了伯朗和池田的對話。伯朗搖了搖頭說：「才不會改名稱。」

蔭山元實輕輕點了點頭說：「我先走了。」然後消失在門外。

伯朗嘆了一口氣，拿起手機，再次用「池田伯朗」的名字算命。

結果是「凶」。

10

伯朗把車停在明人的公寓前，開始操作衛星導航系統。快上午十一點了，他輸入了矢神大宅的地址，螢幕上顯示了預計抵達時間是上午十一點五十三分。不早不晚剛剛好。

聽到咚咚敲玻璃的聲音，看向副駕駛座，發現楓站在車外探頭張望。伯朗打開了車門鎖。

「早安。」楓上了車。

「早安……」看到她的服裝，伯朗連續眨了好幾次眼睛。

「怎麼了？」

「不，因為妳衣服的顏色出乎我的意料，所以有點驚訝。」

「你討厭紅色嗎？」

「那倒不是……」

楓今天身穿鮮紅套裝和白色襯衫，對伯朗嫣然一笑。

「心情可以比較開朗，不是很好嗎？出發吧。」

從她快活的語氣中，完全感受不到之前的不平靜。伯朗有點困惑地繫上了安全帶。

「真期待啊，除了波惠姑姑以外，還有哪些人？」

「不知道，我幾乎不瞭解矢神家的情況，但到那裡就知道了吧。」

「也對，哇，我好興奮喔。」聽她的聲音，似乎真的很興奮。但以她的心境，應該不可能感到興奮。

伯朗的心情也很複雜。他之前一直認為，這輩子不會和矢神家的人有任何牽扯，矢神家的人當然也不會想見到自己這個沒有血緣關係的拖油瓶。

但是，他還是很在意明人的事。雖然沒有來往，但弟弟畢竟是弟弟，得知他失蹤，當然不可能袖手旁觀。

不，伯朗在開車的時候自問。自己真的是擔心明人嗎？如果是以前，即使再怎麼在意，也會置身事外，覺得自己根本幫不上忙，只會靜觀事態的發展。既然這樣，為什麼現在在做這種事？為什麼要去矢神家，去見根本不想見到的矢神家的人？

伯朗斜眼瞥了一眼身旁，看到楓從紅色緊身裙下露出的雙腿後，再度看向前方。

原因很明確，就是因為受坐在副駕駛座上的這個女人所託。自己完全可以拒絕，但為什麼沒有拒絕？因為她是弟弟的太太嗎？如果她是另一個人，自己會怎麼做？如果不是楓，自己會怎麼做？

伯朗輕輕搖了搖頭，他覺得最好不要繼續想下去。

「怎麼了？」楓敏銳地發現後問道。

「沒事……我在想，不知道警方那裡有沒有消息。妳應該已經告訴警方，明人還沒有回來吧？」

「我沒有告訴你嗎？警方根本沒做任何事，他們認定明人是自己決定失蹤的。」

「妳沒有告訴他們矢神家的事嗎？說妳覺得和明人的失蹤有關。」

「哥哥，請你不要亂說，我怎麼可能說這種話？」

「為什麼？」

「如果我這樣向警方告密，刑警不就會跑去矢神家嗎？萬一刑警提到我的名字怎麼辦？說矢神明人的太太認為親戚中有可疑人物，如果真的是親戚所為也就罷了，如果不是這樣，該怎麼辦？矢神家的人以後一定全都不理我了。」
「刑警會提到妳的名字嗎？警方不是規定，不能透露情資來源嗎？」
「但警察未必會遵守這種規定啊，所以，關於矢神家的事，我們只能自己調查，更何況警方也不會幫忙。」
「所以，」伯朗清了清嗓子問，「妳為什麼覺得矢神家和明人的失蹤有關？」
楓遲疑了一下說，「因為明人曾經告訴我，」她又呼吸了一下，「他說矢神家的人不相信他。」
「……為什麼？」
「到底是怎麼回事？」
「他沒有告訴我詳細的情況，只說不能讓他們抓到把柄。」
伯朗偏著頭納悶。
「所以啊，」楓拍了拍他的左肩，突然用帶著鼻音的聲音說，「我現在不是和你一起深入敵營，要去查明真相嗎？」
伯朗吐了一口氣，小聲嘀咕說：「是啊，我們要先討論幾件事。首先，要隱瞞明人失蹤的事。」
「當然啊。」
「但妳或我沒有和明人提起今天親屬會的事會很不自然，因為可以打國際電話，也可以傳電子郵件。」

「就當作我已經打過電話，也傳了電子郵件，這樣不就好了嗎？」
「那妳要說和明人聊了些什麼？」
「就說我問了明人對繼承這件事的態度，這樣就好了吧？」
「如果他們要妳說明明人的態度，妳要怎麼回答？難道妳打算亂說一通嗎？」
「沒這個必要，因為我知道他的想法。」
「所以他曾經告訴妳。」伯朗轉頭瞥了楓一眼。
「雖然沒有說得很明確，但我知道，因為我們一直在一起。」
「妳很有自信嘛，萬一妳會錯了意怎麼辦？」
「怎麼可能會有這種事？」楓斬釘截鐵地說完後，「要不要我先告訴你？」
「不，不必了，這件事和我無關。」
雖然路上車很多，但抵達矢神家大宅時還不到十二點。伯朗下了車，按了門柱上的對講機。
「哪位？」對講機中傳來女人的聲音，是波惠。
「我是伯朗，我已經到大門口了。」
「你直接進來，車停好之後，再繞來玄關。」
「我知道了。」
伯朗回到車上，楓露出難掩好奇的眼神看著矢神家的大宅。
「好大，簡直就像公園。後面的房子就是住家嗎？根本就是城堡。」

「小時候感覺很大，而且也很漂亮。」

大宅周圍的高牆有無數道裂縫。

伯朗把車子開進了大門。巨大的門敞開著，以前都關著，只有車子出入時，才會自動打開。可能房子老舊，電動門壞了。

客用車庫內已經停了兩輛車，都是高級進口轎車，但並不是很新的車款。

來到玄關時，身穿和服的波惠站在那裡，一看到他們，立刻點頭打招呼說：「歡迎。」

「姑姑好，上次謝謝妳。」楓很有精神地打招呼。

「妳親自來迎接，真是太榮幸了，」伯朗對波惠說：「我記得以前有一位管家。」

「他在二十年前退休了，已經上了年紀。」

「沒有僱用新的管家嗎？」

波惠輕輕聳了聳肩回答說：「沒必要啦。」

走進對開的門，來到門廳。挑高的天花板垂著水晶吊燈，但這裡也沒伯朗印象中那麼大。

伯朗和楓跟著波惠沿著走廊往裡面走，不一會兒，來到一道很大的門前，打開了門，對伯朗他們說：「請進。」

伯朗立刻想起那裡是餐廳，以前經常在這裡以康之介為中心舉行餐會。

「打擾了。」伯朗走了進去。

餐廳中央有一張長方形的桌子，和伯朗的記憶相同，他也記得桌子兩側放著椅子，只不過今天桌子的對面已經坐了人。總共有三男三女六個人，他們坐成一排，好像面試官。他看到了熟面孔，只是對方比記憶中老了。

伯朗有點意外。因為他原本以為既然舉行親屬會，必定有很多人參加。

「即使找很多來看熱鬧的人，也只會造成混亂，而且最後無法達成共識，所以這次走少數精銳路線。」波惠好像察覺了伯朗的心思般說完這番話後，對著那六個人說：「我向大家介紹，他是伯朗，大家應該還記得他吧。」

「好久不見。」伯朗鞠躬打招呼。

六個人既不點頭，也不搖頭，一句話也不說。他們想要表達「你這種人根本不重要」嗎？

「她是明人的太太，名叫楓。」

波惠介紹後，楓向前走了一步，深深地鞠了一躬。

「我叫楓，請各位多多指教。」

六個人有不同的反應。三個女人用掂份量的眼神看著楓，但臉上並沒有太多的表情。相較之下，三個男人顯然對這個新的親戚產生了興趣，只是三個人的興趣程度略有不同。毫無疑問，楓的美貌是引起他們興趣的重要原因。

「接下來介紹一下親戚。」波惠從懷裡拿出兩張紙，「我相信妳只聽一次應該記不住，所以在紙上寫了他們的姓名，以及和哥哥的關係。伯朗，也給你一張，我相信你應該忘記了。」

不是忘記了，而是原本就不太清楚這些親戚的關係。但伯朗沒有多話，接過了便條紙。

「從右側開始。他是妹婿支倉隆司，還有我妹妹祥子，以及他們的女兒百合華。但是，我妹妹的母親是我父親的第二任太太，所以是我和哥哥的同父異母妹妹。」

伯朗低頭看著便條紙，上面寫著「妹婿　支倉隆司」、「二妹　支倉祥子」、「外甥女　支倉百合華」。

支倉隆司瘦瘦的，皮膚很白，看起來很神經質。祥子微胖，臉也很圓，和她的丈夫呈明顯的對照。但她有一雙眼尾往上吊的小眼睛，完全沒有溫厚的感覺。兩個人都六十歲上下。伯朗記得他們兩個人，但並不記得曾經說過話。

百合華不像她母親，有一張瓜子臉，眼睛也很大。鼻子很挺，眉形也很漂亮，絕對算是美女。伯朗不經意地瞥向她的胸前，但無法推測她米色洋裝下的身材。

他不記得百合華，即使曾經見過，應該也是小時候的事。

支倉隆司代表一家人對楓說：「請多關照。」其他兩個人只是點頭而已。

「旁邊的是弟弟牧雄，他和祥子是同一個母親。」

便條紙上寫著「大弟　矢神牧雄」。

牧雄應該五十多歲，他的顴骨很高，下巴方正，和以前一樣。一雙牛眼好像在瞪人，但似乎並不是在看楓。伯朗忍不住懷疑，他是不是沒有發現波惠在介紹他。伯朗記得小時候就覺得他很可怕。

聽了波惠的說明，伯朗回想起遙遠的往事，才終於恍然大悟。以前在這裡吃飯時，康之介的妻子對康治和波惠說話和態度，和對祥子、牧雄有微妙的不同。也許是對前妻生的孩子有所顧慮。

「然後，」波惠停頓了一下繼續介紹，「另外兩個人是我父親的養女和養子佐代和勇磨。」

伯朗低頭看便條紙，上面寫著「養女 矢神佐代」、「養子 矢神勇磨」。

伯朗無法分辨佐代的年紀，她的一頭短髮染成很高雅的棕色，很適合她的巴掌臉。她的皮膚富有光澤，看起來很年輕，身材也沒有走樣，經過精心化妝的眼睛很性感。雖然感覺她的年紀和伯朗差不多，但她全身散發的風格感覺更年長。伯朗第一次見到這個女人。

然後——

視線移向最後一個人。矢神勇磨，他是伯朗印象最深刻的人。

他當然已經是成年人了。他比伯朗年長幾歲，所以差不多四十歲左右。他的鼻子堅挺，五官輪廓很深。他一直盯著楓。

他的視線移向伯朗，嘴角露出意味深長的笑容後，再度將視線移回楓身上。

他的眼神讓人厭惡，看起來很淡然的假面具下，似乎可以聽到他舔嘴唇的聲音。

「好了，」波惠說，「伯朗和楓，你們也坐下吧。我去吩咐他們準備午餐。」說完，她走出了客廳。

「失禮了。」楓走向餐桌，從右側數過來第三、第四個座位已經鋪好了餐墊，似乎已經指定了各自的座位。

楓坐在從右側數過來第四個座位，伯朗準備拉開旁邊的椅子。

「那不是你的座位。」一個冷漠的聲音響起，說話的是勇磨。「那是波惠的座位。」

伯朗看著他，勇磨默默指向自己的斜右方，也就是末座。那裡的確也鋪了餐墊。

伯朗嘆了一口氣，走向那個座位。

「看你的表情，似乎很想問，為什麼只有自己坐在角落的位置。」勇磨覺得很有趣地說。

「如果我問，你就會告訴我嗎？」

「當然，理由很簡單，因為你是外人。你應該也不想在吃飯的時候，聽一些和自己完全無關的事吧？希望你會認為這是對你的貼心。」

「那就謝謝囉。」伯朗瞪著他，但勇磨的視線已經回到楓的身上。

「話說，」支倉祥子開了口，「明人也真見外啊，不僅沒邀請我們參加婚禮，連結婚的事也沒通知一聲。」

「我為沒有及時向各位報告道歉。」楓道歉說。

「明人最近還好嗎？」

「很好，每天都很忙，這次沒辦法回國，他感到很遺憾。」

「那就好。很想知道你們的戀愛經過，你們是在哪裡認識的？」

「媽媽！」百合華皺起眉頭，「有什麼好問的？這種事根本不重要。」

「為什麼？我想知道啊——對不對？你是不是也想知道？」祥子轉過身問丈夫。

「嗯，是啊。」隆司不置可否地說。

「不，我不想聽。阿姨怎麼還沒有回來？」百合華說，「她在幹嘛？」

「應該在指揮傭人吧。」勇磨微微撇著嘴角，「和以前不一樣，這些都是臨時僱用的廚師和傭人，所以會很耗工夫。其實不必死愛面子，叫外送的便當就好。」

「你為什麼不這樣建議？」祥子說：「順便告訴她，我們會自己出便當錢。」

「這讓波惠情何以堪？畢竟她現在掌管這個家裡的大小事。」

「是讓她在掌管吧？」坐在旁邊的佐代轉頭看著勇磨。

「說這種話——」勇磨沒有把後半句「不就沒戲唱了」說出口，對伯朗和楓露出了無敵的笑容。

矢神牧雄始終不發一語。他注視著桌上的一點，臉頰的肌肉不時抽搐。伯朗小時候，他就這麼可怕。

不一會兒，門打開了，波惠走了進來。她沒有關上門，因為兩個傭人把菜送了上來。第一道是使用龍蝦和蔬菜做的開胃菜。今天似乎是正式的法式料理，雖然也有香檳，但伯朗必須開車，所以婉拒了。

波惠在吃飯時，問了楓的家庭情況。楓就像之前曾經告訴伯朗那樣，也告訴大家她的娘家在葛飾開串烤店，自己在四個兄弟姊妹中排行第三。

聽到她曾經當過空服員，勇磨對這個話題產生了興趣，他問楓：「妳主要飛哪條路線？」

「不同的時期飛不同的路線，」楓回答：「有時候常飛亞洲線，有時候也經常飛歐洲。」
「美國呢？會去洛杉磯嗎？」
「我三年前經常飛洛杉磯。」
「這樣的話，」勇磨打了一個響指，「可能我曾經搭過妳的班機。那陣子我剛好為了工作經常去美國。」
「你主要去哪些地方？」
「工作的話，當然在市中心，像是市民中心。洛杉磯雖然高樓不多，但那一帶就很有大城市的感覺。」
「喔，是啊。」
「沒工作時，就經常去逛第三街行人徒步區。」
「啊！聖塔莫尼卡！」楓露出興奮的表情，「那條街很時尚，我也很喜歡，還有奧維拉老街。」
「我也去了好幾次，有一家很好吃的墨西哥餐廳。既然妳是空姐，應該經常去羅迪歐大道購物吧？」
「我常去那裡，但只有逛逛而已，只要能夠感受上流社會的氣氛就足夠了。」
「太棒了，和妳聊這些很投機。以前都沒有人可以和我熱烈討論這種話題，以後就可以開心聊個痛快了。」勇磨心滿意足地向楓舉起了香檳杯。
「啊喲，如果你想聊海外的事，想聊什麼，我都可以陪你聊啊。我才去了杜拜回來。」

祥子不甘示弱地說。

「是嗎？那下次一定要好好聊一聊。」勇磨敷衍著，撇著嘴角。

大家在沉默中用餐，只聽到刀叉碰到餐具的聲音。

最後，楓打破了沉默。

「請問，」她巡視所有人，「你們大家都在做什麼？我可以請教大家的工作嗎？」

「沒問題啊，對不對？」波惠徵求對面的六個人的同意後，轉頭看著楓，「那由我先說。妳也知道，我無業，只是一個靠年金生活的窮人，負責管理這棟房子和照顧哥哥。」

「真辛苦。我之前也說了，以後我也會幫忙。」楓放下叉子，挺直身體說道。

「謝謝，那就請妳多幫忙了。」

「接下來輪到我了嗎？」支倉隆司說完，輕咳了一下，「我經營公司，主要是做照護老人的生意。具體地說，就是收費的養老院。在首都圈有四家，在關西和東海各有兩家。」

「是嗎？在已經是超高齡化社會的日本，這是不可或缺的生意，工作應該很忙吧？」

隆司聽到楓的問話，挺直了身體說：「承蒙大家不嫌棄，的確很熱門。」

「但我聽說目前已經供過於求，」佐代開了口，「聽說有許多企業都投入這個市場，在費用和服務內容方面的競爭很激烈，對不對？」

她徵求身旁的勇磨的意見，勇磨點了點頭。

「日本的確已經是超高齡化社會，但因為人口比例的問題，老人的人數本身並不會在今後持續增加。而且，收費養老院這種生意都是以金錢上有餘裕的老人為對象，都是在相互爭奪這些老人，所以我認為有極限。」

「所以我們研擬了很多策略。」隆司板著臉，看著勇磨他們，「像是加強醫療機構的介紹，養老院也請了護理師常駐，同時還推出了低價格的房間等，所以不必擔心。」

「既然你這麼說，那我就放心了。」勇磨用冷漠的語氣說道。

「你們可別忘了，我老公原本是不動產方面的專家，是他接下原本已經走下坡的『矢神園』，才能夠擴大到今天的規模。」祥子一臉憤然地說。

這個名字真熟悉。伯朗暗自想道。「矢神園」是康之介之前經營的療養院，因為主要是以老人為對象，所以也是安養設施。

「妳說得好像是別人硬塞給你們。」波惠語帶諷刺地說，「爸爸去世的時候，是妳自己說，只要『矢神園』給妳，妳其他什麼都不要了。」

「因為我當時覺得只要我家接下，就可以搞定一切。除了我家以外，還有誰可以讓『矢神園』重新站起來？佐代、勇磨，你們有辦法嗎？」

「媽媽！」百合華在一旁說：「夠了啦，太丟人現眼了。」

「但是……」祥子又小聲嘀咕了幾句，但伯朗沒聽到。

「百合華，妳是做哪方面的工作？」楓用開朗的聲音說道。

正在吃魚的百合華停下手，注視著斜前方的楓說：

「我做設計工作。」

伯朗可以感受到楓用力吸了一口氣，「好厲害，竟然是服裝設計師。」

百合華皺起眉頭，緩緩搖了搖頭說：「是書籍的設計師。」

「啊？」

「書籍，為書的封面和封套的裝幀工作。很抱歉，我不是服裝設計師。」

「喔……喔、喔，」楓微張著嘴，上下點著頭，「原來是書籍的設計工作。我知道，對，我知道。這個工作好棒，喔，原來是這樣啊。」

百合華的表情似乎在說，妳真的知道嗎？

「她的設計在業界也很受好評，前年還曾經得了獎呢。」祥子得意地說。

「幹嘛說這些廢話！」百合華再度責備母親。

原本坐在百合華旁邊的矢神牧雄不知道什麼時候不見了，似乎是去上廁所。楓面帶笑容地看向佐代問：「佐代姑姑，請問妳做什麼工作？」

佐代用餐巾擦拭嘴角後，對楓露出微笑，「有幸在銀座開一家店。」

「銀座？怎樣的店？」

祥子噗哧一聲笑了起來。

「楓，如果是精品店就會說是精品店，如果是餐廳，不是會說是餐廳嗎？既然只說是開店，妳應該可以猜到是什麼性質的店。」

楓一臉茫然，佐代臉上沒有絲毫不悅的表情回答說：「是酒店，我自己開的店，我在那裡當媽媽桑。」

「啊……是這樣啊。呃，請問像我這種人，也可以去那種店嗎？」

「當然啊，很歡迎，隨時歡迎妳來。我等一下拿名片給妳。」

「好，謝謝。」

伯朗看到楓道謝，忍不住擔心，她該不會真的想去？

勇磨緩緩拿起酒杯，喝了一口白葡萄酒後開口說：「我是不是也該說明一下自己的工作？」

「拜、拜託了。」楓轉向勇磨。

「我在經營連鎖居酒屋和酒吧餐廳，公司名稱叫偶像眼，妳有聽過嗎？」

「像是『颱風KTV』之類的嗎？」

聽到楓的問話，勇磨故意若無其事地點了點頭說：「那些也是。」

「原來是這樣啊，好厲害，所以你是年輕企業家。」

「勇磨從學生時代就很有生意頭腦，你第一次成立公司是幾年級的時候？」佐代問。

「三年級，在澀谷開了第一家咖啡酒吧。」

「那是爸爸的遺產。」波惠在一旁插嘴說。

「不行嗎？」勇磨不以為然地問，「當初不是說好，每個人可以自由使用自己的遺產嗎？」

「我沒說不行，我也認同你的能力，覺得你很了不起。只是希望你別忘了，這都是託爸爸的福。」

「我從來沒有忘記。」勇磨說完，把白葡萄酒一飲而盡。

飯廳內充滿尷尬的氣氛。這時，矢神牧雄走了回來。他搖晃著身體，走回自己的座位。據伯朗的觀察，他對其他人的事完全沒有興趣。

「牧雄叔叔，我可以這樣叫你嗎？」楓問。

但是，牧雄似乎沒有聽見，一雙牛眼看著餐盤裡的肉，拿起了刀叉。

「呃……」楓再度開了口。

「牧雄。」波惠大聲叫了一聲，牧雄似乎終於察覺有人叫他。但他的動作都是慢動作，所以緩緩地看著波惠。

「楓有問題要問你。」

牧雄握著刀叉，把頭轉向楓。

「叔叔，你目前在做什麼？」

牧雄注視著楓的臉幾秒鐘，似乎在咀嚼她問題的意思後開了口。

「我剛才去廁所，現在正準備繼續吃飯。」

「不，我不是問這個，我想請教你的工作。請問你的職業是什麼？」

「職業。」牧雄小聲嘀咕，好像在複誦第一次聽到的字眼。

然後，他靜靜放下刀叉，看著楓回答說：「我在泰鵬大學醫學院神經生理系工作。」

楓挑起眉毛問：「你是醫生嗎？」

牧雄搖了搖頭說：

「我是研究人員，不會進行治療。」

「是喔，你在做什麼研究？」

牧雄的眼中充滿了異樣的光，「妳想聽嗎？」

「對，請你告訴我。」

這時，其他人的表情出現了微妙的變化。勇磨一臉不耐煩地撇著嘴角，顯然在責怪楓太多話了。

「我正在挑戰，」牧雄開始說了起來，「人類最後的新天地。」

「新天地？」

「既不是宇宙，也不是深海，而是這裡。」牧雄指著自己的太陽穴說：「是大腦。我的志業就是努力瞭解大腦的各種構造。事實上，人類對大腦幾乎一無所知。精神功能如何進行自我控制理解，還有大腦內有關預測和決定的計算結構的構造，稀疏模型的深化和創建高維驅動科學，負責行為適應的大腦神經回路功能切換結構，腦內身體表現改變結構的理解和控制，人類對所有這一切都有太多未知的內容了。」

牧雄突然滔滔不絕地說了起來，難以想像他剛才沉默不語。他說話時像誦經，又像在唸咒語。伯朗從其他人的態度中察覺，只要他開始談論自己的研究，每次都會這樣。

「牧雄，牧雄，牧、雄！」波惠難得大聲叫了起來，然後伸出拿著叉子的手，噹、噹、噹地敲著牧雄面前的餐盤。

牧雄終於住了嘴，一臉錯愕地看著波惠。

「其他內容要不要改天再說？因為今天有其他重要的事要討論，而且飯還沒吃完。」牧雄注視著波惠的臉，然後將視線移向楓，最後低頭看著餐盤。

「好吧。」他拿起刀叉，默默開始吃肉。

所有人都終於放了心，伯朗也鬆了一口氣。如果他一直講解下去，就真的受不了。

但是，他想到一件事。康治也在泰鵬大學的醫學院，而且聽楓說，康治把研究學者症候群視為他的志業。如果牧雄在研究大腦的構造，也許他們之間有交集。

但即使他們之間有交集也很正常。這件事和伯朗沒有關係，也應該和明人的失蹤無關。只不過康治和禎子當初是因為康治的研究才會相識這件事，在伯朗腦海中揮之不去，所以無法聽過就算了。

而且，泰鵬大學醫學院——

小時候，他曾經跟著禎子去過一次。他無法忘記當時看到的狀況，那是足以改變他人生的景象。

「好了，」波惠轉頭看著楓，「矢神家的親戚有各種不同的人，妳以後必須和我們這些人來往，沒問題嗎？」

「當然沒問題。各位，我還很不成熟，還請各位多多指教。」楓特地站了起來，四十五度鞠躬對大家說道。

「我也很想說彼此彼此，還請妳多指教。」勇磨轉動眼珠子，瞪著波惠問：「妳打算怎麼討論繼承的事？關鍵人物明人不在場，根本沒辦法討論啊。」

「別擔心，我瞭解明人的想法。」楓說。

勇磨露出不懷好意的眼神問：「喔？他是怎麼想的？」

「等一下再說。」楓嫣然一笑。

「我相信大家都知道，今天要討論有關繼承的問題。我說的繼承，並不是只有哥哥的財產而已。不，這件事可以之後再討論。首先必須確認爸爸去世之後，沒有確認的部分。其中也包括嫂嫂禎子的東西，所以今天也請伯朗一起來，想要請教他的意見。」聽到波惠這麼說，所有人都看著伯朗。

「太好了，」伯朗說，「我還以為大家都忘了我坐在這裡。」

「你是不是輕鬆享受了午餐？」勇磨揚起單側的嘴唇。

「託你的福。」伯朗回答。

11

波惠說，在討論之前，她需要做一些準備工作，所以午餐後暫時先解散。

「等一下三點在會客室討論。三點之前，大家可以隨便去哪裡，會客室準備了飲料，也可以先去那裡等。」波惠說完，走了出去。

「哇，我要去參觀哪裡呢？這棟房子很大，我可能會迷路。」楓雙手握在胸前，開心地說道。

「如果妳不嫌棄，我可以帶妳參觀。」勇磨立刻說道，「畢竟在高中畢業之前，我一直住在這裡，甚至知道哪裡有老鼠洞。」

「可以嗎？真的可以麻煩你嗎？」

「我很樂意，而且，我也想聽聽妳以前空姐時代的事。」勇磨站了起來。

楓和勇磨離開後，其他人也都走了出去。伯朗不知道該去哪裡，只能留在飯廳，結果和同樣留下來的百合華眼神交會。他輕輕點了點頭，她露出猶豫的表情後問：「我可以坐過去嗎？」

「請坐、請坐。」

百合華站了起來，在伯朗對面坐了下來。

「妳記得我嗎？」伯朗試著問她。

她微微聳了聳肩。

「不好意思……我們小時候應該沒有一起玩過吧？」

「應該沒有。妳不需要道歉，不瞞妳說，我也不記得妳。其實我對矢神家的親戚都不熟。」

「那你還要來參加這種討論，真辛苦啊。」

「是啊，下次見到明人時，我要對他好好發牢騷。」

「你和明明通過電話嗎？」

「明明？」伯朗皺起眉頭，注視著百合華，「妳是說明人？」

「當然是他啊。」

「稍微聊了幾句，因為今天要來這裡，他叫我照顧他太太。」

「太太。」百合華撇著嘴角。「還聊了什麼？你有沒有問他的近況？」

伯朗面不改色地搖了搖頭。

「他很忙，沒辦法聊很久。而且我相信妳也知道，雖然我們是兄弟，但幾乎沒有來往。老實說，我對他目前的生活完全沒有興趣。」

「是喔……」百合華明顯露出了失望的表情。

「妳好像和明人關係很好。」

如果不是這樣，不可能叫他明明。

「相當好，因為我們是難得的表兄妹啊。在大人那種無聊的聚會時，我們經常一起玩。」

「是這樣啊。」

伯朗升上中學後，就不再參加矢神家親戚的聚會，所以至今仍然不知道到底有哪些人，發生了什麼事。

眼前這個女人是明人的表妹，那和自己是什麼關係？伯朗思考之後，發現完全沒有關係。

「我們都踏上社會之後，曾經一度疏遠，但因為工作關係再見面之後，又經常玩在一起。我們還曾經邀了各自的朋友一起去滑雪旅行。」

「工作關係？妳剛才說，妳是做書的設計工作，和明人有什麼關係？」

「明明在幾年前曾經出了一本關於經營學的書，當時請我為他做設計。那本書賣得很不錯，你不知道嗎？」

「我沒聽說。他不僅在資訊科技產業很成功，連副業寫書也都是暢銷書嗎？真是根本懶得嫉妒他了。」

「在他去西雅圖之前，我們也見了面。我們兩個人一起吃飯，算是歡送會。」

伯朗原本準備喝水，但停下了手。

「兩個人？簡直就像是約會。」

「對，我認為是約會，雖然他什麼都沒做。」

伯朗瞪大了眼睛。百合華說話時完全不像是開玩笑，似乎可以理解為如果明人對她做什麼，她也願意接受。

「妳……該怎麼說，妳對明人，呃……」

「我希望我們可以發展為超過表兄妹的關係，也想要往這個方向發展。」百合華直視著伯朗，語氣堅定地說。

伯朗重重地吐了一口氣，「妳還真直率大膽。」

「不行嗎？」

「不，很好啊，但明人不可能招惹妳，因為他那時候就已經有楓了。」

「好像是這樣。明明完全沒有向我提過他有女朋友這件事。」

「可能害羞吧。」
「他去了西雅圖之後，我們也經常互通電子郵件，他還在電子郵件中說，等他回國後，我們再一起去吃飯，但沒有告訴我他結婚了。」
「他甚至沒有告訴爸爸，當然不可能只告訴妳。」
「這次聽到波惠阿姨說明明結婚的事，我很驚訝，立刻傳了電子郵件給他，問他是不是真的，但他沒有回我。他不理我。」
伯朗並不感到意外，因為他甚至沒有回覆楓的電子郵件。
「他可能很尷尬吧。」伯朗姑且這麼解釋。
「你知道他的電話號碼吧？可不可以告訴我？」
「他沒有告訴妳嗎？」
「他曾經告訴我一個號碼，但我打了好幾次都一直打不通。」
「他的電話應該沒改，可能因為某種原因不方便接電話。」伯朗故作平靜地回答。
百合華難得釋懷地搖了搖頭，嘆了一口氣。
「他不知道在哪裡認識那種女人，你有聽說嗎？」
伯朗苦笑著說：「妳剛才不是說，不想聽他們的戀愛過程嗎？」
「我只是不想聽她得意地吹噓，而且她一定會添油加醋。」
「我聽到的並不是得意地吹噓。據說是在溫哥華的壽司店剛好坐在一起。」
伯朗簡單地說明了楓告訴他的內容，百合華一臉無趣的表情用鼻子噴氣說：「那種女人到底哪裡好？」

應該是身體吧。伯朗很想這麼說，但還是忍住了。「誰知道呢。」

「太奇怪了，明明不是會被那種輕浮女人吸引的人。」百合華一臉難以釋懷的表情偏著頭。

「妳連他的喜好都知道嗎？」

「大致瞭解。」百合華很有自信地說，「我們一起吃飯、喝酒的朋友中，有一個女生喜歡他，很積極地追求明明，傳一些火辣的訊息給他，也試圖私下約他。因為那個女生曾經當過雜誌的模特兒，身材超好，也很漂亮，我那時候很擔心，但明明最後並不喜歡她，所以我也就鬆了一口氣。我後來問明明那件事，他說，他不喜歡那種倒貼的女人。」

真是太可惜了。伯朗吞下了這句話，「他的標準很高啊。」

「如果不這麼做，他會忙不過來。因為一直會有奇怪的女人主動倒貼。」

百合華一臉不悅地說，伯朗看著她的嘴唇，「他那麼有行情嗎？」

「當然啊，因為他長得帥，又聰明，說話又很有趣。最重要的是，他收入很高，任何人都想要嫁給他吧。」

「嗯，也許吧……」

雖然伯朗剛才說懶得嫉妒他，但這句話是說謊，他內心燃起了熊熊嫉妒之火，嫉妒好事全被他占去了。

「你去過他在南青山的公寓嗎？」

「前幾天剛去過，」伯朗回答說：「我大吃一驚。」

「我也曾經去過一次，整棟公寓就像是飯店，房間很大，我也嚇了一大跳。他說房租要一百二十萬。」

百合華輕鬆說出口的數字讓伯朗差點感到暈眩。「一百二十……」他不想聽這個數字，也覺得不該聽。

「那個女人也絕對是為了他的錢。雖然她剛才裝乖巧，但心裡一定在吐舌頭說，怎麼樣？我搞定了！她一定在心裡很囂張。」百合華的措詞越來越粗魯。

「妳不要這麼武斷。」

「不，一定就是這樣。」百合華露出嚴厲的眼神，「胸部很大，自以為是美女的女人八成都是這種人。雖然不知道她是不是當過空姐，但不管是工作還是假日時，都虎視眈眈，想要逮住多金的男人。」

百合華似乎對自己的胸部沒什麼自信。

「但如果按照妳剛才說的，楓顯然不是倒貼的女人。明人不是不會喜歡這種女人嗎？」

「是啊……」

百合華似乎找不到反駁的話，咬著下唇，移開了視線，然後張嘴做出了「啊」的嘴形。她看著窗外，伯朗也順著她的視線望去。發現一對男女走在庭院，分別是一身鮮紅色套裝的楓，和穿著黑色上衣的勇磨。勇磨指著庭院裡的樹木，不知道在說什麼。也許他說了什麼笑話，正點著頭聽他說話的楓露出了開朗的笑容。

「他們好像很開心。」

「他一定在說他小時候爬樹的事。」百合華冷冷地說，「雖然被父親發現後罵了一頓，但當時父親激勵他，既然喜歡高的地方，就要好好讀書，成為人上人。這番話讓他決定了自己往後的路。」

伯朗驚訝地看著她，「還真具體啊。」

「因為我聽過好幾次了。他在追求女人時都會說這件事，反正他向來對女人出手很快。」

「是喔。」伯朗點著頭，連續眨了好幾次眼睛，「他也曾經追求妳嗎？」

百合華輕輕聳了聳肩，「你說呢？」

「對喔，他是養子，和妳並沒有血緣關係。」

她五官端正的臉轉向伯朗，「有血緣關係。」

「啊！但是……」

「勇磨是外公的兒子，但和我媽不是同一個母親。」

「是這樣嗎？所以是康之介先生的第三任太太？不，如果是這樣，就是親生兒子，不會變成養子。」

百合華看到伯朗困惑的樣子，開心地笑了起來。

「勇磨出生時，我的外婆是外公的太太。所以說，勇磨是外公外遇的對象，也就是情婦生下的孩子。」

「所以是私生子。」

伯朗對康之介在外面有情婦這件事完全不感到驚訝。

「因為是兒子，所以外公很高興。在幼兒園之前，都由情婦照顧，但他希望兒子留在自己身邊，從上小學之後，就開始住在這裡。外婆竟然會同意這種事，但也足以證明外公多獨裁霸道。」

「勇磨的事我知道了，那他身旁的女人呢？好像叫佐代，她也是康之介先生在外面生的孩子嗎？」

「呵呵。」百合華聽到他的問題，揚起單側嘴角，發出奇怪的笑聲。「你看到勇磨和她之後沒發現嗎？」

伯朗聽不懂這句話的意思，偏著頭思考。百合華說：「你不覺得他們兩個人長得很像嗎？尤其是眼睛的部分。」

伯朗原本以為百合華指他們是姊弟，但又很快覺得不可能，因為他們的年紀相差太多了。

「啊！」他終於想到了，「該不會……」

「就是這樣。」百合華說，「她是外公的情婦——就是她生下了勇磨。」

伯朗靠在椅背上，「這個家是怎麼回事。」

「但直到外婆死了之後才辦理收養手續，即使外公這麼獨裁霸道，對在太太活著的期間收養情婦還是有點顧慮。」

「目的是為了繼承財產嗎？所以說，他希望情婦和她的孩子也可以分到財產。」

「應該是這樣，但如果是這樣，就有一件奇妙的事。」

「什麼事？」

「就是……」百合華說到一半，輕輕搖了搖頭，「你等一下就知道了。」

百合華故弄玄虛，讓伯朗有點悶悶不樂。他再度看向庭院，發現站在一起說話的楓和勇磨邁開了步伐，這時，勇磨伸手摟住了楓的後背。

王八蛋——伯朗在心裡咒罵。

身後傳來開門的聲音。伯朗回頭一看，發現波惠站在門口。

「我已經準備就緒，可以開始討論了。雖然還不到三點，但我在想是不是可以提前開始。」

「我沒問題。」伯朗說完，站了起來，又瞪了庭院內的那兩個人一眼。

12

剛才一起吃午餐的成員聚集在伯朗有特別回憶的房間。黑色的皮沙發圍在大理石桌子周圍。

他第一次來到這棟大宅時，最先被帶進這個房間。禎子去見康治的父母時，叫他一個人等在這裡。後來勇磨從庭院走進來，所以他並不是一個人等在這裡。

伯朗撫摸著沙發表面，已經過了三十年，原本優質的皮革也已經舊了。茶几上放著飲料。雖然也有葡萄酒和威士忌，但似乎要自己動手。伯朗把烏龍茶倒進了杯子。

大家坐得很分散，坐的位置也和剛才不一樣。楓和勇磨坐在角落兩側，伯朗在他們對角線的位置坐了下來。

「先來復習一下。」波惠打開了手上的資料夾，「爸爸康之介在二十年前去世，在頭七的晚上，顧問律師公布了遺囑的內容。在座的大部分人當時在場，所以我相信大家都記得。」

原來已經二十年了。伯朗回想起接到康之介去世的消息時，已經搬離了家裡，於是就用大學生活很忙碌的理由，沒有去參加守靈夜和葬禮。頭七當然也沒去，所以他完全不知道遺囑的內容，禎子也沒告訴他。

「想忘也忘不了。」祥子說，但不知道她在對誰說這句話。

「遺囑的內容是，」波惠無視同父異母妹妹的發言，繼續說了下去，「康之介的個人資產全都由矢神明人繼承。」

剛喝了一口烏龍茶的伯朗差一點把茶噴出來。

他看向楓，發現她鎮定自若。

「明人曾經告訴我這件事。」楓說道。

坐在楓旁邊的勇磨笑嘻嘻地說：「因為他是赫赫有名的矢神家的繼承人，當然想要留給他很多財產。」

「但明人實際上並沒有繼承任何財產。」

「沒錯，因為有一些狀況。明人也把這件事告訴了妳嗎？」波惠問。

「他說了大致的情況。」

「是嗎？但我還是說明一下。首先，有人對這份遺囑提出了異議。提出異議的不是別人，是哥哥康治。他有兩點意見。首先，爸爸的孩子應該都有公平的繼承權。其次，明人還是小學生，把所有財產交給他不合常理。關於第一個問題，有解決的方案。繼承遺產時有特留分，無論遺囑的內容如何，法定繼承人有最低可繼承的額度。爸爸沒有配偶，所以只有兒女是法定繼承人。總財產的一半是特留分，親生兒女和養子、養女總共有六個人，所以每個人的特留分是總財產的十二分之一。」

「當時聽到這件事時，覺得原來要分這麼多份，」祥子說，「但分母大的話，金額也就很可觀。」

「分母是？」楓偏著頭問。

「當然是我爸的個人資產總額。」勇磨嘴角露出意味深長的笑容，然後看著波惠，催促她繼續說下去。

波惠深呼吸後，低頭看著手上的資料。

「如各位所知，爸爸是醫療法人『康親會』的理事長，『康親會』由矢神綜合醫院和照護老人保健設施『矢神園』等六大事業組成。但是，在請專家徹底調查之後，發現這些事業都有嚴重的經營問題，業績下滑，必須立刻解散或是整頓。最後，只留下了申請到銀行融資的矢神綜合醫院，和隆司的公司接手的『矢神園』，其他四個事業都結束了營業。爸爸的財產在這個過程中大為減少，以前有將近一百億圓的財產，結果只剩下不到十分之一，我相信大家都記得這件事。而且，所剩下財產有將近一半，是包括這棟房子在內的不動產。所以，哥哥當時提議，房子等財產將來由明人繼承，在這個前提下，仍然用爸爸的名義，只有現金的部分由我們這些子女繼承。」

「我當時辭謝了。」祥子不滿地說。

「妳別說了，當初是我們說想要繼承『矢神園』的。」她身旁的隆司安撫著她。

「如果是這樣，還有一個人也必須辭謝啊。爸爸活著的時候曾經提供大量金援的人，也照樣若無其事地繼承了遺產。」

「我想這句話應該在說我吧？」始終沉默不語的佐代插嘴說道，「如果要說金援，各位不都一樣嗎？他扶養你們長大，還幫你們出學費，以金額來說，應該和我差不多……不，你們的金額應該遠遠超過我。」佐代說話時完全沒有看祥子一眼，然後喝著白葡萄酒。

「怎麼可以把學費和金援在銀座開酒店的錢混為一談？」

「啊喲，不都是錢嗎？哪裡不一樣了？」

「我說妳啊……」

「好了好了，」隆司拍了拍太太的肩膀，「到此為止吧，不然沒辦法討論下去。」

「這些都是當初討論後決定的事，」波惠說，「現在沒理由來說三道四。」

祥子被丈夫和姊姊責備，很不甘願地閉了嘴。

「因為祥子辭謝，所以我們五個子女各拿了現金資產的五分之一。至於金額，就不需要在這裡重複了。」

「在澀谷開一家稍微氣派一點的咖啡酒吧，就會馬上花光的金額。」勇磨對楓說道。

「因為有這樣的來龍去脈，所以明人當時沒有繼承任何財產，但是明人有這棟房子的繼承權。關於這一點，當時各位都寫下了同意書，目前應該保管在哥哥的手上。哥哥當初說，等明人到了一定年齡之後，他會負責向明人說明詳細的情況。楓，妳對我剛才所說的事有任何疑問嗎？」波惠向楓確認。

「不，沒有，」楓回答說，「明人告訴我的情況也大致如此，他說，爸爸在他高中時，向他說明了這些情況。」

「所以說，」勇磨轉頭看著楓，轉動著裝了威士忌純酒的杯子，「你們隨時可以搬進這棟房子，也可以賣掉，只不過目前住在這裡的人就必須搬走。」他杯子裡的冰塊發出嘎啦嘎啦的聲音。

「不必為我擔心，我隨時可以搬走。」波惠用淡然的語氣說道，巡視了所有的人，「到目前為止，各位有什麼疑問嗎？」

所有人都沉默不語，波惠說：

「那我接著說下去。如各位所知，哥哥來日不多了。一旦哥哥離開人世，當然由明人繼承遺產，但是在此之前，必須整理爸爸的遺產，也就是爸爸去世的時候，那些無法分配的財產。如果各位覺得爸爸去世時，自己已經拿到了現金，剩下的一切可以都給明人，當然就沒有任何問題。但我猜想有人或許不這麼想，所以我今天準備了一份清單。在財產目錄中，扣除了這棟房子和已經變現，由我們繼承的部分。」

波惠從資料夾中，拿出了A4大小、釘在一起的資料，發給了所有人，連照理說是外人的伯朗也有一份。

伯朗看了，忍不住嘆了一口氣。不愧是曾經榮華富貴的矢神家一家之主，清單上列舉了滿滿的掛軸、花瓶和繪畫等，甚至還有純金的佛像。旁邊還有估算價格，有好幾件都超過了一百萬。

「原來有這麼多，我完全不知道。」祥子皺起眉頭說，「爸爸到底什麼時候蒐集了這麼多東西？雖然我曾經聽說他不自量力地買一些骨董或是美術品，沒想到竟然買了這麼多。」

「應該是八〇年代後半期，」隆司說，「也就是泡沫經濟繁榮的時期，很多人大肆購買骨董和國外的名畫投資，我曾經聽說有一家公司用數十億的價格標下了梵谷的畫。爸爸應該也是基於這個原因買了很多。」

「你說得對，調查當時的紀錄後發現，有好幾名負責投資的人，他們大肆收購，現在回頭看，發現其實虧了不少錢。」波惠說。

「當時我周圍也有不少人這樣賠了不少錢，這些東西都在哪裡呢？」

「都保管在爸爸書房旁的書庫，因為那個房間有一些珍貴的古書，所以一年四季都維持一定的溫度和濕度，很適合保管繪畫和掛軸。當然，我每年都會從盒子裡拿出來通風幾次。」

「姊姊，所以妳早就知道有這些東西。」祥子咬牙切齒地說。

「因為爸爸交給我保管，還叫我不要隨便告訴別人。」

「妳至少應該在爸爸去世時告訴我們。」

「康治哥哥說，先暫時不要告訴大家。因為爸爸的遺囑讓繼承變得很複雜，所以不希望讓事情變得更麻煩。我也有同感。」

「事情的確變麻煩了，」勇磨把資料丟在桌上，「我剛才大致計算了一下，至少超過一億。要怎麼分配這些財產？很難分啊，如果全部賣了，按照遺囑先分給明人一半，其他的由我們來分的話，事情就簡單了。」

「恐怕很難做到，」佐代幽幽地說，「也許有人想留下收藏品，最重要的是，必須問明人的意見。」

「我想請問一下，」祥子舉起了手，「我們家有必要參加這個討論嗎？如果因為我們繼承了『矢神園』，必須放棄剩餘的所有財產，我覺得我們在這裡根本沒有意義。」

「關於這個問題，也必須問明人的意見，」波惠說，「但我個人認為，二十年前你們繼承了『矢神園』，其他人繼承了現金，大家都扯平了。也就是說，目前大家又重新站在起點上，所以我認為你們也要加入討論。」

祥子心滿意足地用力點了點頭，「聽妳這麼說，我就放心了。」

「如果是這樣，情況就不一樣了，」隆司摸著下巴小聲嘀咕，「那我要親眼看看那些寶物，雖然我本身並沒有繼承權。」
「老公，你不是在這方面很精通嗎？」
「談不上精通，是曾經有一段時間很有興趣，但那是很久之前的事了。」
「既然這樣，」波惠說，「大家要不要現在就去看一下？」
「太好了，我也有興趣。楓，妳呢？」
聽到勇磨的問話，楓興奮地說：「我也想看，也想知道爺爺的興趣。」
「我不必看了，因為我沒興趣。」百合華站了起來，「而且遺產的事根本不重要，反正我也沒有繼承權。」
「那……」佐代說到一半住了嘴。她一定想說，那妳為什麼來這裡？
「我只是想看看明明的老婆。」
百合華對楓露出挑釁的眼神，身穿紅色套裝的新婚妻子一臉微笑地微微欠身說：「很榮幸見到妳。」
「我也不用看了。」牧雄板著臉說，「我對這種古董或是美術品完全沒有興趣，我會放棄我那一份，隨便你們怎麼處理。」
「你也只是想見見楓嗎？」勇磨問。
牧雄抬起一雙牛眼。
「我今天來這裡，只是想確認哥哥的遺物。」
「遺物？」波惠挑起眉尾，「太不吉利了，康治哥哥還活著。」

「妳剛才不是說，他來日不多了嗎？」
「是啊，但也不能說是遺物……」
牧雄很不耐煩地拚命搖頭說：
「怎麼說根本不重要！我只是想確認，哥哥死了之後，他擁有的東西會怎麼處理。我可沒空看已經死了多年的父親因為興趣所蒐集的東西。」
「你別傻了，哥哥死了之後，他所有的遺產當然都由明人繼承。」祥子不以為然地說。
牧雄煩躁地抓著頭。
「我說的不是遺產，而是他擁有的東西。哥哥擁有的東西未必都是他的。」
「沒錯，這件事也很重要。」波惠說，「所以，我覺得你也最好跟我們一起來。因為你們都知道，哥哥已經搬離了公寓，所有的東西都搬來這裡了。我不知道你想看哥哥的什麼東西，但除了日用品和衣物以外，幾乎所有的東西都和爸爸的遺物一起放在書庫。」
牧雄的雙眼露出了血絲，「資料和書籍也都在那裡嗎？」
「沒錯。」
「那好，」牧雄猛然從椅子上站了起來，「那我就去看看。」
波惠轉頭看向伯朗。
「情況就是這樣，所以也請你和我們一起去，因為搬來這裡的東西中，也有禎子的東西。」

「看來我非去不可了。」伯朗說完，喝完了杯中的烏龍茶。

所有人都走出會客室，走在走廊上。楓和其他人保持了一段距離，伯朗走在她旁邊。

「好奇妙的發展。」伯朗在她耳邊小聲說道。

「是嗎？我倒是很樂在其中。」

「沒想到妳對康之介那個老頭子的遺產繼承問題知道得這麼清楚。」

「因為明人曾經告訴我。」

「太驚訝了，竟然是所有財產。」

「但是，明人到目前為止沒有繼承任何東西，一切都才剛開始而已。」

「也許是因為這個原因，矢神家的人不相信明人，所以說，和遺產有關。」

但是，楓沒有回答，既像是表示同意，又好像並不同意，認為事情並沒有這麼簡單。

13

書庫位在二樓，波惠打開了門。「請進。」

伯朗和楓也跟著其他人走了進去。

巡視室內後，伯朗忍不住倒吸了一口氣。應該有十五坪的房間內，全都是高達天花板的櫃子。櫃子的寬度和深度不一，有些櫃子上排放著書籍，也有些櫃子排放著應該裝了美術品的盒子。

「我可以看一下這個嗎？」隆司似乎眼尖地發現了什麼，指著櫃子問。那是一個高度差不多四十公分的桐木盒子。

「等一下。」

波惠打開旁邊的抽屜，拿出了白色手套。

「拿的時候小心點。」說完，她把手套遞給隆司。

「我知道。」隆司說完，接過了手套。

隆司把箱子放在房間中央的長桌子上，小心翼翼地打開了盒子。「喔！」他輕輕叫了一聲，把箱子裡的東西拿了出來。

那是一個配色很鮮豔的罈，表面有很多像烏龜殼一樣的六角形，每個六角形中都畫了仙鶴、烏龜和鮮花。

「這是伊萬里燒的古董，」隆司自言自語說，「這可真的是寶物。」

「是嗎？」祥子在一旁問。

「妳仔細看，六角形的框不是很立體嗎？要做出這種效果很難，因為在燒的時候很容易破。至少值兩百萬，不，搞不好有三百萬。」

「三百萬！」祥子看著櫃子，「還有好幾個桐木的盒子。」

「剛才的清單上寫著，光是伊萬里燒的古董就有五、六件，如果全都是這種水準的東西，光是這些東西，就超過一千萬。」

「是喔。」祥子露出興奮的表情。

「這個盒子是什麼？」勇磨指著另一個櫃子問，他已經戴好了手套。

他打開櫃子上一個扁平的盒子，點了點頭，「原來是這個。」

「那是什麼？」隆司把罈放回盒子的同時問道。

勇磨把整個盒子拿了起來，把裡面的東西出示在大家面前。裡面是錶。總共有十幾只。雖然也有手錶，但有超過半數是懷錶。

「喔！」隆司叫了起來，「原來是古董錶。這些錶都很高級，尤其是最右側的懷錶，看起來像18K金。」

「那是他去歐洲旅行時買給自己的。」佐代說明著，「我記得差不多兩百萬左右。」

「他」指的應該是康之介。

「爸爸是在媽媽生病躺在床上時去歐洲旅行。」祥子瞪著佐代說，「雖然他說是去工作，原來那時候妳也去了。」

佐代沒有回答，只是露出了冷笑。她內心應該覺得事到如今，根本懶得說這些廢話。

聽到「嘎噹」的聲響，回頭一看，牧雄正在看裝在畫框內的畫，旁邊堆了好幾個紙箱。

「喔？是畫嗎？是誰的畫？」隆司走了過去。

「這和你沒有關係。」牧雄仍然低頭看著畫說道，「這不是爸爸的，而是哥哥的。」

「沒錯。」波惠說，「這就是我剛才提到的，從哥哥的住處搬來的東西。」

「是嗎？我不知道哥哥也蒐集繪畫。」

「很可惜，這幅畫並沒有你所期待的價值。你別打擾我。」

牧雄冷冷地說，隆司聳了聳肩，走回其他人那裡。

「爸爸蒐集的畫全都放在另一個地方，我帶你們去。」波惠說完，走了起來。

其他人都跟在她身後，伯朗走向牧雄。他站在牧雄身後探頭一看，忍不住倒吸了一口氣。因為上面畫了無數複雜交錯的曲線，而且很精緻，簡直就像是用電腦畫出來的，但這絕對是用手畫的。

「這是什麼？」伯朗問。

「這和你也沒有關係。」牧雄冷冷地回答。

「這個該不會是學者症候群的病患畫的？」

牧雄放下那幅畫，轉頭看著他問：「你為什麼知道？」

「我果然猜對了。」

「你為什麼知道？」牧雄重複了相同的問題。

「因為曾經聽明人提過，康治先生在研究學者症候群，而且還蒐集了病患的作品。」

牧雄露出了警戒的眼神，「除此之外，他還說了什麼？」

「康治先生認為，我的親生父親也很可能有學者症候群。關於這件事，你知道什麼嗎？」

牧雄露出好像在觀察的眼神看著伯朗。

「我完全沒有聽說你父親的事。」

「真的嗎？」

「真的。除了這件事以外，明人還告訴你什麼？」

伯朗搖了搖頭，「關於康治先生的研究，就只說了這些。」

「是喔。」牧雄點了點頭。

「你為什麼對康治先生的東西有興趣。」

「你沒必要知道。」牧雄打開旁邊的紙箱翻找起來。

「那可不行，波惠剛才不是說了嗎？康治先生的東西中，也有我媽的東西，所以，我比你更有優先調查的權利。」

「如果要這麼說的話，應該是我最優先。」身後傳來說話的聲音，即使不用回頭，也知道是楓。

她走到伯朗身旁，甜甜的香水味道拂過伯朗的鼻子。

「那裡怎麼樣？那些外行鑑定團呢？」

「找到了幾幅浮世繪，正在為是真跡還是仿冒品爭論不休。」

「如果是真跡值多少錢？」

「聽隆司姑丈說，總額差不多一千萬圓。」

「伊萬里古董罈一千萬，浮世繪也一千萬嗎？而且不是用來裝飾欣賞，而是藏起來。真難理解有錢人的興趣。」

「這不重要，言歸正傳，」楓輪流看著伯朗和牧雄，「明人是爸爸的唯一繼承人，我是他的太太，也是他的代理人。我應該有優先確認爸爸物品的權利。」

「的確很合理。」伯朗說。

「謝謝。」楓微笑著回答。

牧雄狠狠瞪了他們一眼問：「你們不識字嗎？」

「啊？」

「你們看這個。」牧雄指著紙箱側面，上面寫著「資料・檔案類」。「這個箱子裡都是哥哥的研究資料，沒有你媽的東西，也沒有明人繼承的東西。」

「不看一下怎麼知道呢？」伯朗說。

「對啊，無論如何，叔叔都不可以一個人看這些。」

牧雄一臉洩氣的表情抓了抓頭，抱著雙臂說：「我有權利。」

「為什麼？」伯朗和楓同時問道。

「因為我和哥哥以前是共同研究者，就是你剛才提到了學者症候群的相關研究。年輕時，我幫了很多忙，所以這些研究資料中，有一部分是我的。」

聽到牧雄這麼說，兩個人無言以對。如果他說的是事實，就無法反駁。

牧雄似乎確信自己說的話有理，撇著嘴角，「哼」了一聲。

「如果你們聽懂了，就不要再打擾我。還有很多紙箱，只要是和哥哥的研究無關的箱子，你們可以隨便打開、調查。」牧雄說完，再度面對身旁的紙箱。

伯朗注視著眼前這個怪胎學者的臉問：「你也協助了動物實驗嗎？」

牧雄停下手，轉動眼珠，用力瞪著他問：「你說什麼？」

「動物實驗。如果你曾經協助康治先生的研究，不可能不知道。」
「……動物實驗的事，也是聽明人說的嗎？」
伯朗搖了搖頭說：
「我想他應該不知道這件事，我也從來沒有告訴過別人，因為這是很不愉快的回憶。」
牧雄露出警戒的眼神問：「你看到了嗎？」
「我親眼看到的，那是我讀小學的時候，明人還沒有出生。請你回答我的問題，你也協助了動物實驗嗎？」
牧雄的大眼珠子不安地轉動著，伯朗第一次在他身上看到慌亂的反應。
「為了科學的發展，」他緩緩開了口，「有時候必須犧牲某些東西，比方說，像是動物的生命。既然會在衛生所遭到撲殺，還不如對人類有所幫助更有意義。」他的聲音很壓抑，沒有起伏。
「這番話有百分之九十九是人類自私的藉口，」伯朗揮了揮手，「打擾你了，請繼續作業。」
牧雄一臉想要反駁的表情，但隨即轉頭面對紙箱，嘴裡嘀嘀咕咕，把資料和檔案拿了出來。
「怎麼回事？」楓在伯朗的耳邊問，「什麼動物實驗？」
「等一下告訴妳。」伯朗回答。
他再度低頭看著畫框裡的畫，有一種深受吸引的感覺。伯朗覺得和那幅畫很像，就是一清最後那幅畫。不，畫本身完全不一樣，但都有一種訴諸心靈的感覺。

他突然想到一件事，從口袋裡拿出手機，用相機模式拍下了那幅畫。牧雄不悅地瞪著他，但什麼都沒說。

「伯朗，」有人在身後叫他，是波惠，「你看過禎子的東西了嗎？」

「我正打算看，但不知道在哪裡。」

波惠走向那堆紙箱，指著其中一個說：「就是這個。」

那個紙箱比其他紙箱稍微小一號，但不是側面，而是上方貼了一張紙，寫著「禎子」。

伯朗抱著紙箱，發現沉甸甸的。他搬到稍遠處，打開了紙箱。

放在最上面的是一個長方形的扁平盒子。打開一看，忍不住倒吸了一口氣。裡面是戒指和項鍊。

「這是媽媽的珠寶盒。」楓在一旁探頭張望著說。

禎子向來不喜歡花枝招展，出門時也很少戴首飾。珠寶盒裡大部分都是珍珠項鍊和珊瑚戒指這些比較樸素的首飾。

有一個設計很簡單的金戒指，伯朗覺得很熟悉，看了戒指的內側，果然沒有猜錯，裡面刻了日期。

「結婚戒指嗎？」

聽到楓的問題，伯朗點了點頭說：「第二次的。」

接著，他拿起兩個銀色戒指。兩個戒指款式相同，但大小稍有不同。兩個戒指的內側都刻了相同的日期。日期比伯朗出生更早。

「這是……」

「第一次結婚時的戒指。比較大的是我爸的，小的是我媽的。」他嘆了一口氣，放回了盒子，「沒想到還保留了這些東西。」

伯朗不記得拿著畫筆的一清手上是否戴了戒指，總覺得他平時應該沒有戴戒指的習慣。即使真的如此，禎子也視之為亡夫的一部分珍藏著。

禎子什麼時候才拿下這個銀色的戒指？遇到康治時，已經拿下戒指了嗎？伯朗想不起媽媽無名指上的戒指什麼時候從銀色變成了金色。

這個金戒指和兩個銀色戒指放在一起這件事，讓他產生了奇妙的感慨。應該是康治把金戒指放在這裡，和妻子以前的結婚戒指放在一起時，他的心情一定很複雜。

把珠寶盒放在一旁後，開始檢查紙箱內的東西。他接著拿起了一本舊相冊，褐色的封面似曾相識。

打開一看，忍不住一驚。因為是一張全身赤裸的嬰兒相片。當然就是伯朗。

「所有的家庭相簿，」身旁的楓小聲說道：「第一張幾乎都是嬰兒脫光光的相片。我家的也是，第一頁是我哥哥的相片，和這本相冊一樣，也是脫光光的小嬰兒。這代表手島家從你的誕生開始。」

「矢神家也一樣。」波惠在一旁聽了他們的對話後說道，「第一本相冊全都是哥哥的照片，直到第二本之後才出現我的相片。」

「如果家裡沒有小孩子呢？」伯朗問，「他們應該也會有相冊。」

「那就不是家庭相冊，而是夫妻的相冊。」楓回答說，「我相信那種相冊也會有結婚前的相片，我覺得這也很棒。」

伯朗覺得她的回答很不錯，所以點了點頭，低頭看相冊。

翻著相冊，充滿懷念的世界接二連三地甦醒。坐在三輪車上的伯朗、帶著棒球手套，滿面笑容的伯朗、坐在遊樂園旋轉木馬上的伯朗——

有好幾張一家三口的相片。相片中的爸爸很有精神，表情很豐富。禎子很年輕，笑容中洋溢著幸福。

自己深受寵愛。伯朗深刻體會到這一點。那時候，自己備受寵愛。如果可以一直成為手島家的一員，不知道該有多幸福，然而，如今其他家人已經不在了。

從中間開始，時間突然變得很跳躍。相片中不再有一清的身影，伯朗從幼兒長成了兒童。當時一清已經病倒，既沒有機會，也沒有時間全家人一起拍照。

最後一張是伯朗在藏前國技館前比出勝利的手勢，那是康治第一次帶他去看相撲時拍的相片。伯朗嘆了一口氣，闔起了相冊。

紙箱內還有好幾本相冊，伯朗以前都沒見過。他隨意抽出一本藍色封面的相冊。

打開一看，立刻看到了鮮豔的紅色。那是好幾個大小不一的蘋果，有各種不同形狀的蘋果，有切開的蘋果，還有削了一部分皮的蘋果。

仔細一看，發現並不是相片。不，貼在相冊上的是相片，但拍的並不是實際的蘋果，而是一幅畫。旁邊寫著「畫名　蘋果　40號」。

他又翻開下一頁，也貼了拍了畫的相片。畫中是古董掛鐘，時鐘的玻璃上反射了櫻花樹。

這本相冊似乎是一清的作品集，應該用相片的方式，留下了他的畫作。

他「啊」地叫了一聲。因為他看到了熟悉的畫。那是一頂有巨人標誌的棒球帽，壓扁的棒球帽帽簷上有「HAKURO」的名字。這幅畫名為「兒子」。

「就是在順子阿姨家看到的那幅畫。」楓也發現了。

「嗯。」伯朗點了點頭，繼續翻著下一頁。

相冊中總共有超過一百張相片。一清留下了這麼多作品，然而，順子家中並沒有這麼多畫。在翻閱相片後，終於瞭解了原因。因為有幾張相片旁，除了畫名以外，還有號碼和價格，以及看起來像是畫商的名字。

「哥哥，這些字……」

「可能代表畫賣出去了。」伯朗說完，搖了搖頭，「雖然我媽說他是畫都賣不出去的畫家，看來並不是完全賣不出去。」

仔細思考後就覺得這也是理所當然的。在伯朗的記憶中，手島家的家計都靠禎子，但一清在和她結婚之前，應該有能力養活自己。

原來自己對手島家，對父母一無所知。伯朗忍不住這麼想。

翻到了相冊的最後一頁，伯朗皺起了眉頭。因為最後一頁什麼都沒貼，但明顯有相片被撕下的痕跡。

就是那幅畫。伯朗很有把握。就是一清在臨死之前畫的那幅未完成的畫。不僅找不到那幅畫，就連相片也消失了。

這是怎麼回事？伯朗思考著。應該是有人想要刻意隱瞞。

但是，他也瞭解到一件事。那就是那幅畫的名字，旁邊寫著「畫名　寬恕的網」。

伯朗不知道寬恕這兩個漢字的意思，用手機查了一下。寬恕——帶著寬容的心原諒。

「伯朗，」波惠叫著他，「看來你還需要一點時間。」

「不好意思，我會加快速度。」

波惠搖了搖頭。

「相隔這麼多年，你看到母親的遺物，當然需要一點時間沉浸在回憶中。我之前已經確認過了，那個紙箱裡的東西和矢神家沒有關係，你帶回去也沒有問題。至於要怎麼處理，由你和明人討論後決定。」

「我知道了。」

伯朗把珠寶盒和相冊放回紙箱時，有人走了過來。抬頭一看，和佐代四目相接。

「我勸你小心點。」她看著波惠的方向小聲地說。

「小心什麼？」

「禎子的遺物未必全都在這個紙箱裡。」

「妳是說，其他地方還有我媽的遺物嗎？」

「有可能，」佐代的嘴唇幾乎沒有動，「可能還有什麼有價值的東西。」

伯朗正想問是什麼東西時，波惠拍了拍手。

「大家過來一下，我希望可以決定今後的方針。」

為了康之介的美術收藏爭論不休的支倉夫婦和勇磨走了回來。

「鑑定的事怎麼樣了？」波惠問他們。

「最後決定由我和勇磨分別帶不同的鑑定師來。」隆司說。

「雖然不是不相信隆司，只是慎重起見。」勇磨說完，和佐代互看了一眼。

「美術品的評估金額就以這種方式決定。必須考慮如何處理爸爸的遺產，當然包括這些美術品在內，但最重要的還是遺囑上明定的全財產繼承人明人的意見。楓，可不可以告訴我們明人的想法？」

「好，當然沒問題，」楓聽到波惠的問話，向前踏了一步，「明人的意願如下。我會欣然繼承已故祖父的遺志，也就是說，會繼承矢神大宅和附帶的一切。同時，也要重新徹底調查二十年前支付給法定繼承人的特留份，確認是否有任何舞弊。一旦發現有舞弊，將立即要求歸還——這就是他的意見。」

14

「編出來的？那是騙人的嗎？」伯朗操作著方向盤，轉頭看向副駕駛座，「妳不是說，妳知道明人的想法嗎？」

「嗯。」楓低吟一聲，「老實說，明人目前還很猶豫，到底該不該繼承祖父的遺產。他似乎不想承擔責任，但又覺得為了避免矢神家走向沒落，自己必須承擔某些託付，所以，也不是完全沒有可能說剛才那番話。」

「那說要重新徹底調查二十年前的繼承這件事呢？」

「那是我說的，是不是很震撼？」

「什麼震撼啊，妳有沒有看到那些親戚的表情？簡直就像魔鬼。」

「他們的反應正如我意，大家都說想要聽聽明人的聲音。只有牧雄叔叔沒有說，祥子姑姑還氣勢洶洶地叫我馬上打國際電話。」

「因為妳用了舞弊這個字眼，所以他們才會那麼火冒三丈。不過，妳之後的應對太精采了。」

祥子提出要求後，楓回答說：「沒問題。」然後從皮包裡拿出了手機，面不改色地打電話。電話當然不可能接通，她告訴所有人接不通後，掛上了電話。

「但今後怎麼辦？不可能一直說電話打不通，電子郵件也不回。」

「我知道，所以我打算說，我和明人在討論。如果其中有人知道明人失蹤了，就會知道我在說謊，一定會有某些行動。」

「比方說？」

「這……」楓嘆了一口氣，「我無法預料。」

「喂喂，難道是走一步算一步的策略嗎？」

「從某種程度上來說，這也是無可奈何的事，必須打草才能驚蛇。」

「希望在找到蛇之前，不會陷入八方受敵的窘境。先不說這件事——」伯朗清了清嗓子問，「妳和勇磨好像聊得很開心，你們在聊什麼？」

「你直接叫他的名字。」

「不行嗎？這種事不重要，還是回答我的問題吧。」

「我們聊了很多，他告訴我很多矢神家的事。尤其詳細介紹了他的父親，也就是康之介爺爺。他說康之介爺爺雖然自以為是大人物，其實就像是國王的新衣中那個國王，根本是個傻瓜，完全不知道自己的財產已經被手下的人掏空了。還有第一任和第二任太太都是為了矢神家的財產上門的壞女人，所以對康之介爺爺外遇或是有情婦根本無所謂。」

「他就是那個傻瓜和情婦生下的孩子，他有沒有告訴妳這件事？」

「我聽說了，還知道他媽媽是佐代。」

「是喔，原來他自己招供了。」

他一定覺得即使隱瞞，早晚也會知道，所以不如乾脆先發制人，主動說出來。

「但是，那個傻瓜爸爸偶爾會說幾句有用的話，也造就了今天的他。」

「喔，說了什麼？」

「據說勇磨叔叔小時候經常爬到庭院裡的櫟樹上，有一次被康之介爺爺罵了一頓——」

「既然喜歡高處，就好好讀書，成為人上人，是不是？」

「你怎麼會知道？」

「聽說這是他把妹時必說的故事。」伯朗察覺到自己撇著嘴角，「我勸妳還是小心點。」

「小心什麼？」

「我說的話——」

妳沒在聽嗎？伯朗原本想要這麼說的時候，聽到了手機的來電鈴聲。「不好意思。」楓向他打了招呼後，操作著手機。

「喂，你好……喔，」她的聲音提高了八度，「沒問題，我正在車上。今天辛苦了……不，我才不好意思，好像很厚臉皮……對，我也很高興，聽你說了很多有趣的事……啊，是嗎？你又來了，真是說不過你。」

聽到她嬌媚的聲音，伯朗無法心情平靜地專心開車。他不需要思考對方是誰，原來這就是所謂的「說誰，誰就出現」。

「……對，是啊。明人應該暫時還不會回國，真的不好意思，給大家添麻煩了……我嗎？對，沒錯，我一個人住在明人的公寓……啊，可以嗎？你不是很忙嗎？……那倒是，年輕企業家也需要放鬆的時間……我沒問題……是嗎？我知道了……好，那我就等你的聯絡……好，謝謝你，再見。」

楓掛上電話後，伯朗問他：「那傢伙嗎？是勇磨吧？」

「對。」楓回答，「他說今天見到我很高興，讓他驚為天人。」

聽到這麼肉麻的話，伯朗很想用力踩油門，但總算拚命忍住了。

「應該不是只說這些而已吧？聽起來他好像邀請妳去哪裡。」

「你說對了，他約我吃飯，說如果我因為明人不在感到寂寞，要不要和他共進晚餐。」

「什麼共進晚餐！真是矯情，但聽你們剛才的對話，妳好像打算去。」

「當然啊，因為他搞不好是上鉤的獵物。」

「獵物？」

「他可能知道明人失蹤了，卻若無其事地約我，想要試探我真正的目的，我沒有理由不赴約。」

「搞不好只是因為色心而已。」伯朗尖聲說道，「我剛才不是也說了嗎？他打算把妳。」

「即使這樣，和他見面也很有意義。因為只要籠絡他，就更有機會揭露矢神家的內幕。」楓說，「這些內幕搞不好和明人的失蹤有關。」

「籠絡是什麼意思？妳到底打算做什麼？」

「這要看情況再說，要到時候才知道。」

聽到楓無憂無慮的語氣，伯朗更煩躁了。

「妳不是明人的太太嗎？和男人單獨見面，還打算籠絡他，我可不能當作沒聽到。」

「正因為我是明人的太太，所以才作好了豁出去的心理準備。」楓說話的聲音聽起來比剛才講電話時低了八度，「我什麼都願意做。」

因為沒有看她的臉，所以她說話的聲音在伯朗的胃引起了共鳴。他想不到該說什麼，只是「喔」了一聲，連他自己都覺得這樣的反應很蠢。

不一會兒，來到了明人的公寓附近。楓問他要不要上去坐一下。

「婆婆的東西中，不是有相冊嗎？我想裡面應該有明人的相片。」

的確如此。不，其他相冊中，應該大部分都是明人的相片。

「那我就上去坐一下。除了相冊以外，可能還有其他東西，也最好讓妳看一下。」伯朗在說話的同時，為自己補充了這句聽起來像藉口的話後悔不已。

伯朗在公寓前先讓楓下了車，也把紙箱搬了下來，再把車子停去投幣式停車位後，走路回到公寓。

走進屋內，發現楓已經換好了衣服。她換了一件寬大的灰色連帽夾克，下面穿了黑色緊身褲。

走進客廳，伯朗緩緩搖著頭。雖然上次來的時候已經仔細觀察過，但還是覺得這裡很大。百合華說這裡的房租一百二十萬圓，八成是真的。

剛才的紙箱放在沙發旁，伯朗跪在紙箱前。

「要不要泡杯咖啡？」楓問。
「不用了，今天喝太多咖啡了。」
「那要不要喝啤酒……啊，不行，你要開車。」
伯朗停下了正在打開紙箱的手，「不，那我喝啤酒。」
「沒關係嗎？」
「不瞞妳說，我壓力很大，想要發洩一下。我明天再來取車。」
「好啊。」楓開心地走去廚房，也許她自己很想喝。
伯朗從紙箱中拿出剛才沒有看的相冊。翻開第一頁，立刻倒吸了一口氣。原本以為會是明人的獨照，沒想到第一張相片上有四個人。拍攝地點是在病房，禎子面帶笑容坐在病床上，手上抱著剛出生的嬰兒，在病床旁探出腦袋的是當時九歲的伯朗，康治站在另一側。
原來是那個時候。伯朗想了起來。接到禎子已經生下孩子的通知後，他跟著順子和憲三一起趕去醫院，康治當然也在場。
「哇，好棒的相片。」頭上傳來聲音，楓拿著托盤站在旁邊，「這是明人吧？好可愛。」
「借用妳剛才說的話，對我媽來說，這裡是新的家庭的起點。」
「是啊，這不是很幸福嗎？」楓打開罐裝啤酒，倒進兩個杯子。托盤上放著裝了堅果的盤子。

「但是，如果其中還有人在緬懷以前的家庭，該怎麼辦？」伯朗指著年幼的自己的臉。

「這也沒關係啊，我覺得不需要忘記以前的事，還是說，有什麼問題？」楓把其中一個杯子放在伯朗面前，舉起自己的杯子，似乎想要乾杯。

伯朗輕輕搖了搖頭，拿起杯子。楓把手伸了過來，他們在空中碰了杯。

「可以給我看一下嗎？」楓喝了一口啤酒後說，她的嘴唇沾到了少許泡沫。

「請。」伯朗把相冊推到她面前。

楓單手拿著酒杯翻著相冊，每次看到新的相片，就驚嘆地說：「好可愛！」或是「原來他以前是這樣！」伯朗在一旁探頭看著，發現都是明人的獨照。正因為如此，第一頁貼了包括伯朗在內的四個人的照片，更可以感受到禎子的意圖。她應該努力想要建立新的家庭，為此，伯朗必須接受新的父親。

伯朗當然也知道，知道只要自己叫康治爸爸，一切就可以圓滿。

正在翻相冊的楓停下了手，因為她已經翻到最後一頁了。那是明人入學典禮的相片，身穿制服的明人直挺挺地站在大門前。

楓把相冊轉向伯朗問：「為什麼？」

「什麼為什麼？」

「幾乎沒有你的相片，尤其是全家的相片。除了第一張以外，完全沒有你和家人一起拍的相片。」

「是啊。」伯朗點了點頭，喝了一口啤酒。

「為什麼？因為還在緬懷以前的家庭，所以不想和新的家人一起拍照嗎？」

伯朗無力地笑著搖了搖頭，「不是，因為我們不是一家人。」

「我搞不懂，你不是和婆婆，還有明人有血緣關係嗎？還是你不覺得公公是你的爸爸嗎？」

「嗯，應該就是這樣。」

楓放下啤酒，微微攤開雙手，「因為怕對不起第一個爸爸嗎？」

「並不是這樣。」

「那你為什麼頑固地拒絕公公？」

楓用真摯的眼神看著伯朗，似乎強烈表達非要知道理由不可的決心。

伯朗嘆了一口氣，「先回答妳剛才的問題似乎比較快。」

楓皺起眉頭，「剛才的什麼問題？」

「就是動物實驗的事。」伯朗喝了一口啤酒後，放下了杯子。

那是禎子和康治結婚後沒幾個月時發生的事，伯朗記得那天是星期六。他放學回家後，禎子問他要不要跟媽媽一起出門。因為爸爸要加班工作，所以要為他送換洗衣服。

那時候，伯朗並不知道康治具體做什麼工作。因為禎子告訴他說，康治是醫生，所以一直想像康治就像自己偶爾去醫院時見到的那些穿白袍的人。但因為康治有時候好幾天都不回家，所以他覺得很奇怪。

伯朗曾經好幾次都一個人在家，所以也可以回答不去，但他選擇了和媽媽一起去。他忘了當初這麼決定的理由，也許是因為住在一起之後，覺得早晚要叫他爸爸，所以想稍微多瞭解他，也可能是因為猜想自己回答要一起去，禎子會比較高興。

總之，伯朗後悔自己作出了這樣的選擇。

他們搭上計程車，前往康治要熬夜加班的職場。禎子對計程車司機說了泰鵬大學這個名字。當時，伯朗並不知道這所大學的漢字要怎麼寫，只是納悶為什麼不是去矢神綜合醫院。

「我跟你說，」禎子好像在回答伯朗內心的疑問般，在他耳邊說：「爸爸每個月會有幾天的時間在這裡工作。」

原來他在兩個地方工作——當時還是小學三年級學生的伯朗這麼想道。

不一會兒，計程車抵達了目的地。正門上寫著「泰鵬大學」幾個字。伯朗直到很久之後，才學會寫這麼難的漢字。

伯朗跟在禎子的身後走進大門，她似乎來過多次，毫不猶豫地踏著步伐。

前方有一棟灰色的大樓。走進大樓內，空氣有點涼意。那裡有一個接待櫃檯，禎子在那裡辦理了手續，領了兩個胸牌。禎子把其中一個交給伯朗，叫他戴在胸前，胸牌上寫著「訪客證」三個字。

母子兩人戴好胸牌後等在原地，不一會兒，一個戴著眼鏡、身穿白袍的年輕人來到他的面前。伯朗沒見過他，但禎子似乎認識，兩個人簡短地交談了幾句。

聽到禎子這麼說，伯朗從長椅上站了起來。

「伯朗，我們走吧。」

經過走廊，走上樓梯後，來到一個房間。房間內有好幾張桌子，東西堆得很凌亂。有簡單的沙發和茶几，年輕人請他們母子等在那裡之後，就走了出去。

「爸爸正在做實驗，等一下就會結束，所以我們在這裡等他。」

「實驗？什麼實驗？」

他之前在看卡通和漫畫時，看過「實驗」這兩個字。科學家靠實驗做出威力強大的武器，或是發明奇蹟般的藥。

「嗯，」禎子偏著頭說，「媽媽也不太清楚。」

然後，禎子說要去廁所，走出了房間。

伯朗獨自留在房間內打量著，書架上排滿了看起來很難懂的書，其中有好幾本都是外文書。

咦？他看到有一台電視。正確地說，是接了電視的儀器。他知道有一種機器叫錄放影機。

當時，錄影機迅速普及，伯朗班上也有好幾個同學家裡買了錄放影機，但康治除了新聞報導以外，很少看其他節目，所以似乎沒什麼興趣，也沒說要買。如果伯朗說想要，他應該會買，只不過伯朗有所顧慮，因此不敢提這個要求。

他戰戰兢兢地打開電視，但畫面仍然是黑的。於是，他隨便按了錄放影機的開關。沒想到螢幕發生了變化，開始播放影像。伯朗看了，感到困惑不已。因為他原本以為錄的是電視節目，但似乎並不是，好像是有人用錄影機拍攝的影像。

伯朗一時看不懂出現在螢幕上的是什麼，有時候會有人的手出現在螢幕上，但不知道在幹什麼。周圍還有好幾個人，聽到說話的聲音，但伯朗也幾乎聽不懂他們說什麼。

但也聽懂了幾句話。

「這已經不行了，快死了。還有新的嗎？」

「已經準備好了。」

「那就用那個，去把這個丟掉。」

「知道了。」

聽起來像上司的人的聲音很熟悉，那一定是康治。

背後傳來開門的聲音，伯朗慌忙關掉了電視。

禎子露出訝異的眼神看著兒子，「你在幹什麼？不要亂碰東西。」

「我知道。」伯朗回答。禎子沒有再說什麼，可能以為伯朗只是在看電視。

坐在簡單的沙發上時，伯朗在腦海中一次又一次回想剛才看到的影像。令他驚訝的是，就連細節都記得一清二楚，每次回想，影像就變得更加清晰。同時，他漸漸瞭解到影像中的人正在做什麼。

不，其實不是這樣。

在看到影像的瞬間，伯朗就知道那是什麼，也知道影像中的人在做什麼，只是他拒絕理解。他告訴自己，不可能有這種事，自己看到的並不是這麼一回事。

禎子察覺到兒子的異樣，擔心地問：「你怎麼了？」他回答說：「沒事。」

康治很快就走了進來，穿著和剛才的年輕人一樣的白袍。

禎子和他說了幾句話後，把裝了換洗衣服的紙袋交給了康治。他把放在桌旁的大塑膠袋遞給她，那些是要洗的衣服。

這時，康治突然露出了嚴厲的表情，他的視線看向錄放影機。他關掉了錄放影機的開關後問禎子：「妳打開的嗎？」

「我沒有……」禎子在回答的同時，瞥了伯朗一眼。

伯朗低下了頭，他感覺康治凝視著自己。

但是，康治並沒有問他什麼，只是向禎子道謝說：「謝謝妳特地送來，太好了。」

他們三個人一起走出了房間，康治打算送他們到一樓的入口。伯朗想要尿尿，所以就一個人去了廁所。當他在上廁所時，兩個像學生的年輕人走了進來。

「等一下要幹什麼？要不要去咖啡廳？」

「不，我等一下要照顧貓。」

「是喔？現在有幾隻？」

「五隻，差不多要找新的來了。」

伯朗在洗手時聽著他們的對話，然後抬頭看著他們。仔細一看，發現其中一個學生就是剛才那個帶伯朗母子去小房間的戴眼鏡年輕人。

對方也發現了伯朗，笑著向他打招呼，「嗨，你好。」

「貓，」伯朗開口問道：「有貓嗎？」

戴著眼鏡的年輕人眨了眨眼睛，「有啊，怎麼了？」

「生了病的貓嗎？」

「不，不是，只是普通的貓。」

「為什麼會養在這裡？」

「你問我為什麼……」年輕人露出困惑的表情，和另一個人互看了一眼。

「可以帶他去看啊。」另一個年輕人一臉賊笑地說，「帶他去看，再告訴他啊。」

戴著眼鏡的年輕人轉頭看著伯朗問：「你想看嗎？」

「嗯。」伯朗點了點頭。

「那你跟我來。」戴眼鏡的年輕人走出廁所。

伯朗跟著他來到走廊深處。在打開門之前，就聞到一股異臭。年輕人打開了門，走了進去，伯朗跟著他走進去。

那裡放了一個很大的籠子，裡面有五隻貓，都是雜種貓，也都很瘦。毛色很差，五隻貓都蜷縮著，閉上眼睛，一動也不動，但從牠們微微起伏的後背，知道牠們還活著。

年輕人打開籠子的門，把角落裝了沙子的容器拿了出來，那好像是貓的廁所。這時，五隻貓不約而同地睜開了眼睛，而且同時看向伯朗。

那是毫無生氣的眼睛，總共有十個。

一陣強烈的寒意襲過伯朗的全身，同時，有什麼熱熱的東西從胃部湧了上來。伯朗忍不住彎腰蹲了下來，當他回過神時，發現自己嘔吐了。

戴眼鏡的年輕人嚇了一大跳，把康治和禎子帶來時，伯朗仍然嘔吐不已，吐出了黃色胃液。

「錄影帶中拍的是貓，」伯朗看著半空說，「那些貓的頭蓋骨被打了洞，大腦露了出來。實驗者手拿器具，碰觸貓的大腦。現在回想起來，我想應該是電極。用電流刺激大腦，觀察身體各器官的反應——聽說以前經常做類似的實驗，那個籠子裡的五隻貓早晚也會遭到相同的命運。」

「太可怕了……」楓的臉色鐵青。

「我從來沒有問過康治先生這件事，他也從來沒有對我說過什麼，我媽也是。我們都當作從來沒有發生過這件事，但是，我當時就知道，我可能無法叫這個人爸爸。」伯朗伸手拿起杯子，聳了聳肩，「只不過是幾隻貓而已，我卻一直無法忘記當時的景象，不知道是不是造成了我的心靈創傷。」

「所以你決定當獸醫嗎？」

「不知道。」伯朗微微偏著頭，「我也不是很清楚，可能是這樣吧。但是，只要接觸到動物，我就會感到很安心，尤其是貓，更會讓我感到平靜。相反地，如果有一段時間沒有接觸到，就會開始做夢，夢見和錄影帶中相同的影像，還有被放在實驗台上的貓空洞的眼神。這種時候，我好像就會發出痛苦的夢囈，以前的女朋友曾經這麼告訴我。」

伯朗喝了一口啤酒，拿著杯子，垂下了頭。雖然平時都封存這些回憶，但說出口之後，他發現記憶完全沒有淡薄。

有什麼柔軟的東西碰觸了他握著杯子的手。他抬頭一看，發現楓握住了他的手。

「好可憐。」她說，她的雙眼有點濕潤，「如果八歲時的你……八歲的少年伯朗在這裡，我會用這雙手緊緊抱住他。」

現在的我不行嗎——伯朗很想這麼問，但忍住了，只回答說：「謝謝妳。」

15

一打開珠寶盒，順子睜大了眼睛，露出了興奮的表情。

「哇，我記得這個。」阿姨最先拿起了紅珊瑚的戒指。「聽說這叫血珊瑚，很難得一見。原本是領帶夾，是一清姊夫認識的畫商送給他的，但一清姊夫向來不繫領帶，所以請人改成了戒指。姊姊一直很珍惜這個戒指。」

「是喔，原來還有這樣的故事。」伯朗把「江戶切子」的雕花玻璃杯舉到嘴邊，口感緊實的辛口冷酒喝進喉嚨時很舒服。

「這條珍珠項鍊也很令人懷念。姊姊曾經說，無論婚喪喜慶都可以戴，所以很方便。這是你外婆的遺物。」

「是這樣啊。」伯朗拿起筷子，夾了一塊炸丁香魚。在兼岩家吃晚餐時，桌上的菜都是下酒菜。伯朗忍不住多管閒事地擔心，不知道如果有不會喝酒的客人上門該怎麼辦。

伯朗今晚獨自來到阿姨家。因為他打電話給順子，提起從矢神家把禎子的珠寶盒帶回來時，順子說很想看一看。聽順子說，她們姊妹在年輕時，曾經共用某些首飾。

「啊，我也看過這個胸針。雖然現在已經沒有人戴胸針了，但我們年輕的時候很流行。」順子面帶微笑地拿起蝴蝶形狀的胸針。

「我不太記得我媽曾經戴過首飾。」

「那是因為她在你面前是『媽媽』，但姊姊也有各種不同的身分，對我來說是『姊姊』，對她的老公來說是『太太』，有時候也是『女人』。」

伯朗點了點頭說：「有道理。」

「雖然兒子可能不太願意想像母親是女人的樣子。」

「那倒是未必。我隱約記得，她第一次介紹康治先生給我認識時，我就曾經想，啊，我媽也是女人。」

「是嗎？你這個小孩真不可愛啊。」順子苦笑著把胸針放回了珠寶盒。

伯朗很慶幸自己把珠寶盒拿來這裡。如果不是這樣的機會，也不會像這樣緬懷禎子。

「早知道應該在我媽死的時候好好整理她的遺物，就不會像現在這樣手忙腳亂了。」

「這也不能怪你啊，因為姊姊那時候已經是矢神家的人了，你又希望和矢神家保持距離。」
「但是，」憲三為伯朗的杯子裡倒冷酒時說，「你被捲入矢神家的遺產之爭，真是倒楣啊。」
「我倒是沒關係，反正和我沒有直接的關係，倒是楓很令人擔心，明人又不在。」
「明人還沒辦法回國嗎？」
「好像暫時還走不開。」
「真辛苦啊。」順子把珠寶盒還給伯朗，「謝謝你，讓我有機會看到很多充滿懷念的首飾。」
「阿姨，有沒有妳喜歡的？妳可以留下來，任何一個都沒關係，也可以全都給妳。」
順子聽到伯朗這麼說，笑了起來。
「我怎麼可能全部收下？我拿姊姊的結婚戒指也很奇怪啊。但既然你這麼說，那我就來看看。你已經徵求過明人和楓的同意了嗎？」
「當然啊。」
「好吧。」順子再度低頭看著珠寶盒。她偏著頭猶豫了一下，伸手拿起了珍珠項鍊。
「我還是選這個，這也是我媽媽的遺物，一舉兩得。」
「不要其他的東西嗎？珊瑚戒指呢？」
「我剛才也說了，這原本是一清姊夫的領帶夾，所以你應該留在身邊，或是送給楓。我相信一定很適合她，因為她整個人感覺很華麗。」順子說著，立刻把項鍊繞在自己的脖子上問憲三，「好看嗎？」

「好看啊。」憲三沒有仔細看就回答。

「楓真是個漂亮女生，開朗健康，又很有禮貌。明人真的找了一個好太太，伯朗，你也這麼覺得吧？」

「嗯……是啊。」伯朗把冷酒喝了下去。聽到別人稱讚楓，他忍不住感到高興。他為自己的這種心情感到困惑。

「姊姊的遺物還有哪些東西？」順子拿下項鍊時問。

「三本相冊，還有她喜歡的書、眼鏡、手錶……差不多就這些。」

禎子在十六年前去世，伯朗能夠理解，康治不可能一直保留她所有的遺物。

「相冊？怎樣的相冊？」

「有一本是從我出生到小學為止，還有一本是明人從出生到他讀中學為止，另一本是我爸爸的作品集。」

「就這些而已？沒有老家的相冊嗎？」

「老家？」

「就是小泉的家，外婆家的。」

「喔。」伯朗搖了搖頭，「不，我沒看到這些東西。」

「姊姊去世後，我和康治姊夫曾經去過小泉的房子一次，因為在拆除之前要整理東西。我只帶了我一直留在娘家的東西回來，其他都交給康治姊夫了。那裡還有很多姊姊的東西，應該也還有老家的相冊。不知道後來怎麼處理了。」

「我不知道，反正我從矢神家帶回來的紙箱裡沒有這些東西。」

「應該是康治姊夫丟掉了。」憲三不感興趣地在一旁插嘴。

「把太太娘家的相冊也丟掉？」順子瞪大了眼睛，「而且沒有向伯朗打一聲招呼嗎？不可能。」

「妳質疑我有什麼用。」憲三噘著嘴，抓了抓太陽穴。

「的確有點奇怪，」伯朗抱著雙臂。「不光是相冊，照理說，我媽的遺物中應該有一些小泉家的東西。」

「要不要去問當事人？」憲三提議，「你不是說，康治還有意識，也可以說話嗎？」

「複雜的問題恐怕不行，而且也不必特地去問這些事。」

順子垂頭喪氣，嘆著氣說：

「仔細想一想，就覺得矢神家的人不可能好好保管死去的嫂嫂娘家的東西。康治姊夫應該不會這麼做，搞不好是其他人丟掉了。早知道在房子拆除之前，我應該把相冊帶回來。」

「那是妳最後一次去小泉的房子嗎？」

「最後一次啊。之後接到通知說，已經順利拆除了，還寄了夷為平地的相片給我。」

「喔，我也收到了那張相片。」

順子好像突然想到了什麼，偏著頭說：

「那棟房子是在姊姊的名下，不知道之後怎麼樣了。我沒聽說賣了那塊土地的事。」
「我也沒聽說。」
「所以說，」順子露出思考的表情，「伯朗，你不要拿到這些首飾就被打發了，要去調查一下那塊土地的情況，因為你也有繼承權。」
「對喔，我從來沒想過這件事。」
「你不要稀裡糊塗的，搞不好被矢神家那些人占為己有了。」
「我會盡快確認。」伯朗拿出手機，寫了一封電子郵件寄給自己，提醒這件事。
「矢神家的人這麼貪心嗎？」憲三停下筷子問伯朗。
「大部分人都開公司或是開店，所以在錢的方面很精明。但也有一個奇怪的人，他叫牧雄。」
「喔，那個人。」順子皺著眉頭，好像吃到了什麼很苦的東西，「我見過他幾次，感覺有點可怕。」
「我沒見過他。他是做什麼的？」
「他是學者。我之前不是曾經告訴你們，康治先生在研究學者症候群嗎？那個叫牧雄的人好像在年輕時曾經協助康治先生一起研究。這次他也對康之介爺爺的遺產沒有興趣，四處翻找康治先生的研究資料。」
「喔，比方說是什麼資料？」不知道是否因為自己也在做研究，憲三產生了興趣。
「不知道，因為他不給我看。啊，但是——」伯朗操作了手機，找到了那幅畫的相片。

「其中有這幅畫，據說是學者症候群的病患畫的。」

憲三探頭看著手機螢幕，立刻瞪大了眼睛。

「可以借我一下嗎？」他伸出手。

「沒問題。」伯朗把手機交給他。

憲三仔細看著螢幕。他的眼神很專注，讓人覺得「原來這就是研究人員的樣子」。

「這幅畫有什麼問題嗎？」伯朗問。

憲三重重地嘆了一口氣，搖了搖頭，把手機還給伯朗，「太不可思議了。」

「什麼不可思議？」

「我確認一下，這是用手畫的，沒有使用電腦，對嗎？」

「應該是。」

憲三低吟一聲，再度嘀咕說：「太不可思議了。」

「老公，你不要故弄玄虛，趕快說到底什麼不可思議。」順子迫不及待地問。

「嗯。」憲三點了點頭，略帶遲疑地開了口。

「這是一種碎形圖。碎形是幾何學中的概念，在自然界中也會頻繁出現。」

伯朗和順子互看了一眼之後，舉手表示投降，「我完全聽不懂。」

「只要把這種圖形擴大，就可以清楚瞭解特徵。乍看之下，不是像蕾絲的圖案嗎？但是，如果是普通的蕾絲圖案，一旦放大，圖案就會越來越大，但這種圖形即使放大，圖案中會出現更細小的相同圖案。當然，並不是無限的。這種整體的圖形和細部很相似時稱為碎形。自然界的海岸線是最好的例子，地圖上畫的海岸線用放大鏡或是顯微鏡放大後，線就會變得光滑。但是，實際的海岸線就不一樣。無論再怎麼靠近，海岸線都不會變得光滑，即使在微觀的世界，仍然呈鋸齒狀。」

「原來這叫碎形圖……我第一次知道。」

「嗯，」憲三笑著說，「因為對普通人來說，這是無用的知識。」

「不知道那個病患為什麼會畫這樣的圖。」

「那就不知道了，我還想問這個問題呢？不，我更想知道到底是怎麼畫出來的，難以相信可以用手畫出這種圖案。」

「只有學者症候群的病患有辦法畫出來嗎？」

「應該是吧。」

伯朗停下準備拿酒杯的手。討論到這個話題，他當然會想到一幅畫。

「我爸爸最後畫的那幅畫，也是這種不可思議的圖形，那也是碎形圖嗎？」

「我沒看過那幅畫，所以無法判斷，」憲三說話時的態度很謹慎，「但未必是這樣。學者症候群的症狀應該各不相同，像達斯汀·霍夫曼演的《雨人》男主角，雖然可以一下子計算出掉在地上的牙籤數目，也可以在玩二十一點時記住好幾組撲克牌，但沒有畫碎形圖。」

「而且，」順子在一旁插嘴，「我上次也說了，一清姊夫未必就是這種病患啊。」一清姊夫看起來很正常，至少在他生病之前很正常。伯朗，你不這麼認為嗎？」

「是啊。」伯朗聽了順子的問題後回答，「雖然我記不太清楚了，但應該是一個和藹可親的好爸爸。」

至少他不會殺死貓。伯朗在內心接著說了這句話。

晚上十點多時，才離開兼岩家。順子送他到門口說：「代我問候楓，在明人回國之前，你要好好保護她。」

「我知道。」伯朗在回答時，覺得有點浮躁。

來到大馬路上，攔了計程車。車子一上路，他立刻拿出了手機，撥電話給楓。

她今天晚上和勇磨見面，聽說勇磨約她去銀座的法國餐廳吃飯。白天的時候，她用電子郵件通知了伯朗。因為她在郵件上寫「我會好好摸他的底細」，所以伯朗回覆說「千萬不要大意，盡可能早點回家」，楓回覆說「沒～問～題～」，所以讓伯朗感到不安。

吃完飯後怎麼樣了？聽說勇磨對女人出手很快，是不是又邀她去續攤了？

電話很快就接通了。「喂？」電話中傳來楓格外開朗的聲音。

「是我，伯朗。妳在幹嘛？和他吃完飯了嗎？」

「對啊，我們正在續攤喝酒。」

果然是這樣。伯朗咬著嘴唇，「在哪裡？」他聲音中透露出不悅。

「在家裡。」

「在家裡？青山的公寓嗎？」

「對啊，勇磨叔叔送我回家，所以我問他要不要上來喝杯茶。」

伯朗感到愕然，握著手機的手忍不住用力。她也太沒有警覺心了。不，對楓來說，這或許是「籠絡」勇磨的手段。

「好，那我現在就過去。」

「你要過來？為什麼？」

「就是我媽的首飾，我剛才帶去給順子阿姨看了，我現在帶過去。」

「現在？不需要急著今天晚上……」

「我還有其他的事要說，很緊急，沒問題吧？」

「如果是這樣就沒問題。」

「好，那就一會兒見。」掛上電話後，他立刻對司機說：「司機先生，我要去另一個地方。請你去青山的方向，盡可能開快點。」

他心不在焉地聽著司機的回答，忍不住拚命抖腳。沒想到楓竟然讓勇磨去家裡。勇磨連有血緣關係的百合華都要招惹，誰知道他會對楓做什麼。他急得手心直冒汗。

他在青山的公寓附近下了計程車，快步走向大門。當伯朗來到大門前，自動門打開了，一個男人走了出來。那個人正是身穿深灰色西裝和粉紅色襯衫的勇磨，勇磨似乎也發現了伯朗，停下腳步，露出不懷好意的笑容。

「看你緊張的樣子，可不像是來弟弟家的哥哥，還是你那麼在意在家裡等待的女人？」

伯朗無法控制自己的臉頰漸漸繃緊。

「雖說是親戚，但既然人家的丈夫不在家，隨便登堂入室不太好吧。」

「哼，」勇磨的身體抖了幾下，「你有什麼資格說我？」

「我是有事造訪。」

「是嗎？不是藉口嗎？」

伯朗默默盯著他，他抖著肩膀說：「被我猜對了。這也難怪，誰叫她這麼漂亮呢。」

「你在說什麼！她是明人的太太，你搞清楚了沒有？」

「那你搞清楚了沒有，嗯？」

伯朗咬緊牙關，雖然他對打架毫無自信，但還是握緊了拳頭。

勇磨可能察覺到什麼，揮了揮手說：

「算了，可能暫時還要和你打交道。這麼晚了，沒必要和你在這裡大眼瞪小眼。後會有期。」說完，他轉身離開了，他的背影充滿了可怕的自信。

伯朗衝進公寓，按了自動門禁系統的對講機。「喂？」對講機中傳來拖著長音的應答聲。「是我。」他對著麥克風冷冷地說。

「請進。」

門打開了，他大步走進大廳。這麼晚了，管家秘書已經下班了。

伯朗來到房間門口，按了門鈴。門立刻打開了，楓穿著粉紅色運動衣和灰色短褲，頭上綁著髮帶。

「真快啊，勇磨叔叔才剛離開。」

「我知道，我在樓下遇到他。」

「我說你要來這裡，他說那就不好意思打擾了。」

伯朗咂著嘴。什麼不好意思打擾，他一定覺得是自己打擾了他們。

「他請我吃大餐，在香奈兒頂樓的餐廳，你去過嗎？」楓說話的聲音好像在唱歌。

「我沒去過，但我知道有那家餐廳，知道那家餐廳很矯情。」

走進客廳後，伯朗走向沙發。茶几上放著蘇格蘭威士忌的酒瓶、冰桶和純酒的杯子。

「沒想到並不是很矯情的餐廳。餐廳的人都很親切，窗邊的風景超好，菜也很好吃——」

「停，」伯朗把雙手伸到楓的面前，「菜很好吃，餐廳很棒，這我都知道了，但是，即使他請妳吃飯，怎麼可以帶男人回家？更何況他又是那種人。」

「帶男人回家……他是親戚。」

「但沒有血緣關係啊。」雖然我也一樣——另一個自己在腦袋中說，「我之前也說過，他對妳不懷好意，但你們單獨相處，而且還請他喝酒，妳到底在想什麼？」伯朗越說越激動，聲音也變尖了。

「關於這件事，我記得上次就說過了。」

「妳想要誘惑他，從他口中套話。」

「不是誘惑，是籠絡。」

「還不都一樣嗎？明明可以用其他方法。」伯朗說完，抓著頭，在沙發上坐了下來，看著茶几上兩個純酒杯，皺起了眉頭，「這是什麼？」

「這是純酒杯，怎麼了？」

伯朗指著兩個杯子問：

「你們不是面對面，而是坐在一起嗎？」
如果是面對面坐在茶几兩側，兩個杯子的距離不會這麼近。
「是啊，有什麼問題嗎？」
「這張沙發這麼大，可以分開坐，為什麼要坐在一起？」
「因為坐得近，說話比較方便。」
伯朗瞥了一眼楓從短褲下露出的雙腿，「他有沒有對妳做什麼？」
「啊？」
「我在問妳，他有沒有碰妳，或是逼迫妳。妳這樣……露出兩條腿。」
「喔，」楓張著嘴，「勇磨叔叔離開後，我才換了短褲。別擔心，雖然他想握我的手。」
「什麼？妳讓他握了妳的手嗎？」
「今天暫時躲過一劫。」
「是喔。」伯朗點了點頭，再度看著楓的臉。「今天暫時？什麼意思？妳打算下次讓他握嗎？」
「握手恐怕免不了吧。」
「喂！」伯朗用拳頭敲著茶几，「妳是明人的太太啊。」
「是啊，不用你提醒，我也知道。」
「但妳竟然允許其他男人握妳的手嗎？」

「我會視實際情況，我之前也說了，我已經作好了不惜做任何事的心理準備。只要能夠查到明人的下落，我什麼都願意。」

「即使和其他男人上床也無所謂嗎？」

楓聳了聳肩，噗哧一聲笑了起來，「這也未免太極端了。」

「我沒有說笑，妳回答我，到底怎麼樣？」

伯朗瞪著她，楓突然露出冷漠的表情。

「我已經說了好幾次，我什麼都願意，如果這是捷徑的話。」

伯朗注視著她的臉，搖了搖頭。

「真受不了，太荒唐了，即使妳這麼做，反正明人已經——」伯朗說到這裡住了嘴，把後面的話吞了下去。

「反正……怎麼樣？」楓問他，她難得露出這麼冷漠的眼神。

「沒什麼。」

伯朗把頭轉到一旁，楓抓住了他的肩膀。

「不要敷衍，反正明人怎麼樣？話不要說一半，太不像男人，有話就說清楚。」

伯朗用力深呼吸一次。

「妳真的認為明人會回來嗎？」

「什麼意思？」

「如果是他主動失蹤，照理說應該會主動和妳聯絡。這麼長時間毫無音訊，難道不該認為他可能捲入了什麼事件嗎？」

「我也這麼認為，所以才努力調查啊。」

「……妳覺得他還活著嗎？」

楓目露兇光，「你說什麼？」

「妳之前說，警方什麼都不做，但是，我認為不可能什麼都沒做，如果在某個地方發現不明屍體——」

一陣衝擊襲來，伯朗住了嘴。他一時不知道發生了什麼狀況，數秒之後，才發現自己的臉頰很燙。他這才知道自己好像被甩了耳光。

甩他耳光的那個人雙眼通紅瞪著他。

「對不起，」她說道，把頭轉向一旁，「今晚請你先離開。」

伯朗想不到該說什麼，不發一語。楓也沉默不語，凝重的沉默時間流逝。

深呼吸後，伯朗從帶來的皮包裡拿出珠寶盒放在茶几上。

「順子阿姨接受了珍珠項鍊，她說紅珊瑚戒指適合妳。我也這麼認為。」

楓沒有回答。伯朗站了起來。

他走向玄關，但楓沒有來送他。他走出房間，來到走廊上。

走出公寓，夜風很冷，但伯朗的臉頰還是很燙。

16

看到迷你臘腸狗在咳嗽，立刻判斷是氣管塌陷，但還是照了X光。結果不出所料，氣管有點塌陷，還沒有到需要動手術的程度，但需要服藥和改善日常的習慣。

他告訴了女飼主，她偏著頭問：「改善什麼習慣？」

這個女人頭髮很長，戴著眼鏡，沒化什麼妝，穿了一件難以分辨體型的寬鬆襯衫，而且還穿著長裙。年齡可能二十多歲，但那是伯朗最不感興趣的類型，所以她的打扮完全不重要。

「運動。」伯朗說，「牠有點過胖，顯然運動不足。同時也要避免餵食過量，因為這種類型的狗容易發生氣管塌陷，所以必須特別注意。」

「這種類型的狗是指哪種類型？」

「小型犬。因為牠們經常仰頭看著飼主，容易壓迫氣管。散步時最好不要使用項圈，而是使用寵物胸背帶。」

「小型犬都會這樣嗎？」

「並不是全部，通常認為遺傳的因素較強，尤其像牠這樣，」伯朗指著女人抱著的狗，「這種由人工交配製造出來的種類，大部分都有某些障礙，氣管塌陷就是其中之一。從某種意義上來說，牠是犧牲品。」

「是喔。」女人發出不怎麼感興趣的聲音。

「因為人類的需要被製造出來，因為人類的需要被飼養，因為人類的心情吃飼料，因為人類的心情，有時候可以散步，有時候不行，真的是可憐的犧牲品。而且，大部分飼主——」

「醫生，」有人在一旁插嘴，蔭山元實露出冷漠的眼神看著他，「下次要什麼時候回診？」

「喔……呃。」

「一個星期後可以嗎？」

「好啊。」

蔭山元實轉頭看著飼主說：「請一個星期後再來回診。」

穿長裙的女人抱起迷你臘腸狗，一臉不悅地向伯朗鞠了一躬後離去。

「醫生，你怎麼了？」蔭山元實問，「從今天早上開始就很心浮氣躁。」

「沒這回事。」

「和她吵架了嗎？」

伯朗無言以對，蔭山元實嘴角露出笑容，「看來我猜對了。」

「我完全不知道妳在說什麼，而且她是指誰啊？」

「明知故問。」

這時，櫃檯傳來震動的聲音。手機有來電。

蔭山元實走去櫃檯，拿著伯朗的手機走了回來，「應該是那個讓你心浮氣躁的人打來的。」

伯朗接過手機，一看來電顯示，果然被她說對了。他背著蔭山元實，接起了電話。

「喂？」

「哥哥，是我，我是楓。你今天有空嗎？是不是在工作？」電話中傳來開朗的聲音。

他們約在銀座的咖啡店見面。一樓是蛋糕店，二樓是喝咖啡的地方。伯朗走上樓梯巡視店內，發現楓在窗邊的座位向他揮手。

伯朗不知道該露出怎樣的表情，默默地在楓對面的座位坐了下來。他昨天晚上才被楓甩了耳光。

「昨天辛苦了。」沒想到甩他耳光的人一臉笑容地向他鞠躬打招呼，好像完全忘了這件事。

「嗯。」伯朗不置可否地點了點頭。

「不好意思。」楓大聲叫著店員。

年輕的女服務生走了過來，伯朗伸手準備拿飲料單，楓已經為他點了飲料，「兩杯冰萊姆紅茶。」服務生走了之後，她對伯朗擠眉弄眼地說：「這是這裡值得推薦的飲料，我在網路上查到的。」

「我原本打算喝啤酒。」

楓把手錶出示在他面前說：「才三點而已，診間彌漫一股酒味不太好吧。」

「今天晚上不看診。這不重要，妳找我有什麼事？」

楓在電話中說，有事想要問他，所以他們約在這裡見面。

「咦？」楓微微偏著頭，「這是我要問的問題，因為不是你說有事嗎？」

伯朗露出困惑的表情，她繼續說了下去。

「昨天你去家裡之前，不是在電話中說，除了帶珠寶盒給我以外，還有事要告訴我，而且還說是急事。你忘了嗎？」

被她這麼一說，伯朗一時說不出話。她說得沒錯，昨晚得知勇磨在他們家，覺得必須趕快趕過去，所以說了這句話。

事到如今，當然不可能向她承認那是藉口。伯朗一臉若無其事，絞盡腦汁拚命思考。服務生剛好送來了飲料。

他故意慢吞吞地把吸管從紙袋裡拿出來，然後喝著冰萊姆紅茶拖延時間。「真的很好喝。」他表達了真實的感想。

「對不對？我第一次去某家餐廳時，就會先調查餐廳最值得推薦的餐點，喝咖啡時也一樣。」

「沒想到妳真勤快。」

「這是快樂生活的訣竅。請你回答我剛才的問題，你想要對我說什麼？」

伯朗清了清嗓子，緩緩開了口。

「以前不是曾經和妳提過小泉的房子的事嗎？明人的家裡有那棟房子的相片。」
「就是婆婆的娘家，對嗎？」
「對，昨天和阿姨他們聊到，不知道那裡現在怎麼樣了。雖然知道已經夷為平地，但不知道之後的處理情況。雖然不怎麼值錢，但還是財產，所以就有繼承的問題。聽阿姨說，那是我媽的名義，所以不光是康治先生，我和明人也有繼承權。」
「喔。」楓雙手抱著頭髮微鬈的頭，「矢神家的繼承就已經很頭痛了，現在又有這棟房子的事？」
「順子阿姨說，如果稀裡糊塗，會被矢神家的人占為己有，叫我小心點。」
「那裡的土地目前是什麼狀況？」
「不知道，如果賣了，應該會留下紀錄。」
「明人從來沒有向我提過這件事，而且公公會沒告訴你們，就擅自賣掉嗎？」
「的確不太可能，康治先生不會做這種事。」伯朗用嘴咬住吸管，喝著冰萊姆紅茶。
「最好可以問公公。」
「他目前的狀況，應該不可能。」
伯朗想起之前去探視他的情況，他才勉強能夠醒來，根本不可能長談。
「乾脆現在就去？」
聽到楓的問話，伯朗皺著眉頭問：「去哪裡？」
「去小泉啊，」她拍了一下桌子，「去以前有那棟房子的地方。」

「去幹嘛？」

「去確認那塊土地目前的情況。如果有房子，就代表已經賣給別人了。如果還是空地，有可能還在婆婆的名下。」

伯朗看著手錶，快下午三點半了。「開車過去要一個多小時。」

「我時間多得很，而且，」楓指著伯朗，「你今天晚上也不用看診。幸好你沒有喝啤酒，所以開車沒問題。」

伯朗把大玻璃杯拉了過來，喝著冰萊姆茶。楓突然的提議讓他感到困惑，但又開始覺得傍晚去兜風也不錯。當然是因為有楓的關係，但他拚命把這種想法趕出腦海。

大約一個小時後，伯朗去青山的公寓接楓。離開咖啡店後，他們先各自回家，他回豐洲的家中取車。

「要去小泉啊，沒想到我還會再去那裡。」

「你不是對那裡充滿回憶嗎？」

「也沒有太多回憶，我只有在外婆還活著的時候常去。」

每次回想起那個家，就會先想起禎子的死狀。在守靈夜時，他和明人兩個人一起看著她的臉。

「對了，」伯朗乾咳了一下，「昨天的情況怎麼樣？勇磨和明人失蹤有關嗎？」

「嗯。」身旁傳來楓的低吟聲。

「現在還很難說，但他一直問明人的事，像是明人在做什麼工作，和哪些人來往。也可以解讀為他知道明人失蹤，所以在試探我。」

「搞不好只是在追妳之前，先掌握情敵的情況。」

「也可以這麼認為。」楓很乾脆地表示同意，「但他也問了幾個讓我在意的問題。」

「哪些問題？」

「明人開始做目前的生意時，是怎麼調度資金的，還問我有沒有聽明人說，他媽媽是否給了他什麼特別的東西。」

「特別的東西？這是什麼意思？」

「我也覺得這個問題很奇怪，所以就問他，是什麼特別的東西。他回答說，任何東西，反正就是很有價值的東西。」

「他為什麼會問這種問題？」

「勇磨叔叔說，他認為明人應該有某種東西，或是曾經有過某種東西，否則不可能年紀輕輕，事業就獲得成功。」

「搞什麼啊，原來只是嫉妒。」

「也許是，但他在問這件事的時候語氣很嚴肅，其他時候經常開黃腔。」

「開黃腔？」伯朗無法充耳不聞，「開什麼黃腔？」他用不悅的語氣問道。

「告訴你也沒問題，你想聽嗎？」

伯朗不知該如何回答。男人在對女人圖謀不軌時，才會開黃腔。然後逐漸降低性方面的隔閡，最後才展開攻勢。他很想知道勇磨使用了什麼招數，但如果真的聽了，一定會火冒三丈。

「不，」伯朗小聲嘀咕說，「還是算了。」

「我也覺得這樣比較好。」

「言歸正傳，如果勇磨不是基於嫉妒問妳這件事，的確很令人在意。到底是怎麼回事？」

「不知道，之後他就完全沒有再提這件事。下次見面時，我會巧妙地試探一下。」

伯朗嘆了一口氣，讓自己的心情平靜，「你們還要見面嗎？」

「除非能夠找到某些線索，或是確定勇磨叔叔和明人的失蹤無關，」楓用淡然的聲音說道，「這個月的七日和八日，勇磨叔叔出差去了札幌。」

七日正是明人失去聯絡的日子。

「妳是怎麼打聽到的？」

「我直接問他，這個月七日在哪裡？」

「沒有引起他的懷疑嗎？」

「在問這個問題之前，我們聊了占卜。」

「占卜？」

「月曆占卜。可以根據某個特定的日子在哪裡，算出一個月後的運勢。這個月的特定日子是七日。」

「是喔，月曆占卜喔，原來還有這種占卜。」
「並沒有，」楓若無其事地回答：「是我編出來的。雖然不知道勇磨叔叔相不相信，但不是可以用這個藉口問他嗎？」
「……的確。」
這個女人很聰明——伯朗再度意識到這件事。
「但是，並不知道那傢伙是不是真的去了札幌。」
「你說得對，關於這件事，我也打算繼續查清楚。」
伯朗感到內心很不平靜，但很努力避免把這種心情寫在臉上。
「我說了好幾次，妳要小心這個人。」
「我知道。」楓小聲回答，然後又用嚴肅的口吻叫他：「哥哥，昨天和你頂嘴，但我不會和不愛的人上床。」
伯朗用力吸了一口氣，然後吐了出來，「那我就放心了。」
楓呵呵笑了起來，「你果然和明人說的一樣。」
「他說我是怎樣的人？」
「他說你很坦誠直率，不會說謊，最討厭歪門邪道，也很不擅長運用策略，心裡想什麼就會立刻表現出來。」
伯朗忍不住咂著嘴。
「他好像把我當傻瓜了，他到底瞭解我多少？我和他共同生活了沒幾年，而且他那時候還是小孩子。」

「有時候正因為是小孩子，所以才能夠看得清。我認為明人的眼光很好，他還說，哥哥不但坦誠直率，而且還很熱心，為了大家的幸福，甚至願意犧牲自己。」

「他太抬舉我了。」

「我認為並沒有。雖然我才剛認識你，但我也這麼覺得。因為你很關心我，我真的很慶幸遇到你，光是這件事，就要好好感謝明人。」

「別說了，妳太誇張了。」

好久沒有被人這麼稱讚了。不，搞不好是有生以來第一次。他對明人這麼看自己感到意外，原本以為明人對自己不願意和他們成為一家人感到很生氣。

但是，楓最後那句話更讓伯朗內心起伏不已。不知道她為什麼會這麼說，很慶幸遇到你——雖然伯朗告訴自己，那絕對是客套話，但仍然無法克制想要信以為真的心情。

「我也有一件事要向妳道歉，」伯朗看著前方說，「關於明人的消息，我說了那種不動大腦的話。我當然也希望他能夠健健康康地回來，也相信他會回來。我沒有說謊。」

但是，楓並沒有馬上回答。伯朗不知道她在想什麼，不禁為自己是否說錯了什麼感到不安。

「必須牢記一件事，」楓終於開了口，「說一些毫無根據的臆測沒有任何意義，尤其是悲觀的意見，更加沒有意義，因為無法為任何人帶來勇氣。」

這番話刺中了伯朗的心。伯朗發現，楓並不是發自內心相信明人平安無事，也已經有了某些心理準備。

「是啊。」伯朗好不容易才擠出這句話。

從青山的公寓出發剛好一個小時，伯朗的車子抵達了小泉。

距離上次來這裡差不多快二十年了，但是，街道和當時幾乎相同。離開幹線道路後，就是狹窄的小路。車站附近的小路兩側都是小型商店，離開車站後，住宅漸漸增加，繼續向前行駛，就有一些小型工廠和倉庫。

伯朗根據記憶操作著方向盤。他以前曾經開車來過一次，那次是禎子請他幫忙搬運大型垃圾。那時，外婆剛去世不久，伯朗剛考到駕照，於是向朋友借了車子。

車子駛上狹窄的坡道，經過一家不大的稻荷神社後，就是一排老舊的民宅。其中一棟就是外婆家。但是，那棟房子現在已經拆除了——

照理說應該是這樣，應該看不到那棟房子。

伯朗踩著煞車，一時說不出話。他以為自己搞錯了，以為這一切都是錯覺。

「哥哥，」楓在旁邊叫著他的名字，「這不就是相片上的那棟房子嗎？」

伯朗無法回答，他的腦筋一片混亂。

她說得沒錯。眼前這棟房子正是外婆家，正是禎子意外身亡的那棟房子。

17

伯朗下了車，站在房子前。門板已經生鏽的矮門內，是已經名不副實的庭院，後方是玄關的門。通往玄關門的通道上，有四塊長方形的石頭。

這棟房子的一切都很小巧，正是他以前曾經造訪過無數次的外婆家。唯一的不同，就是變得更老舊了，這也是理所當然的事。但是，從外觀來看，並沒有嚴重的破損，也不像是廢棄屋。

「到底是怎麼回事？簡直就像是被狐狸迷了心竅。」他無法不把這種想法說出口，「不是已經夷為平地了嗎？我親眼看過相片，不光是我，順子阿姨也說她看過那張相片。」

「但並沒有親眼來這裡確認，只是看相片而已。」

「這樣不是足夠了嗎？如果拍的是其他地方，馬上就會發現。那張相片的確是這裡，而且還拍到了鄰居家的牆壁。」

「即使這樣，也未必是事實啊。唯一的事實，就是曾經有過這樣的相片。」

「有什麼不一樣？」

楓聽到伯朗的問話，意外地瞪大了眼睛。

「如果網路上的相片全都是事實，那就會天下大亂了，就變成證明有飛碟和幽靈存在。」

伯朗理解了她想要表達的意思。

「妳是說我看到的那張相片是加工出來的嗎？」

「如果不是這樣，就無法解釋為什麼會有眼前這棟房子。」楓指著房子說。

「的確是這樣，這也是唯一合理的解釋。但為什麼要寄加工的相片給自己？有必要偽裝成這裡已經夷為平地嗎？」

伯朗站在那裡，完全找不到答案。楓打開了矮門，走進了庭院，然後大步走向玄關。

「喂、喂！」伯朗追了上去，「妳想幹嘛？」

「既然已經來這裡了，那就進去看看裡面是什麼情況。」

「怎麼進去？」

沒想到她從皮包裡拿出了相框。正是明人放在房間內的那張相片。

「妳帶來了？」

「原本想要實際站在這裡，想像到底是怎樣的房子。現在顯然沒這個必要了。」楓打開相框的背面，從裡面拿出鑰匙，然後走向大門的鑰匙孔。

「這是非法入侵。」伯朗說。

「是嗎？」楓納悶地轉頭問：「為什麼？」

「因為妳擅闖民宅啊——」說到這裡，他才發現並不是這麼一回事。這棟房子在禎子的名下，她已經去世，所以伯朗他們有繼承權，而且明人有鑰匙。

「你想通了嗎？」

「雖然想通了，但進去這棟破房子沒問題嗎？搞不好地板會掉下去。」

「那就到時候再說。」楓把鑰匙插進了鑰匙孔。照理說，門鎖應該有十幾年沒有打開了，沒想到喀嗒一聲，一下就打開了。

她伸手準備握住門把，伯朗叫了一聲「等一下」，制止了她。

「我先進去，因為不知道裡面是什麼狀況，搞不好有一大堆死老鼠。」

「你說得對，那就交給你了。啊，那你先拿這個。」楓從皮包裡拿出了筆燈。

「妳準備得真周到。」

「因為不瞭解這一帶的情況，搞不好晚上很危險。」

她似乎以為這裡是很偏僻的鄉下地方。

打開門一看，裡面一片漆黑。伯朗立刻打開了筆燈，用筆燈一照，發現後方是樓梯。沒錯，他想起來了。一樓是佛堂和客廳，還有飯廳兼廚房，二樓有兩間和室。

通往樓梯的走廊上，孤伶伶地放了一個小架子，上面放了一台電話，幸好不是很古老的黑色電話。

「哥哥，」楓在後方叫他，「那好像是配電箱。」

她指著脫鞋處牆壁的上方，那裡有一個像是配電箱的東西。

「那又怎麼樣？」伯朗說，「一定早就斷電了。」

「不試試看怎麼知道呢？」

「要去碰那個積滿灰塵的配電箱嗎？而且也沒有手套。」

「那我來試。」

「算了，還是我來吧，反正試了也是白試。」

伯朗站在配電箱的下方，伸手打開了蓋子。原以為會有灰塵掉下來，但並沒有太多。左側是主電源的開關，他用手指放在開關上用力往上一推。

下一剎那，周圍竟然出乎意料、難以置信地亮了起來，伯朗覺得好像在變魔術。抬頭一看，天花板的燈也亮了。

「難以置信。」伯朗攤開雙手，「簡直就像被狐狸迷了心竅。」

「所以值得一試嘛。」楓很乾脆地說。

「這麼輕鬆的感想嗎？自從我媽死了之後，應該沒有人住在這裡。不僅如此，還有人聲稱已經拆除了。但為什麼房子還好好地在這裡，而且還有電？」

「要先進去，才有辦法調查了。」楓開始脫鞋子。

「等一下，直接穿鞋子進去應該沒問題吧？」

「但是，」楓指著地上，「看起來很乾淨，穿鞋進去好像不太好。」

伯朗走過去看著地板，鋪著木板的地上淡淡地反射著微光。

「的確是。」

楓摸了一下地板，然後打量自己的手指，「嗯，好像沒問題。」她脫下鞋子走了進去，順手打開了牆壁上的開關。日光燈亮了，室內更加明亮。通往樓梯的走廊看起來黑黑亮亮，顯然最近有人擦過。

伯朗也脫了鞋子走進去，搖了搖頭，「今天到底要被狐狸迷惑幾次啊。」

「這裡一定躲了很多狐狸，對了，這附近不是有稻荷神社嗎？搞不好是從那裡來的。」楓說著逗趣的話，打開了旁邊的紙拉門。

那是日式房間，差不多六坪左右。楓走到房間中央，天花板下方掛了一個有四方形燈罩的傳統電燈，她拉了繩子的開關，圓圈形的燈當然也亮了。

室內空空蕩蕩，但壁龕內掛著掛軸，旁邊是佛壇。掛軸上畫的是仙鶴和烏龜，但應該並沒有很值錢。看到佛壇，伯朗頓時倍感懷念。他小時候曾經用空氣槍打壞裡面的裝飾，被禎子狠狠罵了一頓。那把空氣槍是外婆送給他的生日禮物，外婆說，在外面玩很危險，叫他在家裡玩。他用空氣槍打向各種東西，把紙拉門和隔扇打得千瘡百孔，最後連佛壇也不放過。

伯朗低下頭，發現榻榻米上也沒有灰塵。顯然有人持續整理這裡，到底是誰呢？

楓打開了通往隔壁房間的紙拉門，伯朗記得那是結合了日式和西式風格的客廳。雖然是榻榻米房間，但放了茶几和籐椅。

楓打開了燈，眼前的景象和伯朗的記憶一模一樣。無論茶几和籐椅都還在，只不過都比他記憶中小。

牆邊有一個茶具櫃，隔著玻璃，可以看到裡面的茶具。

楓打開了門，裡面排放著資料、筆記本和書籍。她從裡面拿出一本很厚實的東西，伯朗立刻知道是相冊。

「我可以看嗎？」楓問。

「這不是我的。」

楓露出微笑，用手指摸了摸籐椅表面後坐了下來。她應該是為了確認籐椅不髒。她把相冊放在茶几上，翻開第一頁。那裡有一張嬰兒的黑白相片，相片旁寫著「禎子第八天」。

楓抬起頭看著伯朗，他們相視苦笑。

「這就是妳說的家庭相冊的典型例子。」

「婆婆也有被當成小公主的時代，雖然可能很少會想到這件事。」

聽楓這麼一說，覺得很有道理。伯朗也點頭表示同意。

楓翻著相冊。以前並不會像現在這麼頻繁拍照，還是嬰兒的小公主很快就變成了幼兒、小學生，穿上了水手服。然後，旁邊又出現了一個更小的女孩，是妹妹順子。一家四口的全家福很少。那是昭和的美好時代。

相冊中還有禎子和看起來像是她同學的漂亮女生的合影，兩個人都穿著水手服。伯朗的腦海中浮現了「青春」這兩個字。

但是，兩個女兒的相片銳減，偶爾有幾張入學典禮或是參加別人婚禮時的相片。先是禎子，接下來是順子從相冊中消失了。不難推測理由。隨著她們長大，她們不再有機會和父母合影。她們和男友、朋友拍的相片都會收在各自的相冊中。

但是——

至少這本相冊不是以淡淡的苦澀作為結束。到了後半冊，禎子的身影再度出現。首先是她結婚時的相片，戴著白帽、皮膚白皙的禎子在伯朗眼中，簡直就像另一個人。

接著是滿月時去神社參拜的相片。外婆手上抱著的當然是伯朗，禎子站在一旁。

相冊中還有幾張禎子和伯朗的相片，也有伯朗的獨照，手上拿著那把空氣槍。

伯朗看到一張意外的相片。不是別人，而是康治的相片。他穿著西裝，一臉嚴肅，和禎子、外婆，還有伯朗一起面對鏡頭。拍攝的地點就是佛堂。

遙遠的記憶漸漸甦醒。他想起禎子說，矢神先生要去拜訪外婆，所以伯朗也跟著一起來這裡。

就像禎子曾經去矢神家拜訪一樣，康治也曾經來過這裡。既然他們準備結婚，這也是理所當然的事，但伯朗總覺得好像是另一個世界發生的事。

「啊！」楓叫了一聲，伯朗問她：「怎麼了？」

她拿起翻開的相冊，轉向伯朗，然後指著一張相片。那似乎是最後一張相片。

伯朗看到相片，頓時說不出話。

相片中是中學生的伯朗。他站在這棟房子前，穿著T恤和牛仔褲。年幼的明人穿著短褲和背心站在他身旁，兩人牽著手。

伯朗完全不記得是什麼時候拍的，也不知道為什麼會拍這張相片，但一定發生了什麼開心的事，因為兄弟兩人都開心地笑著。

「這張相片太棒了。」楓說，「兩個人看起來都很幸福。」

「我從來沒有說過自己很不幸，」伯朗把相冊推了回去，「先不管這個，總之，解決了一個疑問。」

「什麼疑問？」

「我從矢神家帶回來的我媽遺物中，完全沒有任何這個家裡的東西。順子阿姨也說，其他的東西可能不重要，但不可能隨便把太太娘家的相冊丟掉。這個疑問的答案很簡單，因為這棟房子並沒有拆除，所有的東西都仍然留在這裡。」

「公公為什麼要說這個謊？」

「問題就在這裡，為什麼不惜偽造夷為平地的相片——」

啪嗒——這時，玄關的門突然關了起來。伯朗嚇了一跳，張著嘴巴，整個人愣在那裡。剛才的是什麼聲音？

絕對不是聽錯了。伯朗和楓互看了一眼。她似乎也聽到了，一臉緊張的表情。不是風的關係。剛才已經關上了門，風不可能把門吹開。

接著，傳來了地板擠壓的聲音。有人走進屋內。伯朗擺出姿勢，隨時準備逃走。他看向佛堂敞開的紙拉門時，一個男人的腦袋探了進來。

「哇！」伯朗叫了起來，聽到對方也發出了相同的聲音。

男人的臉躲到紙拉門後方，隨即又探出頭張望。那是一個禿頭、矮小的老人，雖然留著鬍子，但並不會覺得他很兇。年齡大約七十多歲，身上穿著工作服。

「你是誰？」伯朗出聲問。

老人把臉縮了回去，同時有什麼東西像風一樣經過伯朗的身旁。轉頭一看，發現楓不見了。

隨即聽到玄關傳來男人的叫聲，「啊！放開我，啊啊啊。」

伯朗走過去一看，發現剛才的老人跪在脫鞋處，握著手機的右手被扭到了身後。

楓制伏了老人，她張大了穿著牛仔褲的雙腿。

「啊啊啊，救命。好痛，好痛，妳怎麼可以對老人動粗？」老人用很畏縮的聲音控訴著。

「我根本沒有用力，你少裝了。」楓搶走他的手機，放開了他。

老人一屁股坐在脫鞋處，抬頭看著伯朗他們。

「你、你們是誰？即、即、即使你們偷偷溜進來這裡，這裡也沒有任何值錢的東西。」

「你是誰啊？竟然擅自進來。」

「我是受委託管理這棟房子的人。」

「啊？」伯朗和楓互看了一眼後，再度低頭看著老人，「誰委託你的？」

「誰委託我？當然是矢神先生——」老人說到這裡，似乎察覺了什麼。他眨了眨眼睛，指著伯朗的臉，「你該不會是禎子的大兒子……」

伯朗凝視著老人的臉，漸漸覺得以前好像見過。

「你是誰？」

「是我，是我啊。」老人指著自己的鼻子說，「我是住在後面的伊本，你以前經常叫我伊叔叔。」

「伊叔叔……」

伯朗蒙著白霧的記憶無力地開始成形。

伯朗想起這個男人以前的確經常出入這裡。外婆雖然身體很硬朗，但一個人生活還是有很多不便。外婆經常說，附近有人會幫忙做一些重活，真的幫了她的大忙。事實上，伯朗也曾經多次見過那個人，那個人曾經來家裡，在樓梯的牆壁上裝了鐵管式的扶手。那個人很親切謙和，做完事之後，就會陪外婆一起喝茶、吃點心，但並不會賴著不走。伊叔叔——也許當時真的這麼叫他。無論如何，都已經是遙遠的往事了。

「因為我爸早逝，所以我和我媽兩個人一起生活多年。在我三十歲時，曾經娶了老婆，但她和我媽關係不好，結婚才兩年，她就離開了。之後，我又和我媽兩個人一起生活。我媽和這裡的太太關係很好，這裡的太太很照顧我們，所以我們就相互幫忙。」住在這棟房子後面的伊本老爹深有感慨地說。這裡的太太指的應該不是禎子，而是外婆。

三個人圍著茶几，坐在籐椅上。雖然這種場景很想喝杯咖啡，但這裡什麼都沒有。

「我想起來了，那時候的小孩就是你。啊呀啊呀，長這麼大了。嗯嗯，還可以看到以前的影子。」伊本看著伯朗的臉，連續點了好幾次頭。

「外婆去世後，這棟房子應該就交給我媽管理了。」

老人聽到伯朗的話，再度點著頭。

「禎禎偶爾會來打掃，但並沒有經常來這裡，請我不時來看一下，我就一口答應了。

因為沒有人住的房子很容易壞，而且最怕出事情，搞不好會有不三不四的人偷溜進來做壞事。」

聽到他叫「禎禎」，可以察覺到伊本家和外婆家的關係。

「我媽去世之後，就由你接手管理嗎？你剛才說，是矢神先生委託你，具體是誰？」

「當然是禎禎的老公啊。有一次他來這裡，我打算把手上的鑰匙還給他，他反而問我，能不能請我繼續管理這棟房子，說這棟房子暫時不打算拆除，而且還說會酬謝我。既然他都已經這麼說了，我當然沒理由拒絕。我當時剛退休，也沒什麼事做，所以就回答說，如果不嫌棄的話當然沒問題，然後就接受了。」

「暫時不打算拆除——他真的這麼說嗎？」

「對啊，而且實際上也真的沒拆啊。」

「你有沒有問他，為什麼不拆除？」

「好像並沒有什麼特別的理由，可能太忙了，沒時間來處理吧。但他曾經說，兒子對這棟房子很有感情。」

「兒子？」

「嗯，他的確是這麼說的，但好像不是說你。」老人抬眼看著伯朗。

明人——

他建議父親不要拆除這棟房子嗎？為什麼？

「你多久來打掃一次？」始終沉默的楓問。

「至少一個月會打掃一次，只是用吸塵器吸一下地而已，但是不是很乾淨？空房子一旦開始破落，就會越來越嚴重，所以我可沒偷懶，而且有時候他也會來看看，馬上就會被發現。」

「誰會來看看？」伯朗問。

「有一次我在打掃的時候，那個兒子突然走了進來，說過來看看，所以剛才看到這裡亮著燈，我也以為是那個兒子又來了。沒想到並不是，我嚇得想要逃走。」伊本說到這裡，轉頭看著楓，「話說回來，這位小姐，妳還真厲害啊，當我回過神時，已經被妳制伏了。」

「因為如果你以為我們是小偷去報警就麻煩了……所以我不顧一切制止你，對不起。」楓雙手放在腿上，一臉歉意地鞠躬道歉。

「我弟弟……明人曾經來這裡嗎？」

「嗯，聽他當時的語氣，好像偶爾會來這裡，只是不知道他來幹什麼，但至少是來緬懷媽媽。」

「為什麼？」

「因為他一直看著奇怪的地方，而且眼神很不同尋常。」

「奇怪的地方？」

「就是浴室啊。聽說禎禎是在浴室去世的，我相信她兒子至今仍然感到很遺憾。」伊本用好像閒聊的口吻說。

但是，伯朗無法繼續保持平靜。他看著半空的某一點握緊了拳頭。

「哥哥，」楓叫他時，他才終於回過神，「伊本先生差不多要回家了。」

「喔……不好意思。」

「如果還想問什麼事，可以來找我，我幾乎都在家裡。」伊本「嘿喲」一聲站了起來，「還有一件事，我以後也可以像以前一樣，每個月來打掃一次嗎？」

「沒問題，那就拜託你了。」

送老人到玄關後，伯朗他們再度回到客廳時，他忍不住說：「真是搞不懂。」

「我能夠理解留下這棟房子，也能理解請那位老先生管理，問題是為什麼要隱瞞這件事，不惜說謊，說已經拆除，夷為平地了。」

「我想起了勇磨叔叔的話，他懷疑明人是不是從婆婆手上繼承了什麼很有價值的東西，會不會就是指這棟房子？」

「這棟破房子嗎？」伯朗攤開雙手，巡視周圍，「因為有剛才那位老先生來打掃，所以沒有變成廢棄屋的房子？那位老先生不是也說了嗎？這裡應該沒什麼值錢的東西。」

「但是，明人甚至沒有告訴你這棟房子還在。如果完全沒有價值，他應該不會這麼做。」

楓的話很有道理，伯朗想不出任何話可以反駁。

「要不要再看一下屋內的情況？」

「好主意。」楓站了起來。

他們決定檢查一下屋內。首先去了廚房，碗櫃內有少許舊餐具，也有烹飪器具，但並沒有發現刀具。可能是為了預防萬一有人闖入，把刀子用於犯罪。

回到走廊上，又上了樓梯。雖然帶了筆燈，但幾乎沒有機會使用，因為所有的燈都可以正常點亮。伊本老先生的管理很出色。

二樓的和室中，只有一個房間內放了梳妝台和衣櫃。梳妝台的抽屜裡放了口紅和化妝品的瓶子，原來外婆以前也化妝，伯朗想起了外婆滿是皺紋的臉。

衣櫃裡有幾件衣服，有淡淡的樟腦丸的味道。

他們也打開壁櫥檢查了一下，裡面什麼都沒有。為了謹慎起見，他們還用筆燈照了天花板和屋頂之間的夾層，但不像是藏了什麼東西。

「很普通啊，」伯朗走下樓梯時說，「感覺就是普通的空房子，不像是藏了什麼秘密的財寶。」

「既然這樣，明人為什麼要留下這棟房子？」

「不知道。」伯朗偏著頭，準備走回客廳時，停下了腳步。

「怎麼了？」

「忘了看最重要的地方。」

伯朗打開了樓梯旁的門，門內是一條很短的走廊。左側是盥洗室，後方還有一道門，一打開門，就是更衣室。

伯朗打開了旁邊的門，一股霉味和消毒水的味道撲鼻而來。伯朗故意沒有開燈，用筆燈照亮浴室。昏暗中，看到了灰色的浴缸。

「婆婆是在這裡……」身後的楓說不下去了。
「我不知道明人留下這棟房子的原因，但有一個可能，」伯朗繼續說了下去，「他曾經對我媽的死抱有疑問，不，可能他至今仍然感到懷疑，所以認為有必要留下這棟房子作為證物，作為殺人事件的證物。」
「這就是……這棟房子的價值嗎？」
「有可能。」
伯朗關了筆燈的開關。母親屍體沉入的灰色浴缸，融化在黑暗中。

18

離開小泉時，已經是晚上了。一看手錶，已經快八點了。伯朗在開車時，看到了路旁的拉麵店招牌，突然感到肚子餓了起來。他告訴楓這件事，楓說她也有同感。
「要不要找一個地方吃飯？可以去有停車場的家庭餐廳。」
「這樣就不能喝啤酒了。即使要在外面吃飯，我也希望可以先回東京，把車子停去某個地方之後再去吃飯。」
「你下午在咖啡店時也想點啤酒，你真愛喝酒。」
「如果是平時就算了，今天晚上我想喝酒。因為早就拆除的房子竟然還在那裡，如果不喝點酒，根本沒辦法整理思緒。」

「好吧。雖然肚子有點餓，但既然你這麼說，那我就再忍耐一下。」
「不好意思，就這麼辦。」
伯朗的眼角瞄到楓拿出手機，好像在上網查什麼。
「妳在幹什麼？」
「我在找餐廳，要找一家營業到很晚，有可以談事情的包廂，而且餐點很好吃，感覺又很時尚的餐廳。哥哥，你有什麼不吃的東西嗎？或是對什麼過敏？」
「雖然不是過敏，但我不吃花椰菜，其他都沒問題。」
「我知道了。那要去什麼餐廳呢？你有沒有想吃什麼？」
「沒有，任何餐廳都沒問題，由妳決定。妳不是經常和明人在外面吃飯嗎？有沒有常去的餐廳？」
「有啊，像是西麻布的葡萄酒酒吧。」
「那裡可以吃飯嗎？」
「餐點都很好吃。」
「有辦法靜下心來聊天嗎？」
「雖然沒有包廂，但桌子的座位應該沒問題。」
「那就去那裡。」
「好，那我來預約。」
楓的手機上似乎有那家店的電話，她立刻撥打了電話，預約今天晚上兩個人。酒吧似乎有空位，她報上了姓氏，「姓手島。」對方似乎要問全名，她又補充說：「我叫楓。對，是手島楓……謝謝。」說完，她才掛上電話。因為對話的發展變成了這樣的結果，她只是懶得更正。

手島楓——這三個字讓伯朗心跳加速。他從來沒想過這樣的組合。又不是青春期，都已經一把年紀了，竟然還這麼驚慌失措。伯朗斥責自己，但腦袋裡忍不住思考不知道這個名字的筆畫吉不吉利。

「預約好了。」楓似乎並不覺得自己說了什麼奇怪的話，淡然地告訴伯朗。

「辛苦了。」伯朗也假裝沒有聽到「手島楓」這個名字。

「哥哥，那棟房子以後打算怎麼處理？」

「嗯。」他低吟了一聲，「我打算明天去矢神綜合醫院，雖然不抱希望，但還是去和康治先生見一面，只是不知道他能不能說話。」

「那我也要去。因為上次之後我就沒再去探視，這件事一直放在心上。波惠姑姑可能會罵我。」

「妳去當然沒問題，但我希望小泉的房子還沒拆除這件事，暫時不要讓其他人知道，我也不想告訴波惠。」

「是這樣啊。」

「一定有什麼重要的原因，才會隱瞞那棟房子存在這件事。至少在瞭解原因之前，不要輕易告訴別人，知道了嗎？」

「大人，遵命，我知道了」

「如果妳明天也去，那就剛好，妳設法用藉口把波惠帶離病房，我會趁這個機會問康治先生關於小泉那棟房子的事。」

「知道了。」

伯朗想要專心開車，但還是忍不住東想西想。到底還有誰知道那棟房子沒有拆除？除了康治和明人以外，還有其他人嗎？矢神家那些人知道嗎？

他也很在意從楓口中得知的情況。勇磨懷疑明人是否從禎子手上繼承了什麼昂貴的東西，難道是那棟房子嗎？

這時，他想到一件事。伯朗之前因為繼承的問題去矢神家，準備把裝了禎子遺物的紙箱帶回家時，佐代小聲地對他說：「我勸你小心點。」然後又接著說：「禎子的遺物未必全都在這個紙箱裡。」

但是，她並不是用斷定的語氣說這句話，聽起來好像是還有什麼有價值的東西。難道她也沒有把握嗎？

伯朗從小泉的房子中拿走了那本老舊的相冊。因為他打算日後拿給順子看，但目前還無法告訴她小泉的房子還沒有拆除這件事，所以要過一陣子才會給她看相冊。

終於進入了都內，把車子停在豐洲的公寓停車場後，攔了一輛計程車去西麻布。

「哥哥，你住的高樓公寓好高級。」楓坐在車內，轉頭看著後方說。

「並不高級，這一帶都是高樓公寓。」

「房間有多大？」

「很小。老實說，只有明人房間的一半。」

「你住在幾樓？」

「三十二樓。」

「哇噢！」楓扭著身體，雙手握在胸前，「風景一定很美，我下次可以去你家玩嗎？」

「歡迎。」伯朗冷冷地回答，內心想像著楓去家裡的情景，忍不住小鹿亂撞。

「有一件事我要更正。」

「什麼事？」

「關於房間的大小，我剛才說，只有明人房間的一半，其實不到三分之一。」

「啊喲啊喲。」

「我虛榮了一下，對不起。」

「該不會連樓層也不到三分之一……」

「那倒沒有，真的是三十二樓。」

「太棒了，我要去你家玩。」

「嗯。」伯朗點著頭，心想最近要找時間打掃一下家裡。

「哥哥，你一直都一個人住嗎？有沒有和別人同居過？」

「沒有，我才不會做這麼麻煩的事。」

「你也是因為怕麻煩，所以才沒結婚嗎？」

「那倒不是，只是沒對象而已，我並不是單身主義。」

「我覺得你應該很容易找到理想的對象。」

「謝謝妳。」

「那位小姐怎麼樣？就是在醫院當助手的那位小姐，她不是很漂亮嗎？」

伯朗有點意外，沒想到楓竟然這麼看蔭山元實。

「她才不會理我，如果我這麼想像，她可能就會告我性騷擾。」

「會嗎？那寵物的飼主呢？」

「很遺憾，帶寵物來看病的女人，十之八九都是已婚，養寵物的單身女性不是不想結婚，就是已經放棄結婚了。」

「原來是這樣啊，沒想到你沒什麼機會遇到女生。」

「就是這麼一回事，然後就在不知不覺中變成了大叔，但是——」伯朗轉頭看著楓，「沒想到竟然會被明人搶先。」

「我想也是。」

「明人那傢伙，」伯朗注視著她的臉，情不自禁地繼續說了下去，「他還真幸福，遇到了理想的人……太羨慕了。」

說出口之後，他立刻感到後悔。最後那句話是多餘的。

楓嫣然一笑說：「謝謝你。」雙唇之間露出的牙齒很潔白。

計程車抵達了西麻布，楓帶他走進一家位在大樓地下一樓的葡萄酒酒吧，店內模仿了歐洲鄉村風格，牆上貼著老舊的電影海報，店裡還放著酒桶的模型，有幾個客人坐在巨大的吧檯前。

店員為他們安排了角落的桌子座位。周圍沒有客人，應該可以好好談事情。

「給你。」楓把菜單遞給他。

伯朗搖了搖頭，「妳點吧，點妳推薦的菜色。」

「好。」楓找來店員，點了香檳和生蠔組合。那是杯裝的香檳和搭配三種沾醬的生蠔組合。

「我和明人來這家店時，每次都先點這個，在吃生蠔的時候，再慢慢想接下來要吃什麼。」

聽了楓的說明，伯朗恍然大悟地點了點頭。任何事都有規矩。

不一會兒，飲料和料理送了上來。雖然沒有乾杯的理由，但他們還是舉杯乾杯後喝著香檳。這是口感緊實的辛口香檳，應該和生蠔很搭。

「矢神家不是有一個叫佐代的女人嗎？妳記得嗎？」

「當然記得。她很性感，好像是銀座酒店的媽媽桑。」

「妳不是說，妳想去她店裡嗎？她有沒有給妳名片？」

「有啊，我現在也帶著。」

「給我看一下。」

楓打開放在旁邊的皮包，拿出一張名片，「就是這張。」

名片上印著「奇妙俱樂部　室井小夜子」。雖然不知道室井是不是她原來的姓氏，但小夜子應該是從年輕時就用的花名。酒店小姐即使換了酒店，也不會改花名，這樣方便請以前的恩客光顧酒店消費。

名片背面印著標識了酒店地點的地圖。伯朗拿出手機，拍了地圖後，把名片還給了楓。

「你該不會打算去她的店？」楓拿起名片，抬眼看著伯朗。

「我有事要問她。」

伯朗告訴楓，之前去矢神家時，佐代曾經對他說了意味深長的話。

「那我也要去。」

「那可不行，我不希望別人覺得我們在一起調查什麼。她和勇磨互動密切，搞不好勇磨也會對妳提高警覺。」

楓似乎接受了伯朗的意見，很不甘願地聳了聳肩，「我很少有機會去銀座的酒店。」

「等所有事都解決之後再去就好，更何況是親戚，她一定會歡迎。」

搭配三種不同沾醬的生蠔簡直是絕品。伯朗果然猜對了，和香檳也很搭，但伯朗在吃生蠔時，總覺得哪裡不太對勁。心裡好像有什麼東西卡住了，卻不知道到底是什麼。

楓不知道什麼時候點了菜，新的菜又送了上來。那是法式涼拌海鮮，但一看餐盤，他皺起了眉頭。因為除了海鮮，還有甜椒和花椰菜。

「啊，對不起，」楓向他道歉，「我失算了，沒想到竟然有花椰菜。」

「妳吃吧，最好趕快吃掉。」伯朗揮著手說。

「好，但你為什麼會討厭花椰菜？好像看了就討厭。」
「的確是看了就討厭，不要問我理由。」
「明明很好吃。」楓用叉子叉起了花椰菜，大口吃了起來，但中途停了下來，「你知道嗎？花椰菜和綠花椰菜在數學上是很有趣的對象。」
「數學上？什麼意思？」
「你看，像這樣，」楓用指尖撕下一小塊花椰菜，「仔細觀察撕成小塊的花椰菜，和撕下之前幾乎一樣。即使撕成更小塊，放大觀察後，還是和原來的樣子一樣。數學上稱這種情況為碎形，你不覺得很好玩嗎？」
伯朗停了，停下拿著叉子的手，「像是海岸線之類的？」
「沒錯沒錯，」楓一臉興奮地把花椰菜送進嘴裡，「原來你也知道。」
「昨天剛聽說。」
伯朗告訴楓，憲三說他們在矢神家看到的那幅畫是碎形圖。
「是喔，原來那幅畫……」
「姨丈還說，他難以相信那種畫可以用手畫出來。」
「學者症候群的病患經常有驚人的能力。」
「但並不是每個人都一樣，所以才有研究的價值。」
楓好像想到了什麼，從皮包裡拿出手機。
「妳在幹嘛？」

「我在查還有沒有其他學者症候群的病患可以畫出碎形圖。」

「有道理。」

香檳喝完了，他又點了白葡萄酒。看著楓操作手機的身影，他再度體會到目前真的是一個便利的時代。坐在西麻布的葡萄酒酒吧喝酒，卻可以調查學者症候群和數學的關聯。

「啊！」楓叫了一聲，露出驚訝的表情。

「怎麼了？」

「這個，」她把手機螢幕轉向伯朗，「不就是那幅畫嗎？」

伯朗瞪大了眼睛。的確很像。他操作了自己的手機，找到了那幅畫。發現不只是像而已，根本就是同一幅畫。

「那幅畫是由誰上傳的？」

「嗯……是一個部落格。是一個女人寫的，簡介內容說，她原本是中學的國文老師，目前是家庭主婦，興趣是閱讀、欣賞戲劇和登山。」

「和那幅畫是什麼關係？」

楓滑了幾次手機後說：「有了，喔，原來是這樣啊。」

「不要自己搞清楚之後就不吭氣了，到底是怎麼回事？」

「畫那幅畫的好像是她爸爸。她爸爸之前對畫畫完全沒有興趣，有一天突然開竅，然後開始作畫，而且都是畫一些很奇怪的畫，有一位建築師朋友說，好像是碎形圖。」

「突然開竅？是不是有什麼契機？」

「嗯，這部分沒有詳細介紹，但她爸爸畫畫的期間並不長，因為在開始畫畫的幾年後就生病去世了。」
「那是什麼時候發生的事？」
「上面寫著三十年前。」楓說完後，抬起了頭。
這和康治研究學者症候群的時期一致。
「給我看一下。」
伯朗從楓的手上接過手機，看了部落格的內容。部落格內也有其他畫，都是很不可思議的作品，但都是碎形圖。
「妳把這個部落格的網址用電子郵件傳給我。」伯朗說完，把手機還給了楓，「真想和這個女人聊一聊。」
「上面有她的電子郵件信箱，要不要我聯絡她看看？」
「好吧。」
「不，我來聯絡她。如果我說有人擁有她父親的畫作，她應該會感興趣。」
之後，他們喝著葡萄酒吃晚餐，十一點多才離開酒吧。
「要不要續攤？」楓問伯朗，「也可以來我家。」
這個邀約很誘人。「我很想去，」伯朗很坦誠地說，「但今天晚上我還要去一個地方。」
「該不會……」楓露出窺視的眼神，「你要去銀座？」

「對，應該還來得及。」

楓露出乖巧的表情敬禮說：「那就請你加油囉。」

「還不知道會不會有收穫。」

「至少可以大飽眼福。」

「希望如此。」

「別擔心，那個女人不可能付高薪給不漂亮的小姐。」楓對伯朗擠眉弄眼。她說的「那個女人」當然就是佐代。之前在矢神家時，她表現得像傻大姊，但觀察得很仔細。

剛好有一輛計程車經過，伯朗伸手攔了車。

「那我走了。」

「祝你成功。」

「我不是說了嗎？不要抱太大的希望。」伯朗皺著眉頭對楓說，很快上了車，對司機說：「去銀座。」

車門關上，伯朗轉頭看向車窗外，發現楓在向他揮手，伯朗點頭回應。

車子開出去不久之後，手機震動起來。收到了電子郵件。楓傳來了剛才那個部落格的網址，又接著寫了以下內容。

謝謝你今天晚上的款待，難得去銀座的酒店，玩得開心一點，偶爾被美女包圍也很不錯。希望你以後敢吃花椰菜，挑食會長不大，以前你媽媽沒有這麼告訴你嗎？

伯朗的嘴唇露出了笑容，把手機放回了口袋。
內心湧起了複雜的情緒。
因為花椰菜讓伯朗聯想到貓的腦子，所以他不敢吃。如果把這件事告訴楓，不知道她會露出怎樣的表情，她會像那天晚上一樣同情自己嗎？會像那天晚上一樣深感同情，想要緊緊擁抱少年時代的伯朗嗎？
挑食會長不大——
伯朗在內心嘀咕這句話時，突然感覺到哪裡不對勁，和剛才吃生蠔的感覺一樣。剛才想不到什麼原因，此刻終於恍然大悟。
「不可以挑食，要什麼東西都吃。」
耳邊回想起禎子的聲音，但並不是對伯朗所說的話。
明人挨了罵。當時他還是小學生，眼前的盤子上裝著炸牡蠣。
明人不喜歡吃牡蠣。因為他說看起來很噁心，所以禎子就改用炸的，但他還是不肯吃。
因為這是很久以前的事，伯朗已經忘了，但這件事千真萬確，明人應該不喜歡吃牡蠣。
不——伯朗輕輕搖了搖頭。
這是陳年往事，時間會改變一個人，改變飲食的喜好也很正常。也許小時候討厭的食物，長大之後反而很愛吃。
伯朗告訴自己，即使明人和楓在剛才那家店邊喝香檳，邊吃生蠔也完全不奇怪。

19

「奇妙俱樂部」位在銀座八丁目，整棟大樓的時尚外觀令人聯想到未來，那家店位在七樓。一走出電梯，立刻就看到了酒店的入口，敞開的門上雕刻著玫瑰花。

伯朗一走進店內，站在門旁的黑衣男子立刻招呼他：「歡迎光臨。」這個年輕男人一頭短髮梳得很整齊，應該是看到了陌生的客人，所以他臉上露出有點困惑的表情。

「時間沒問題嗎？」伯朗問道。

「沒問題，但營業時間到十二點為止。」

「沒關係。」

「好，那我為您帶位。」

伯朗跟著黑衣男子走進店內，店內很寬敞，可以輕鬆容納一百名賓客。目前坐滿了一半的座位，因為快打烊了，顯然這家店的生意不錯。

伯朗巡視店內，想要瞭解這家店內小姐的素質，這時和一個女人四目相接。是佐代，她今天晚上穿了和服。不，也許她在店裡都一直穿和服。她發現了伯朗，先是露出了驚訝的表情，但這個表情並沒有在她臉上停留太久，很快就露出了意味深長的微笑。

黑衣男子把伯朗帶到兩張小桌子併在一起的座位，旁邊那桌剛好有幾個客人和小姐談笑風生。不知道是不是招待客戶，其中一個男人盛氣凌人，其他幾個男人必恭必敬。

「請問您要喝什麼？」黑衣男子在問話的同時，遞上了小毛巾。

「嗯……喝什麼好呢？」

伯朗正打算點啤酒的時候，另一個男人走了過來，在黑衣男子的耳邊不知道說了什麼，年輕的黑衣男子臉上頓時露出了緊張的神色。

「先生，」他轉頭看著伯朗，合起了雙手，「已經為您安排好其他座位，可以請您移駕去那裡嗎？」

「其他座位？」

「對，那個、媽媽桑說這樣比較好。」

伯朗微微偏著頭，感覺到有人在看他，所以就抬頭看了過去。發現佐代站在通道上，看著他們的方向。

「很抱歉。」

伯朗對黑衣男人點了點頭說：「我知道了。」

伯朗站了起來，再度跟在黑衣男子的身後。這次被帶到用隔板隔開的座位，遠離了其他客人的吵鬧聲。伯朗猜想應該是貴賓席。

他用新的小毛巾擦臉時，佐代笑著走了進來。

「伯朗，你好，歡迎你來啊。」佐代用溫柔的語氣說著，坐在伯朗身旁。淡橘色基調的和服看起來很高級，讓人不敢輕易靠近。

「不好意思，不請自來。」

「千萬別這麼說，因為我沒想到你會來，所以很驚訝，但這是驚喜。」

剛才的黑衣男子再度現身，伯朗看到他手上的東西，忍不住大吃一驚。因為那是香檳王——是最高級的香檳。

「恕我冒昧，這是我送你的禮物。」佐代說。

「不不，妳這麼做，真是讓我太不好意思了。」

「這只是我的心意，請不要客氣。而且，我自己也想喝。」

伯朗看了看香檳，又看了看佐代，抓了抓頭說：「真傷腦筋啊。」

佐代向黑衣男子使了一個眼色，黑衣男子點了點頭，轉身離開了。伯朗目送他離開後，有一種被先發制人的感覺。

「妳有沒有養什麼寵物？」

「寵物？你是說雄性的人類以外？」

意想不到的回答讓伯朗無言以對。她苦笑著，在臉前揮了揮手。

「對不起，說了這麼低俗的話。我沒有養寵物，為什麼這麼問？」

「我原本在想如果妳有養寵物，當妳的寵物受傷或生病時，我可以不收妳的錢，作為香檳的回禮。」

「呵呵呵，」佐代笑了起來，「那我要不要乾脆來養寵物？」她的嘴唇露出的妖豔，難以想像她已經超過六十歲。

但是，看著她的臉，伯朗內心有一種奇妙的感覺。他覺得好像在哪裡見過和她很相像的人，而且並不是很久以前，就是最近，難道是哪個藝人？

伯朗還沒有找到答案，黑衣男子就走了回來，把兩個裝了香檳的杯子放在桌上，小氣泡在香檳內跳舞。

「那就為慶祝我們重逢乾杯。」佐代拿起杯子。

伯朗也拿起了杯子，兩人乾了杯。伯朗想到這是今晚第二次乾杯，喝下了香檳，和剛才在酒吧裡喝的香檳不同的香氣在嘴裡擴散。

「打擾了。」當他把杯子放回桌上時，兩個小姐走了進來。兩個人都二十五、六歲。身材出眾，臉蛋也很美。富有光澤的皮膚、露出的大腿和乳溝——伯朗的視線忙碌地轉動，如果不是目前的狀況，一定會毫無顧忌地揚起嘴角。

只可惜今天晚上不行。

「不，呃，佐代阿姨，」伯朗瞥了兩個年輕小姐一眼後說，「其實我有事想要請教妳……我希望只有我們兩個人。」

「喔，」佐代微張著嘴，點了點頭，「我就猜是這樣，但還是先安排小姐再說。我知道了——妳們先去招呼其他客人吧。」

「好。」兩名小姐回答後走了出去。伯朗看著她們苗條的背影，想起了楓說的話。也許正如她所說，佐代不可能僱用不漂亮的小姐。

「好了，」佐代轉頭看向伯朗，「我把礙事的人趕走了，你有什麼事想問我？」她露出興奮的表情，好像準備聊什麼開心的事。她果然不是普通的女人，伯朗的內心不由得緊張起來。

「其實是妳上次對我說的話，讓我一直耿耿於懷。我去矢神家，準備把我媽的遺物帶回家時，妳曾經叫我小心一點，禎子的遺物未必只有這些。請問那句話是什麼意思？」

「啊喲，」佐代微微偏著頭，「我有這麼說嗎？」

「事到如今，請妳不要裝糊塗，妳不是特地咬耳朵對我說的嗎？」

佐代露出意味深長的微笑，把酒杯舉到嘴邊。她緩緩眨著眼睛，把香檳喝完後，打量著伯朗的臉。

「怎麼了？我的臉上有什麼東西嗎？」

「我只是覺得你們很像，果然是親子，尤其眼睛特別像。」

「請妳不要顧左右而言他，可不可以請妳解釋，為什麼會對我說那句話嗎？」

佐代放下杯子，輕輕搖搖頭。

「我說那句話，並沒有太深奧的意思。只是想告訴你，不能太相信矢神家的人。因為他們現在就像在一艘即將沉沒的船上，所以一心只想著逃走。如果只是逃走也就罷了，但搞不好有人想要趁火打劫。」

「即將沉沒是什麼意思？」

「就是字面上的意思。矢神綜合醫院的經營早就出了問題，已經被銀行接管了。唯一的財產就是矢神家那棟房子，至於那棟房子到底會怎麼樣，也要視今後的狀況而定。」

伯朗瞪大了眼睛，「真的嗎？」

他回想起之前去探視康治時的情況，的確可以感受到那家醫院的沒落。

「所以我勸你要好好調查一下，禎子是不是留下了什麼財產。」

「可能會有哪些財產？」伯朗在問話的同時觀察著佐代的反應，「像是不動產之類的嗎？」

「不清楚，」她的表情幾乎沒有任何變化，「這我就不知道了，可能什麼也沒有。」

「妳說那句話，真的只是這個意思嗎？我不這麼認為。」

「就只是這個意思，好像讓你想太多了，真對不起。」佐代把雙手放在腿上，恭敬地鞠了一躬。

伯朗在心裡嘆了一口氣，他完全不知道佐代說的話到底是真是假，但不能現在告訴她小泉那棟房子的事，也最好別提勇磨向楓打聽禎子遺產的事。

「你想問的就只有這件事嗎？」

「對，目前只有這件事。」

「那我去叫剛才那兩個小姐，今晚我請客。雖然時間不多了，但你玩得開心點。」

「不，這樣的話，」伯朗站了起來，「那我就先走了，謝謝妳的香檳。」

「你太客氣了。」

「我下次再來，下次不用再請我了。」

「是嗎？好吧，那就期待你的光臨。」

雖然伯朗說不需要送，但佐代還是送他到樓下。當伯朗邁開步伐時，她向伯朗揮手。

不愧是飽經世故的銀座媽媽桑，她的臉上始終帶著職業笑容，好像在嘲笑試圖窺視她內心的伯朗。

伯朗走到新橋，搭上了計程車。他回想著和佐代之間簡短的對話，想到了她送客時的臉。

這時，靈感突然閃現。在店內看到她時產生的奇妙感覺甦醒了。

「司機先生，」他對司機說：「請你開快一點。」

銀座和豐洲只有咫尺之距，大約十分鐘後，就已經到了公寓的地下停車場。

「請你在這裡稍等一下。」伯朗對司機說完後，下了計程車，跑向自己的車子，打開了後方的車門。後車座上放著從小泉的房子帶回來的相冊。

他站在那裡打開相冊，找到了那張相片，確信自己沒有認錯人。他用指尖撕下相片後，把相冊放回後車座，關上了車門。

他拿著相片，坐進了計程車，「請你再開回銀座。」

抵達剛才那棟大樓時，已經超過十二點了。伯朗不以為意，走向電梯廳。電梯門打開，許多客人和酒店小姐一起走出電梯。伯朗立刻走進電梯，按下七樓的按鍵。

「奇妙俱樂部」的門口也有準備回家的客人。伯朗撥開人群，走進店內。

「請問是不是遺忘了什麼東西？」剛才為他帶位的年輕黑衣男子問。

伯朗沒有回答，巡視店內。佐代坐在店內深處的桌旁，正在招呼一個身穿西裝的胖男客。伯朗快步走過去。

佐代似乎察覺了，轉過頭。「啊喲，怎麼了？」雖然她的嘴角露著笑容，但雙眼露出銳利的眼神。

伯朗把從相冊撕下來的相片遞到她面前，「請妳解釋一下。」

佐代臉上的笑容消失了，這是伯朗今晚第一次看到她的真實表情。

「這個人怎麼回事？」西裝男客嘟起嘴問。

「不好意思。」佐代向客人道歉後站了起來，把伯朗帶離了桌旁，對他咬耳朵說：

「對面那棟大樓的地下一樓是一家名叫『十九』的酒吧，你去那裡等我。」

「妳不會失約吧？」

佐代聽到伯朗這句話，狠狠瞪著他說：

「別小看我，你以為我是誰，我既不逃、也不躲。」

2⊘

一走進酒吧，就知道這家酒吧的老闆一定很喜歡打高爾夫。牆上掛著不知道是哪一個球場的畫，而且還用骨董高爾夫球桿作為裝飾。「十九」的店名，也是取自已經在球場打完十八個洞的意思。

店內只有一對男女坐在吧檯前，兩人狀甚親密，從背影就知道他們是客人和酒店的小姐。

伯朗在角落的桌子旁喝著健力士啤酒，打量著那張相片。那是一張很久之前的彩色相片，已經有點變色了，但畫質很清晰。

相片上有兩個女生，身穿水手服，滿臉笑容。其中一個是禎子，身旁那個五官端正的女生應該就是年輕時代的佐代。在小泉的家中看到這張相片時之所以沒有發現，是因為認定禎子身旁的女生不可能是自己認識的人。然而，當重新打量這張相片，就可以發現從佐代現在的臉上可以清楚看到當年的面容。

太意外了。伯朗完全沒有想到禎子和佐代那時候就認識了，他一直以為她們是在禎子嫁給康治之後才認識。

從相片來看，她們當時應該是高中生。難道是老同學透過矢神家偶然重逢嗎？

一個影子落在他手上，抬頭一看，身穿和服的佐代站在他面前，她嘴唇露出的笑容有點不懷好意。她默默地在對面的座位坐下來。

留著鬍子的酒保走了過來，他在白襯衫外穿了紅色背心。

「老樣子。」佐代說。酒保點了點頭後離開了，她似乎是這裡的老主顧。

佐代看向伯朗的手說：「你竟然找到了這麼久以前的相片。」

「昨天，阿姨把娘家的相冊借給我。今天白天看相片時，我還覺得這個漂亮的女生不知道像誰。」伯朗說著事先準備好的說明，把相片推到佐代面前。

她拿起相片，輕輕搖搖頭，「兩個人都還很年輕啊。」

「妳和我媽是同學嗎？」

「高三的時候，我們是同班同學。那時候經常玩在一起，畢業之後，有一段時間沒有見面，之後開了同學會，我們都變成了大嬸，而且也都生了孩子。禎子是畫家太太，我則是別人的情婦。」

「畫家的太太？」

伯朗反問時，酒保送上了佐代的飲料。雪莉酒杯中裝著透明的液體。

佐代拿起杯子喝了一口之後，重重地吐了一口氣，「真好喝，這杯酒可以帶走所有的壓力。」

「這是雞尾酒嗎？」

「是琴苦酒，把冰得很透徹的琴酒倒進塗了苦艾酒的杯子中，你要不要試試？」佐代把杯子遞了過來。

「好像很烈。」

「酒精濃度是四十度。」

「那還是算了。」伯朗收回了伸出去的手，「妳和我媽重逢時，我爸還活著嗎？」

「對，」佐代點了一下頭，「我還見過他。」

「在哪裡？」

「你爸爸住院時，我曾經去探視他。我剛才不是也說了嗎？你們的眼睛很像，果然是親子。」

伯朗驚訝地看著佐代，「原來妳是說我爸爸。」

「沒錯，但我發現你好像並沒有這麼理解我的這句話，判斷你應該不知道我和禎子的關係，覺得還是不要多嘴比較好，所以就什麼都沒說。」
「請等一下。我聽說因為康治先生在某個畫廊看到我爸生前的畫，我媽和康治先生才會認識。康治先生的父親康之介先生的情婦，剛好是我媽高中時的同學嗎？」
佐代拿著酒杯，看著伯朗的臉問：「如果我說就是這樣呢？」
伯朗也看著他。
「如果是巧合，也未免太巧了。而且如果是這樣，我媽一定會告訴我，沒有隱瞞的理由。」
佐代一臉微妙的笑容注視著杯中，然後點了點頭，把酒杯放在桌上，似乎下定了決心。
「你說得對。他們認識的過程是編出來的。說白了，禎子和康治並不是因為偶然的機會相識，介紹他們認識的不是別人，就是我。」
「妳嗎？為什麼？」
「在同學會重逢之後，我和禎子經常見面。她起初隱瞞了她老公生病的事，但見了幾次面之後，她才終於告訴我實情，同時也說出了她的煩惱。」
「什麼煩惱？」
「你爸爸罹患了腦腫瘤，受到腫瘤的影響，經常會陷入錯亂狀態，嚴重的時候會大吵大鬧，甚至不認識禎子是誰。」
伯朗搖了搖頭，「原來有這種事……我完全不記得了。」

「我想也是，因為你那時候還小。我隨口在我老公……康之介面前提起這件事，他建議可以交給康治。」
「康治先生？為什麼？」
「當時，康治正在研究用電刺激大腦，緩和疼痛，改善精神疾病。康之介認為，把禎子的老公交給康治，或許可以找到活路。」
「用電刺激大腦……」
這句話當然刺激了伯朗的記憶，他回想起使用貓做的實驗，但這次並沒有嘔吐。
「我把這件事告訴禎子後，她說很想接受治療。於是，你爸爸——我記得他叫一清，他就去泰鵬大學接受了特別治療。詳情我不太清楚，但對康治來說，好像是一次寶貴的研究。」
「然後呢？」伯朗的身體向前傾，「之後的情況怎麼樣？」
「治療的效果似乎相當不錯，一清不再發生錯亂現象，不久之後就出院，恢復了正常的生活。禎子很高興地說，雖然還需要定期接受治療，但精神狀態很穩定，也可以繼續畫畫。」
難道是畫那幅畫的時期嗎？伯朗回想起當時。
「但是，根據我的記憶，我爸在那之後並沒有活很久。」
「你說得對，」佐代點著頭，「雖然看起來是好轉，但其實腦腫瘤反而急速惡化了，而且不久之後就離開了人世……康治一直認為是自己的治療造成的，但禎子認為並不是這樣，而且即使是這樣，也讓她老公因此能夠度過平靜的生活，所以很感謝康治。」

原來還有這種事——有太多意外的事，伯朗費力地在腦海中整理，完全無暇確認自己的心情。

他喝著黑啤酒，用力深呼吸。雖然不斷浮現各種疑問，但不知道該從何問起。

「但為什麼我媽和康治先生要隱瞞這件事？不，不光是他們，康之介先生和妳也都隱瞞不說，為什麼？」

「以我的認知，不能說是隱瞞，只是覺得沒必要到處宣揚。但如果硬要這麼說的話，有兩個理由。首先，如果別人知道一清還活著的時候，禎子就已經認識了康治，一定會有人往壞的方面想。搞不好還會有人說，康治是為了得到禎子，故意讓一清早死。」

「喔……」伯朗點了點頭，的確有這種可能。

「還有另一個理由，就是必須隱瞞康治進行的治療行為。因為那並不是正式核准的治療，只是研究的一個環節，或者說是實驗才更加貼切。」

「所以……是人體實驗嗎？」

「用這種方式表達，聽起來好像很可怕，但其實就是這麼一回事，所以康之介叫我們別說出去。」佐代在說話時不時喝著琴苦酒，看起來完全沒有醉意，顯然她的酒量很好。

「我完全不知道康治先生曾經做過這種事，不，我也並沒有試圖瞭解。」

「這是為了康之介對名利的追求而開始做的事。」

「什麼意思？」

「也許你不知道，矢神家的好幾代祖先都在醫學界留下了偉大的功績，也因此累積了很多財富。康之介繼承了這些財產，於是開始焦急，覺得自己也該留下某些足跡。他渴望有劃時代的發現或是發明，於是相中了大腦這個領域。因為大腦還有很多未知的部分，所以是最有吸引力的新天地。康治和牧雄開始研究大腦並不是偶然，而是受到康之介的影響。」

伯朗第一次聽說這些事。他這才發現自己對矢神家一無所知。

「聽妳說了這些，我覺得康之介先生從妳口中得知我爸的事，提議交給康治治療並不只是出於好心。」

「你果然機靈，康之介應該想為兒子安排實驗的機會。」

「人體實驗的機會嗎？」

「沒錯。」佐代點頭之後，叫來了酒保。她那杯琴苦酒不知道什麼時候已經喝完了。

「康治先生後來娶了實驗對象的男人的妻子，不知道是基於怎樣的心境。」

「我覺得應該是想要贖罪。他們曾經齊心協力，想要拯救一個男人的生命，在那個男人死去之後，彼此相互吸引也是很正常的事。」

「沒想到康之介先生竟然會同意他們結婚。」

「因為是康治的決定，所以不得不同意，而且我相信他認為讓禎子成為自家人，對自己比較有利，同時也可以避免實驗的事被外人知道。」

伯朗越聽越感受到康之介這個人的狡猾。雖然他很想問佐代，這種男人到底有什麼好，但目前還要問其他問題。

「那個實驗之後的情況怎麼樣？」

「我不知道，只是聽禎子說，康治不願再犯相同的錯誤，顯然他認為是自己加快了一清的死期。康之介也曾經抱怨康治對研究變得消極這件事，但我相信那次之後，就沒有再用人類做實驗。」

但開始用貓做實驗——伯朗在心裡嘀咕著。

酒保送來了第二杯琴苦酒，放在佐代面前。

「我瞭解妳和我媽的關係了，也知道了之前隱瞞的理由。那我再請教一次，妳意味深長地提到我媽的遺物，請問到底是什麼？請妳不要再糊弄我，在妳回答之前，我不會讓妳離開。」

拿起杯子準備喝酒的佐代噗哧一聲笑了起來，「不讓我離開。已經有好幾十年沒有男人對我說這句話了。」

「請妳不要岔開話題。」

「我沒這個意思。好吧，那我回答你的問題，但我相信你一定不會感到滿意。因為我真的不知道到底是什麼，雖然不知道具體是什麼，但的確有什麼東西。我只能這麼回答。」

「這是怎麼回事？」

「我記得那是在康之介死後不久的事。那次我和禎子兩個人單獨聊天，我問她，雖然遺囑上寫明所有的財產都由明人繼承，但結果他那時候什麼都沒繼承，她是否會對此感到不滿。禎子回答說，她原本就沒想過要從矢神家繼承什麼，還說這樣對明人也比較好。更何況康治已經給了她很寶貴的東西。我以為她是指幸福的家庭，沒想到她又接著說，因為太寶貴，不知道該如何處理。然後好像突然回過神似地看著我說，對不起，當作她沒有說剛才那句話。」

「我媽說了這種話……」

「是不是很奇怪？因為我很在意，所以就一直追問，但她沒有再說什麼，而且好像很後悔不小心說溜了嘴。當時的對話令我印象深刻，我覺得康治可能給了禎子什麼很寶貴的東西，所以——」佐代轉頭看著伯朗，「也可能只是我的誤會。」

「太寶貴，不知道該如何處理……」伯朗重複之後，偏著頭說：「完全不知道是什麼。」

「我想也許真的是愛情或是奉獻這種無形的東西。」

「妳有沒有告訴過別人這件事？」

「在一個偶然的機會曾經向勇磨提過，但那是很久之前的事，不知道他還記不記得。」

他記得。伯朗心想，所以他才會向楓打聽到底是什麼「寶物」。

「我能夠告訴你的就只有這些了，你還有其他疑問嗎？也許以後我們沒有機會像這樣單獨說話了，所以任何問題都可以直接問我。」

「那我想問一下，」伯朗開了口，「妳為什麼會變成康之介先生的養女？果然是為了財產嗎？」

佐代露出嚴厲的表情，隨即恢復了平靜。

「這個問題還真直接，但與其拐彎抹角，還不如直話直說。對，當然是為了財產，但我才不是為了繼承那麼點財產，我當時想要把矢神家占為己有。不，現在還是這麼想。」

「占為己有？」

「沒錯，你倒是想一想，我這個地下夫人一直在支持康之介，雖然為了兒子著想，讓他成為康之介的養子，但他被太太欺負，受了很多委屈，所以當康之介問我，要不要我也成為他的養女時，我暗中下定了決心，要成為勇磨的後盾，讓他有朝一日，成為矢神家的一家之主。為此，我最好能夠進入矢神家。波惠沒有孩子，祥子也已經嫁出去了。你也知道，牧雄是個怪胎，所以只剩下康治和明人。怎麼樣？你不覺得並不是沒有可能嗎？」

「原來如此，如果是這樣，那妳顯然沒有料到康之介先生的遺囑內容。」

「沒這回事，」佐代輕輕搖著手，「而且，遺囑的內容完全符合我的希望。」

「怎麼可能？」

「是真的。康之介曾經打算讓包括養子、養女在內的所有兒女平分財產，因為這種方式最不容易引起糾紛，但是，我向他提議，如果按照這種方式平分財產，矢神家就會走向沒落。難道不是嗎？即使是巨大的冰山，一旦崩潰，就會在轉眼之間融化消失，所以，我提議由唯一直系的明人繼承所有財產，如此一來，就可以避免財產分散。」

「明人是妳兒子的競爭對手，妳這樣為敵人雪中送炭沒問題嗎？」

「我剛才不是說了嗎？防止財產分散最重要。即使目前不在我們手上，只要不分散，有朝一日，或許會全數落入我們手中。」

伯朗注視著佐代的臉。

「但是，對你們來說，明人是障礙，是不是希望他最好消失？」

「沒這回事。」她搖晃著身體。

「明人算是我的堂侄子，我老公的孫子，也是我朋友的兒子，我怎麼可能這麼想？」她說話的語氣聽起來像是真心，「你還有其他問題嗎？」

伯朗想了一下，但想不到什麼疑問。

「今天就暫時請教這些問題，可以請妳不要把我們今天的對話告訴別人嗎？」

「我無所謂。」

「那就把我們今天的談話當作是我們兩個人的秘密。」伯朗把杯子裡的黑啤酒一飲而盡。

佐代豎起食指，「我可以問你一個問題嗎？」

「請說。」

「那個女人是什麼人？」

「哪個女人？」

「當然是楓啊。」

「啊？」伯朗聽不懂她這個問題的意圖，看著佐代的臉說：「她是明人的太太。」

「這我知道，她是怎樣的人？」

「她以前是空姐，在溫哥華認識了明人。妳為什麼要問這個問題？」

「沒有啦，只是我覺得她不是等閒之輩。這些年來，我看過各式各樣的人，這只是我的直覺。」佐代目不轉睛地盯著伯朗的雙眼，銳利的視線好像快看透了他的心思。

伯朗很困惑，沒有回答她的問題，她立刻道歉說：「對不起，我說了奇怪的話。可能是因為她太漂亮了，才讓我有這種感覺。請你忘了我說的話。」

「不，我會牢記在心。」

伯朗找來酒保請他結帳。

「你和明人，」佐代的語氣變得開朗，「那次之後還有聯絡嗎？有沒有通電話？」

「有啊……只是他仍然很忙，對遲遲無法回國感到抱歉。」

「是嗎？那就奇怪了。」

「哪裡奇怪？」

「你們疏遠了那麼多年，你現在卻為明人的事積極奔走。如果明人早晚會回國，根本不需要你這麼盡力，還是突然感受到兄弟之情？」

伯朗說不出話，酒保走了過來，把帳單放在桌上，佐代俐落地拿了起來。

「這裡由我請客，妳剛才已經請我喝香檳了。」

「我說過了，今晚我請客，讓我付吧，而且我還想再喝一下才回家。」

伯朗吐了一口氣，點了點頭說：「謝謝妳的款待。」

「請你改天再來店裡，下次我會介紹很多漂亮小姐給你。」

「好，一言為定，我很期待。」伯朗站了起來，鞠了一躬，「謝謝妳告訴我這些重要的事。」

走出酒吧，外面下著小雨。他坐上剛好經過的計程車，回顧了這一天，不，是這半天所發生的事。一下子發生了太多事，發現小泉的房子還在這件事，似乎已經是遙遠的過去。

他打算回家之後再喝點酒，否則一定無法入睡。

21

您好，冒昧寫這封電子郵件給您。

我是住在東京的手島伯朗，

我在動物醫院工作，但這和我寫這封電子郵件無關。

冒昧寫電子郵件給您，是想要請教有關令尊的事。

我看到了您部落格中令尊的畫作，我朋友手上有那幅畫的原畫，附上我拍攝的相片，提供給您參考。

如果您有興趣，是否可以麻煩您和我聯絡？

我知道這樣的要求很無禮，萬分抱歉。

以下是我的電子郵件信箱，

希望可以收到您的聯絡。

伯朗反覆看了好幾次，確認沒有失禮的措詞和思慮不周之處後，才終於寄了出去。雖然對方可能覺得有點可怕，但這是唯一的方法。

他寄給上次那個部落格的格主，無論如何都希望聽她說明一下詳細情況。

他把手機放在櫃檯的桌子上，回到了診間。蔭山元實不在櫃檯，她說要和院長談事情，所以去了後方的主屋。她說要提議有關會計軟體的事，池田一定會說，妳去和手島商量，但蔭山元實很守規矩，從來不省略正當的步驟。

門鈴響了，看診時間以外，入口的自動門不會打開，有人上門時，就要按旁邊的門鈴。

他走去候診室，發現一個出乎意料的人站在自動門外。支倉百合華看到伯朗，立刻鞠了一躬。她身材苗條，穿那件藏青色洋裝很好看。裙長及膝，散發出清純的感覺。

「太驚訝了，妳怎麼知道這裡？」伯朗請她進來後問道。

「因為我沒有問你的電話，所以在網路上查了一下。」百合華巡視著候診室問：「我可以坐下嗎？」

「喔，請坐。」

百合華坐在椅子上，伯朗也在她旁邊坐了下來。「如果妳是上網查，上面應該也有電話。」

「雖然我原本想打電話，但我想不是在看診時間上門，應該不至於造成困擾。」

「只是有時候會出去吃午餐。這不重要，妳有什麼事嗎？」

聽到伯朗的問題，百合華轉身面對他，「我有事情想要問你。」

「什麼事？」

「首先是那個女人的事。」她的語氣嚴厲，一聽就知道她是在說誰。

「妳好像真的很討厭楓。這也無可奈何，明人選擇了她。」

「但很奇怪啊。」

「哪裡奇怪？」

「那天之後，我聯絡了幾個和明明的共同朋友，沒有人知道明明結婚的事，甚至沒有一個人知道他和那種女人交往的事。你覺得會有這種事嗎？這些朋友和我一樣，在明明去了西雅圖之後，仍然繼續用電子郵件保持聯絡。明明或許因為不想讓矢神家的人知道，所以沒有告訴我，但連其他朋友也都沒說，絕對有問題。」百合華一口氣說道。雖然她看起來很歇斯底里，但她說的話合情合理。

伯朗也覺得的確奇怪，但並沒有說出口。

「可能有什麼原因吧，下次問明人看看。」

百合華露出訝異的眼神，伯朗問：「怎麼了？」

「日本和西雅圖不是有時差嗎？你什麼時候打電話給他？回家之後嗎？」

伯朗立刻想了一下，和西雅圖的時差是多少？十幾個小時嗎？如果是這樣，回家以後，那裡就是半夜了。

「當然是在這裡的時候，」伯朗指著下方，「利用工作的空檔打電話。」

「那你現在打電話給他。」
「現在？不，現在有點……」
「現在是下午兩點，西雅圖是晚上十點，明明應該還沒睡覺。」
「既然這樣，妳打電話不就好了嗎？」
「我打了，從剛才就打了好幾次，」百合華從皮包裡拿出手機，「但是打不通。」
「只是剛好打不通吧。」
「從上次見面之後，我每天都打。這樣仍然是剛好打不通嗎？你真的曾經和明明通過電話嗎？」
「當然啊。」伯朗的腋下流著汗。
當百合華露出越來越懷疑的眼神時，突然聽到有人叫他「醫生」。他看向櫃檯的方向，發現不知道什麼時候回來的蔭山元實坐在那裡，手上拿著電話。
「山田太太家的紋紋又出現了上次的症狀。因為山田太太說，最好趁沒有其他病患的時候來看診，所以問可不可以現在過來。」
「紋紋？上次的什麼症狀？」
「就是臭鼬紋紋啊，牠一直不停地放屁，所以如果要請山田太太帶牠過來，需要做準備。」蔭山元實瞥了百合華一眼，「怎麼辦？你正在和客人說話，還是叫山田太太不要來？」
伯朗察覺了女助手的用意。臭鼬雖然不是不能飼養，但從來沒有聽說臭鼬有不停放屁這種症狀。而且，臭鼬排出的臭氣，其實不是放屁，而是牠的分泌物。作為寵物的臭鼬已經去除了會分泌的臭腺。

「不，妳請山田太太過來吧，因為之前經常受她照顧。」伯朗將視線移回百合華身上。不知道是否聽到臭鼬要來，她露出有點害怕的表情。「妳也聽到了，就是這樣，等一下生了病的臭鼬就會來這裡。如果牠的臭氣沾到身上，妳恐怕一個星期都無法見人了。」

百合華咬著嘴唇站了起來，「那我改天再來。」

「好。」伯朗心想，在她下次來之前必須想好藉口。

「不好意思。」百合華經過櫃檯前時，蔭山元實向她道歉，「還有，我剛才聽到你們的談話，手島醫生的確有打國際電話給他弟弟，因為我在旁邊聽到了——是不是三、四天前？」她徵求伯朗的同意。

「啊，嗯，差不多。」

「就是這樣。」蔭山元實對百合華露出微笑。

百合華一臉懊惱的表情看著伯朗，不發一語走了出去。

過了一會兒，伯朗打開門，察看了外面的情況，看到百合華的背影離去。

回到候診室，他走向櫃檯。蔭山元實正默默處理事務工作。

「蔭山，」伯朗叫著她，「謝謝妳幫我解圍。」

「不客氣。」她回答時沒有抬頭，也沒有停下手。

「我很瞭解妳想說的話，我相信妳有很多疑問，但很抱歉，目前只能告訴妳，發生了一些事——」
「醫生，」蔭山元實終於抬起頭，一如往常的面無表情，「我什麼都沒問。」
「喔……對喔。」伯朗抓了抓鼻子旁。
蔭山元實冷漠的臉看向入口，「又有新的客人上門了。」
伯朗看向自動門，楓滿臉笑容地向他揮手。她穿了一件收腰的橘色洋裝，裙子的長度比百合華的短了二十公分。比起清純，我更喜歡這種的。伯朗這麼想著，打開了門。
開車前往矢神綜合醫院途中，伯朗把從佐代那裡得知的情況告訴了楓。她說了一大串表達驚訝的話。「不會吧」、「真的假的」、「難以相信」、「Oh my God!」——她一邊叫著，一邊在副駕駛座上跺著腳。
楓對佐代和禎子是高中同學，以及大腦研究實驗的事也很驚訝，但最關心的還是康治給了禎子什麼「太寶貴而不知道該如何處理的東西」這件事。
「真令人在意，到底是指什麼呢？」
「我也完全猜不透，再加上小泉的房子，無論如何都要把康治先生叫起來問清楚。」
「波惠姑姑的事就交給我，我一定會設法把她帶離病房。」
「那就拜託妳了，另外還有兩個問題。」
伯朗把百合華來醫院找他的事告訴了楓。
「就是那位設計書的千金小姐吧，她在某些方面很固執。」楓再度展露了她的觀察能力，「她討厭我。」

「相當討厭，她似乎無法接受明人選擇了妳，千方百計想要和明人取得聯絡，但電話一直打不通，寄了電子郵件也沒有回應，所以開始起了疑心。今天雖然應付過去了，但不知道下次她會怎麼出招，我正在為這件事傷腦筋。」

「嗯，那真的很傷腦筋。」

「不光是她，佐代好像也開始懷疑。到時候也許乾脆告訴大家明人失蹤了。」

「不，這可不行。」楓立刻說，「一旦這麼做，之前的辛苦都白費了，我們來想想辦法。」

「但就是想不出什麼好辦法啊。」

「我會想出來，再給我一點時間。」她難得用認真的口吻說話。

「既然妳這麼說，那就沒辦法了。」

「你剛才不是說有兩個問題嗎？還有一個是什麼？」

伯朗瞥了她一眼說：「是關於妳的事。」

「什麼事？」

「我剛才也說了，百合華不相信明人已經結了婚，問了很多朋友，結果發現不光是矢神家的人，明人沒有通知任何人結婚的事。」

「啊？」楓發出驚叫聲，「果然是這樣。」

「果然……是什麼意思？」

「因為沒有收到任何結婚的祝福，也沒聽明人提過收到了任何人寄電子郵件來祝福，我之前就覺得有點奇怪。是喔，原來他沒有通知任何人。」

聽楓的語氣，似乎她也不知道這件事。

「妳猜得到原因嗎？」

「原因嗎？可能想要給大家驚喜吧？可能想在回國時，讓大家大吃一驚。他很喜歡這種惡作劇。」

雖然很有可能，但如果是這樣，明人不是應該會告訴楓嗎？

「聽百合華說，甚至沒有任何人知道妳和明人交往這件事。明人沒有把妳介紹給他的朋友嗎？」

「嗯，不太清楚。雖然我見過和他在工作上合作的人，但他只介紹說我是他的新秘書，應該並沒有說是他的女朋友。」

「原來他沒有把妳介紹給他的朋友。」

「是啊，因為去西雅圖前忙著做準備工作，沒有太多時間。」

楓的回答很流利，也沒有任何不自然，但伯朗並不是完全沒有被哄騙的感覺，佐代說楓「非等閒之輩」那句話在耳邊縈繞，揮之不去。

不一會兒，就來到了矢神綜合醫院。伯朗事先通知了波惠，說他們今天會來探視。停好車子，正準備走向大門時，楓停下了腳步。

「怎麼了？」伯朗問她。

「你一個人去病房，我的工作是把波惠姑姑帶離病房。」

她說了自己的想法。伯朗覺得這個主意很不錯。

「好，那就祝妳成功。」

伯朗獨自走進醫院，把楓留在原地。經過大廳，走向電梯廳。也許是之前聽佐代說，醫院的經營已經出問題，所以覺得比上次來的時候更加冷清了。在走廊上看到的護理師臉上的表情也都無精打采。

伯朗來到特別病房前敲了敲門，沒有聽到回應，門就突然打開了。波惠今天沒有穿和服，穿了一件深色的開襟衫。

「楓呢？」

「她說先去買點東西。」

「是喔。」波惠點了點頭，用沒有感情的聲音說：「進來吧。」

躺在病床上的康治看起來和前幾天沒有太大的差別，但也許已經不可能再有什麼改變了。他的臉變成了灰色，骨瘦如柴。如果繼續惡化，恐怕就將迎接死期。

「他還是整天都在睡覺嗎？」

波惠心灰意冷地點了點頭。

「即使張開眼睛，也不知道能不能聽到我的聲音。雖然有時候會發出聲音，但也不知道是不是在說話。」

這樣恐怕無法交談。伯朗心想。今天果然是白跑一趟嗎？

「禎子的東西你已經檢查過了嗎？」

「我檢查過了，所以想請教一下，我媽的遺物真的只有那些而已嗎？還有沒有其他的？」

「其他的？是什麼東西？」

「這我就不知道了，正因為不知道，所以才請教妳。」

「我們在整理哥哥的東西時，覺得應該是禎子遺物的就只有那些。如果你有疑問，可以隨時來我家。哥哥的東西都放在那裡。」

「好，那我最近會抽空去一趟。雖然不是有疑問，只是想確認一下。」

「你可以盡情調查，直到你滿意為止。」波惠淡然地說。

伯朗望著她令人聯想到狐狸的臉，覺得無法保證她說的是實話，禎子留下的「太寶貴而不知如何處理」的東西也可能放在其他地方。

聽到敲門聲，門打開了，一個身穿白衣的護理師進來叫波惠，「矢神小姐，護理站有妳的電話。」

波惠露出訝異的表情，「電話？」

「對方說，想請矢神波惠小姐聽電話，那位女性好像是你們的親戚。」

「會不會是楓？」

聽到伯朗這麼說，波惠恍然大悟地點了點頭，站了起來，「到底是什麼事啊。」

確認波惠走出去後，伯朗立刻走到病床旁，探頭看著康治的臉。他仍然閉著眼睛。

「矢神先生。」伯朗叫了一聲，但康治完全沒有反應。伯朗抓住他的肩膀，輕輕搖了搖，但康治仍然一動也不動，伯朗幾乎想要懷疑，他是不是真的還活著。

伯朗把嘴貼到他的耳邊，稍微大聲地叫著「矢神康治先生。」康治的臉好像微微痙攣般抖了一下。

「矢神先生，康治先生，請你醒一醒。是我，我是伯朗。」伯朗用雙手抓住他的肩膀，用力搖晃著。如果被波惠看到，一定會大發雷霆。

但是，康治仍然沒有清醒。伯朗看著手錶，楓剛才說，會努力用電話拖延十分鐘。必須趕快行動。

「矢神先生，請你快醒醒，請你睜開眼睛，只要現在睜一下眼睛就好。趕快醒來。他媽的，你倒是快醒啊。」伯朗絕望地打著康治的臉頰。

他媽的，竟然還是叫不醒。正當伯朗這麼想的時候，原本像是陷入永遠沉睡的康治微微張開眼睛，而且還轉動著眼珠子。他的視線好像在尋找什麼，最後停在伯朗的臉上。

「啊！你認得出我嗎？是我，我是伯朗，是禎子的兒子。你聽得到我的聲音嗎？」伯朗把臉湊到康治的耳邊大聲叫著。

康治臉部的肌肉微微動了一下。雖然只是微小的動作，但看起來像在微笑。

「我有事想要請教你，首先是房子的事，就是小泉的房子。你為什麼要說謊？為什麼說那棟房子已經拆除了？」

但是，康治的眼睛好像隨時會閉起來，不像是要回答問題。

「那至少你告訴我這件事，你不是給了我媽……給了禎子什麼東西？給了她什麼寶貴的東西，請問那是什麼？」伯朗再度用力搖著他的肩膀。

康治張著嘴，好像想要說什麼。

「啊？你說什麼？請你說出來。」伯朗把耳朵貼到康治的嘴邊。

康治發出了聲音，但聲音很無力。伯朗聽到了他說的話，但那句話讓伯朗感到困惑。

「什麼意思？請你再說一遍。」

但是康治對伯朗的問題沒有反應，再次閉上了眼睛。

「啊，等一下，現在先不要睡。」

這時，聽到喀嗒一聲開門的聲音，伯朗慌忙想要回到原來的座位，不小心把椅子撞倒了。

波惠走進病房，滿臉狐疑地皺起眉頭問：「你在幹什麼？」

「沒幹什麼，只是在看他有沒有醒過來。」

「這一陣子，哥哥都一直昏睡。」

「好像是。對了，楓說什麼？」

「她說臨時有事，今天不能來醫院探視。」

「原來是這樣。」

「她說下次一定會安排時間過來，還問我下次來的時候要帶什麼，我回答說，並不需要什麼。她一直說想協助照顧病人，所以可以吩咐她任何事，然後不肯掛電話，簡直就像是故意在拖延時間。」波惠瞇起眼睛看著他。

伯朗假裝沒有察覺她的視線，站了起來，「既然這樣，那我也差不多該走了。」

「達到目的了嗎？」

「什麼意思？」

「當初是你自己說，你和矢神家沒有關係，怎麼可能一個人來看你不願承認是父親的人？難道我這麼想太小心眼了嗎？」

伯朗聳了聳肩，「任何人都會心血來潮。」

波惠撇著嘴角說：「姑且當作是這麼一回事。」

「那我就告辭了。」伯朗鞠躬離開了病房。

來到停車場，楓正在車上滑手機。剛才臨別時，伯朗把車鑰匙交給了她。

「波惠姑姑的情況怎麼樣？」伯朗一坐上駕駛座，楓就問他。

「她起了疑心。」

「啊，果然起了疑心。」楓垂下眉毛，仰起頭，「對不起，我為了拖延時間，說了很多連我自己都覺得有點莫名其妙的話。」

「這也沒辦法，因為原本就是不可能的任務。」伯朗發動了引擎，但並沒有馬上把車子開出去。

「你和公公說到話了嗎？」

伯朗吐了一口氣，轉頭看著楓說：「很難說是說到了話。」

「是喔……」楓垂下肩膀。

「但是，他稍微睜開了眼睛，然後說了一句話，但不知道是不是在回答我的問題。」

「他說了什麼？」

伯朗舔了舔嘴唇說：「明人，不要恨……」

楓眨了眨眼睛，嘴唇動了一下。她可能重複了這句話，但伯朗沒聽到她說話的聲音。

22

明人，不要恨——康治的確說了這句話。伯朗聽起來是如此，而且也真的如此。

到底是怎麼回事？

「姑且不論這句話是否回答了你的問題，但既然會這麼說，應該代表公公一直想要告訴明人這句話。」楓拿著茶杯，微微偏著頭。

「或許吧，但既然這樣，他應該多說些什麼。只說那一句話，根本搞不清楚是怎麼一回事，雖然我不應該抱怨重病的病人。」伯朗喝了一口咖啡，難得走進家庭餐廳，但咖啡的香氣和味道都令人不敢恭維。

離開醫院後，楓說她口渴，所以他們走進這家家庭餐廳。

「不知道要他不要恨誰。」

「我也完全猜不透，因為我對他幾乎一無所知，我反而想要請教妳，妳知不知道他有沒有憎恨誰？」

「我想想，既然明人憎恨那個人，代表明人曾經受到很大的傷害。不管在工作和私生活方面，都沒聽他提過這種事。」

「未必是明人自己受到很大的傷害，也許是他很重要的人受到了傷害——啊！」伯朗說到這裡，突然靈光一閃，「我忘了我媽的事。」

「啊！」楓也張大了嘴，她也猜到了他想要說的話。

「明人懷疑我媽是被人殺害的，所以他當然憎恨兇手。」

「所以叫他不要恨兇手嗎？」

「也許吧，我媽可能因為某些特殊的原因遭人殺害，考慮到那個特殊原因，也就不能責怪兇手，所以叫他不要恨。」

楓雙手拍著桌子問：「你說的特殊原因是什麼？」

「不要這樣大聲說話。」伯朗擔心被周圍人聽到，「我也不知道，只是如果康治先生的那句話是關於我媽的死，或許存在這樣的可能性。」

「無論是基於什麼原因，殺人就是殺人，怎麼可能不恨呢？」

「我只是在分析有這種可能。」伯朗垂頭喪氣地伸手準備拿咖啡杯時，放在上衣內側口袋的手機震動起來。

他拿出手機，忍不住倒吸了一口氣，他收到了那個部落格格主回覆的電子郵件。他告訴楓，楓探出身體說：「你趕快看一看。」

郵件的內容如下——

手島伯朗先生：

拜讀了您寄來的郵件，得知您看了我的部落格，倍感惶恐。您的朋友有我父親的畫，而且是原畫，讓我驚訝不已。您的那位朋友該不會是醫生？如果是，我應該知道是誰。

「你馬上回覆她。」楓看完郵件後立刻說，「你告訴她公公的名字，並希望火速和她見面。」

「和她見面？如果她住在北海道或是沖繩怎麼辦？」

「那就去買機票啊，」楓泰然自若地問：「有什麼問題嗎？」

「不，沒事。」伯朗想起她不久之前還在世界各地飛來飛去。

伯朗一邊思考，一邊寫完了郵件，然後給楓看：「這樣可以嗎？」

感謝回覆。如您所問，那幅畫的主人是醫生，名叫矢神康治，也是泰鵬大學的教授，但矢神目前正在和病魔奮戰，陷入了昏迷。目前不知道該如何處理那幅畫，很希望能火速當面瞭解情況。無論您在哪裡，我都可以前往，可不可以請您撥冗和我見面？萬事拜託了。

「我覺得沒問題，就這樣寄出去吧。」楓說完，自行操作著伯朗的手機，寄出了郵件。

「她好像認識公公，而且似乎知道為什麼那幅畫會在公公手上。」

伯朗從她手上搶回了手機，「接下來就看她怎麼答覆了。」

「我認為她的反應不會太差，看她回覆的郵件內容，感覺是一個很有禮貌，也很有常識的人，不愧曾經當過老師。真期待可以聽她說說是什麼狀況。」

楓喝著奶茶，伯朗看著她，覺得有點匪夷所思。雖然她應該努力避免自己往不好的方面想，但伯朗還是無法理解她的開朗快活，難以想像她的丈夫目前下落不明。

楓似乎察覺了他的視線，問他：「怎麼了？」

「不，沒事。」伯朗毫無意義地用茶匙攪動著咖啡杯，喝完了咖啡，「我再去倒一杯。」

他起身走去飲料區，在杯中裝咖啡時，聽到楓的叫聲。「哥哥！」楓在座位上用力向他招手。

他走回座位時，小心不讓咖啡倒出來。「有電子郵件。」楓指著他的手機說。

伯朗急忙確認了電子郵件的內容，是部落格的格主寄來的。

郵件已收到，果然是矢神醫生。家父生前承蒙矢神醫生的照顧，得知他目前抱恙，陷入昏迷，不禁擔心不已。

家父名叫伊勢藤治郎，我叫仁村香奈子，曾經當過老師，目前是家庭主婦。

既然這樣，我也很想和您見面，但剛好腿傷未癒，無法遠行。不知是否可以請您來我住家附近？我住在橫濱，最近的車站是東急東橫線的東白樂車站，不知是否方便？

楓聽到對方住在橫濱，頓時雙眼發亮，「你趕快回覆她，說我們馬上就去。」

「馬上就去？怎麼可能？」

「為什麼不可能？只要差不多一個小時就可以到橫濱了。」

「我六點必須回醫院，因為晚上要看診。」

傍晚六點到八點是夜間看診時間。

「好吧，那我自己去。」

「妳？自己去？」

「對。」楓點了一下頭。

「她是不是叫仁村太太？你趕快寫電子郵件給她，說你的弟妹等一下會去找她。」

「等一下，我不去不太好吧。」

「為什麼？我對細節問題的瞭解也完全不輸給你。」

「……妳打算和仁村太太說什麼？」

「在說什麼之前，首先會問她，為什麼公公會有那幅畫，仁村太太的父親又是怎樣的人。」

她的問題很恰當，無可挑剔，伯朗陷入了沉默。

「既然你同意了，就趕快寫郵件吧。」楓指著放在桌上的手機，「還是由我來寫？」

「不，我來寫。」

伯朗把楓剛才的話寫在郵件上，寄了出去。

「太突然了，仁村太太應該會大驚失色吧。」

「會嗎？你第一封電子郵件，應該足以讓她驚訝了吧。而且你已經告訴她，你住在東京，她應該會猜到你說馬上去見她。」

「是嗎？」伯朗微微偏著頭。

「如果我是仁村太太，應該會這樣，我覺得應該強烈刺激了她的好奇心。因為如果不是有重要的事，普通人不會寄電子郵件給陌生人。」

不一會兒，手機就發出了收到電子郵件的聲響。伯朗看了內容，大吃一驚。因為郵件上寫著「沒問題，我可以去東白樂車站附近」。

「你看吧。」楓得意地仰起頭。

「妳真的打算一個人去嗎？」

「對。」

伯朗的心情很複雜。楓一個人去的確沒問題，伯朗可以專心工作，然後再問楓，仁村香奈子說了些什麼。雖然伯朗明知道這樣沒問題，但仍然有點放不下，他不想讓楓單獨行動。

伯朗拿起手機，「等我一下，我溝通看看。」他站了起來，走去門口。

走出門外，他立刻撥了醫院的電話。

「怎麼了？」電話中傳來蔭山元實冷淡的聲音，她應該從來電顯示得知是伯朗打來的電話。

「把今晚的預約狀況告訴我。」

蔭山元實似乎察覺了伯朗的目的，在電話彼端沉思了一下。

「吉岡太太會帶小咪過來，要擠肛門腺和剪指甲，還有清牙齒。然後是根上太太家的露露。」

小咪和露露都是貓。

「露露要打點滴和靜脈注射，然後要服藥和點眼藥水。」

「沒錯。」

「我有事沒辦法回醫院，請妳幫我婉拒沒有預約的病患，小咪和露露由妳負責處理，妳都沒問題吧？」

蔭山元實沒有回答，沉默的時間令伯朗在意，他叫了一聲：「蔭山。」

「醫生，」蔭山元實用嚴肅的語氣說：「你不要涉入太深。」

「啊？什麼意思？」

電話彼端再度陷入了沉默，但這次的沉默只有幾秒鐘而已。

「對不起。」蔭山元實向他道歉，「我太多嘴了。我知道了，我會負責為小咪和露露處理，也會拒絕臨時上門的病患。」

「不好意思，拜託妳了。」說完，他掛上了電話，同時好像在手機的液晶螢幕上看到了蔭山元實擔心的臉。

回到座位後，伯朗告訴楓，自己和她一起去。

「太棒了。」她興奮地在胸前握著手。

伯朗拿起桌上的帳單，「走吧。」

伯朗讓導航系統顯示出前往東白樂車站的路線後，將車子駛出了家庭餐廳的停車場。導航系統預計將在傍晚六點二十分抵達目的地。

他指示楓，請仁村香奈子指定詳細的見面地點。她立刻快速用電子郵件來回聯絡多次，最後決定在東白樂車站附近的咖啡店見面。

「仁村太太說她是五十多歲的平凡大嬸，穿著灰色上衣。」

「妳有沒有把我們的特徵告訴她？」

「有。我告訴她是一男一女，男生四十歲左右，五官很明顯，穿著苔綠色衣服，有點駝背。女生三十歲，一頭鬈髮，穿著橘色洋裝。」

「辛苦了。」伯朗握著方向盤，坐直了身體。駝背是他多年的壞習慣。

他們幾乎在導航系統預測的時間準時抵達東白樂的車站前。因為有投幣式停車位，所以就把車子停在那裡，走路去咖啡店。

那是一家位在小巷內的傳統咖啡店，打開入口的門，頭頂上傳來叮鈴鈴的鈴鐺聲。

店內有幾張桌子，有三個看起來像是附近的老人有說有笑，還有一個中年女性坐在中間的桌子旁。灰色的上衣比伯朗想像中更明亮。

那名中年女性看到伯朗和楓，似乎立刻知道是他們，向他們點了點頭。她的五官很有氣質，戴了一副設計簡單的金框眼鏡，一看就知道以前是老師。

伯朗他們走過去，確認對方的姓名後，再度打了招呼。伯朗遞上了名片。

像是老闆的白髮男人走了過來，伯朗點了兩杯咖啡，仁村香奈子面前已經放了一杯咖啡。

「很抱歉，臨時強人所難地說要和妳見面。」伯朗向她道歉，「妳一定很驚訝吧？」

「收到你的郵件時有點驚訝，但是看到矢神醫生的名字，就完全瞭解了。他生病了？你說他的病情很嚴重？」仁村香奈子擔心地皺起眉頭。

「是末期癌。」

「啊喲……」

「呼吸隨時可能停止。」

「是嗎？真可憐……請問你們和矢神醫生是什麼關係？」

「矢神康治是我媽再婚的對象，但我並沒有被他收養，所以他並不是我的繼父。」

「喔，原來是這樣。」

伯朗告訴她，矢神康治和禎子有一個兒子，身旁的楓就是那個兒子的太太。

「因為我弟弟在國外，所以由我和她負責整理矢神的物品，結果就發現了那幅畫。在調查那到底是什麼畫的過程中，剛好看到了妳的部落格，所以很想瞭解進一步的情況。」

仁村香奈子聽了他的說明後頻頻點頭，「任何人看到那幅畫，都會感到納悶。」

「所以令尊並不是畫家？」

「不是。家父之前在銀行工作，和藝術完全無緣。有一次，他在開車時睡著了，結果用力撞到了電線杆，造成大腦嚴重損傷，無法走路，記憶力也有問題，所以不得不辭去銀行的工作。不但因此沒有了收入，還必須支付龐大的護理費用，我和家母都不知該如何是好，家父也感到很絕望。沒想到從某個時期之後，他突然開始畫奇妙的畫，都是線條複雜地組合在一起的圖形。聽家父說，這些圖形出現在他的腦海裡。一位建築師朋友剛好看到那幅畫，說那好像是碎形圖。」

這都是她在部落格上寫的內容。

老闆送上了咖啡，因為香氣十足，所以伯朗決定喝黑咖啡，他驚訝地發現醇香的咖啡和家庭餐廳的咖啡大不相同。

伯朗放下杯子後問：「然後呢？」催促她繼續說下去。

「我們不知道家父為什麼突然開始畫那種畫，家母有點害怕，所以就去問了醫生，但主治醫生也感到很納悶。沒想到不久之後，一位醫生找上了門。他就是矢神醫生，說從主治醫生口中得知了家父的情況。」

「矢神為什麼去找令尊？」

「他說是為了研究。」

「研究……該不會是學者症候群的研究？」

仁村香奈子聽到伯朗的問題，點了點頭。

「沒錯，但和普通的學者症候群不太一樣。」
「哪裡不一樣？」
「醫生當時使用了後天性學者症候群這個名詞。」
「後天性？」伯朗和楓互看了一眼之後，將視線轉回仁村香奈子身上，「有這種東西嗎？」
「我也是在那時候第一次聽說。聽醫生說，這是在全世界也幾乎沒有人知道的疾病，也沒有相關的論文，但他在某個機緣下，發現了這種疾病的可能性，正在尋找有相同疾病的病患。」
「某個機緣是指？」
「我不太清楚詳細的情況，只知道醫生在因為不同的目的治療某個病患時，在那位病患身上發現了這種症狀。那名病患原本就是畫家，但在接受治療之後，開始畫和之前完全不同感覺的畫。」
伯朗忍不住探出身體問：「妳知道那位畫家的名字嗎？」
「這就……」
仁村香奈子搖了搖頭，但伯朗確信，那名病患絕對就是一清。
「矢神對令尊做了什麼？」
「總而言之，就是檢查，醫生說，他想詳細調查家父大腦的情況，但他會負責家父所有的看護工作。我們正在為龐大的看護費用煩惱，對我們來說，醫生簡直就是救星。」

「但妳在部落格上提到，令尊幾年後就離開了人世。」
仁村香奈子一臉灰心地點點頭。
「在由矢神醫生接手照護的四年後去世了，但我們很感謝醫生在家父去世之前對他的照顧，所以在家父去世之後，把那幅成為遺作的畫送給了醫生。」
「原來是這樣啊。」
「聽說矢神先生還同時調查了其他和家父有相同症狀的人，也蒐集了他們的作品。家父雖然突然有了繪畫的才華，應該說是畫碎形圖的才華，但聽說有人因為腦部的疾病，發揮了在音樂方面的才華。」
「音樂？」
「對，雖然那個病人在生病之前和音樂無緣，但腦海中突然出現了旋律，為了設法重現這種旋律，開始學習鋼琴，學習如何寫樂譜。聽矢神醫生說，那是令人心曠神怡的奇妙樂曲。」
伯朗確信，應該就是在明人家聽到的樂曲。他看向楓，她似乎也想到了相同的事，向他輕輕點頭。
「請問妳知道矢神之後的研究情況嗎？」
仁村香奈子搖了搖頭。
「家父去世之後，我們只有互寄賀年卡而已……但在家父的葬禮上，矢神醫生說，家父讓他在研究上獲得了很有意義的成果，也許可以證明他提出的假設，有可能是劃時代的重大發現。」

「你說的假設是？」

「我也不是很清楚，我記得提到了成為他研究契機的病人相關的情況，應該是指矢神醫生的治療和後天性學者症候群有關吧。」

雖然仁村香奈子平靜地說著這些事，但這些內容刺激了伯朗的思考，伯朗有一種預感，之前分散的拼圖似乎將一下子成形。

他想起杯子裡還有咖啡，所以拿起來喝了一口，但喝不出味道。因為他太興奮了。

「請問，」楓第一次開口，「醫生在發表論文時，即使不寫出名字，也必須徵求參與實驗和協助觀察症狀的病患同意，請問矢神先生有沒有為這件事徵求你們的同意？」

「不，應該沒有。」

「完全沒有嗎？」

「對，沒有。」仁村香奈子的語氣很平靜，但她的回答很堅定。

楓看向伯朗，伯朗也知道她在想什麼。

伯朗喝完咖啡後，坐直了身體，「仁村太太，今天非常感謝妳，妳告訴我們的這些事很有參考價值。」

「這些內容真的會有幫助嗎？」

「當然，很感謝妳告訴我們這些寶貴的內容，我們會好好照顧矢神，不留下任何遺憾。」

「能夠幫上忙，真是太好了。如果不麻煩的話，矢神醫生的那個時候，可不可以通知我？」

「那個時候」應該是指矢神斷氣的時候。

伯朗答應一定會通知她之後站了起來。

走出咖啡店，伯朗和楓走向停車場，兩個人都走得很快。

「康治先生的研究是關鍵，就是他對我爸做的大腦電刺激治療。」伯朗邊走邊說，「雖然原本是為了治療腦腫瘤造成的錯亂，但出現了意想不到的副作用。」

「導致引發了後天性學者症候群，也就是可以人為地製造出天才腦，這的確是劃時代的發現。」

「但是，康治先生並沒有發表這項研究結果，不僅如此，他甚至停止了這項研究，為什麼？」

「是不是因為他覺得加速了你父親的死亡？」

「不知道，也許是。」

回到車上之後，伯朗立刻把車子開了出去，一路奔向首都高速公路的東神奈川入口。

「哥哥，」楓叫著他，「如果那項研究紀錄保留下來，是不是有很大的價值？」

「我也在想同一件事，問題在於誰知道這件事。」

「牧雄叔叔呢？那個怪胎學者。」

「必須問他看看，但在此之前，必須研擬作戰方案。」

「要不要去我家邊喝啤酒邊討論？」

「好主意。」

八點之前就抵達了青山的公寓，楓先下了車，伯朗打算去停車。

「肚子餓了，要不要叫披薩？」楓轉動食指問道。

「不錯啊，但妳好像很開心。」

「因為有機會解決重大的疑問啊，當然會很興奮。」

「但是，」伯朗說，「並不是查到明人的下落。」

楓臉上開朗的表情立刻消失了。

「目前完全不知道我們所做的事，和明人失蹤的原因是否有關，這樣也沒問題嗎？」

伯朗猜想她會回答：「怎麼可能沒問題！」

對——沒想到楓的回答完全相反。

「哥哥，凡事都需要有先後順序。」

「先後順序？」

「無論發生任何事，都絕對不會後悔的順序。目前，我要盡力做自己力所能及的事，或許無法有助於查到明人的下落，但是，比起站在原地，比起只是在原地等待，或許可以發現什麼的做事方式更適合我。」

伯朗大吃一驚。原來她已經作好了明人不會再回來的心理準備，這種心理準備就是她說的「先後順序」。

「當然，」楓繼續說了下去，「哥哥，因為有你，我才能夠這麼努力，真不知道如果沒有你會怎麼樣，你也是我目前唯一的依靠。」

看到楓濕潤的雙眼，伯朗內心深處湧起一股暖流，同時知道了為什麼不想讓她一個人去找仁村香奈子的原因。

因為希望她依賴自己。希望她需要自己，希望一直掌握主導權。

他們在昏暗的車上相互凝視，伯朗內心激動不已，覺得只要伸手摟住楓的背，她就會閉上眼睛，噘起嘴唇。

正當他左手準備行動時，遠處傳來了喇叭聲。

伯朗回過神，眨了眨眼睛看著楓，她一臉不解地偏著頭。

「我瞭解妳的決心了，」伯朗說，「但我今晚就先告辭了，我想起有事要回醫院，因為不能把所有事都交給助手。」

「好，那我們再聯絡。」楓舉起左手，她的無名指上仍然戴著那個蛇戒，「辛苦了，晚安。」

「晚安。」

楓下車後，伯朗把車子開了出去，從後視鏡中看到了她的身影。

她無名指上的戒指浮現在眼前。

蛇——

蛇左右兩側都有生殖器，而且都可以交配，所以一條母蛇可以和兩條公蛇交配。

伯朗搖了搖頭，告訴自己別胡思亂想。

23

回到動物醫院，看診時間早就結束了，但伯朗發現醫院還亮著燈，蔭山元實似乎還沒有下班。他站在門口，但自動門沒有打開，於是他用鑰匙開了門。

走進診間，坐在電腦前的蔭山元實轉過頭，露出意外的表情。

「我以為你今天晚上不會回來診所。」

「還是有點擔心，有沒有什麼問題？」

「沒有，我記錄了給露露配藥的內容，可以請你確認一下嗎？」

「沒問題。」

蔭山元實站了起來，伯朗在電腦前坐下，確認了螢幕中的病歷後回答：「看起來沒問題。」

「露露這一個星期都沒有嘔吐，食欲也不錯，精神很好。」

「太好了。」伯朗轉動椅子，蔭山元實的腰剛好出現在他視線的位置。穿著牛仔褲的腰很纖細，她驚訝地向後退了一步。

伯朗輕咳了一下，抬頭看著她。

「對不起，今天拜託妳這麼為難的事，謝謝妳幫了我的忙。」

「那就太好了，但這裡是動物醫院，醫生不在時進行診療還是有問題，收取費用時讓我很有罪惡感。」

「妳說得對，是我不對。」

「有一個老太太上門，說她飼養的貴賓狗被腳踏車撞到後倒在那裡，希望能夠幫狗看診。老太太的樣子很慌張，但我向她說明了情況，請她離開了。雖然我介紹了其他醫院，但我無法忘記老太太失望的背影，現在仍然很擔心，不知道那隻貴賓狗怎麼樣了。當初就是希望幫助這些飼主，希望能夠助他們一臂之力，所以才選擇這個工作，如今卻無能為力，讓我感到很懊惱。」蔭山元實低著頭，淡淡地訴說著。伯朗知道她沒有抑揚的語氣反而顯示了她內心的感情起伏。

「我向妳保證，不會再有下次了。」他只能這麼回答。

「希望你說到做到。」蔭山元實說，「那我就先下班了。」她把放在一旁的皮包搭在肩上。

「辛苦了，謝謝妳。」

「我先告辭了。」蔭山元實走出診間。

伯朗嘆了一口氣，轉動了椅子。雖然看著電腦，卻無法專心，女助手的話仍然留在耳邊。

這時，手機收到了郵件。他拿起一看，是楓傳來的。一看內容，不禁大驚失色。楓在郵件上說，她接到勇磨的電話，說如果時間方便，要不要等一下見面。她覺得或許可以掌握什麼線索，所以決定赴約。

伯朗慌忙撥打了電話，馬上就接通了，電話中傳來開朗的聲音。

「喂？」

「這麼晚了，妳還要去嗎？」伯朗沒有報上姓名，用極度不悅的聲音問道。

「他好像有什麼重要的事要和我談，我很在意，所以決定去瞭解情況。」

「重要的事？妳有沒有問他是什麼事？」

「我問了，但他說見面再說。」

伯朗咂著嘴，這不是居心不良的男人約女人時常用的藉口嗎？

「太可疑了，妳再打電話給他，要他透露一下到底是什麼事。」

「啊？但我已經搭上計程車了，沒關係，我去見他再說。」

「你們要在哪裡見面？」

「惠比壽，因為我說還沒有吃飯，所以他說約在可以吃飯的酒吧。」

伯朗想起勇磨色迷迷的臉，他一定打算坐在吧檯前，趁機摟住楓的背。

「吃飯沒問題，但妳不要喝酒。」

「啊？去酒吧不喝酒？」

「他可能想把妳灌醉，妳小心點，他應該天生酒量很好。」伯朗想起佐代喝酒的樣子說。

「勇磨叔叔知道我會喝酒，如果我去酒吧不喝酒，反而會引起他的懷疑。別擔心，我的酒量也不差，絕對不會喝醉。那我就先去和他見面。」

「等一下，那妳至少不要喝琴苦酒。」

「琴苦酒？苦的琴酒？哇，聽起來很好喝。」

「傻瓜，我叫妳不要喝。」

「你說什麼？我聽不清楚，那我就先去囉。」

「喂——」他在說「等一下」時，電話已經掛斷了。

伯朗把手機丟在桌上，把手指伸進頭髮，用力抓著頭。

這時，他突然察覺到後方有動靜，回頭一看，蔭山元實站在那裡，他「哇」地叫了起來。

「妳回來了嗎？」

她一臉尷尬地拎起紙袋說：「我忘了拿東西。」

伯朗乾咳了一下，「呃，妳是什麼時候回來的？」

「現在。我剛進來。」

「是喔……」

「那我真的下班了。」

「好，路上小心。」

蔭山元實微微欠身後，走出了診間。伯朗豎起耳朵，確認自動門關上後，再度拿起手機，寄了郵件給楓。

要在十二點之前回家，絕對不能讓他去妳家，回家之後，記得和我聯絡。

他等了一會兒，沒有收到回覆。也許她已經和勇磨見面了。剛才在電話裡不應該討論酒的問題，而是該叮嚀她回家後，一定要打電話或是傳郵件給自己。伯朗極度後悔。

幾個小時後——

他更加後悔了。

伯朗躺在床上，看著自己的手機。他告訴自己，再試一次，按下通話鍵後，帶著祈禱的心情放在耳邊。

但是，和之前撥打多次的結果一樣，只聽到「為您轉入語音信箱」這個絲毫沒有女人味的聲音。

「醫生。」伯朗聽到叫聲，才終於回過神。眼前有一張X光照，那是烏龜的X光照。伯朗在看X光照時竟然睡著了。

他看向身旁，蔭山元實皺著眉頭看著他的臉，「你還好嗎？」

「喔，我沒事。」他用指尖揉著眼角，戰戰兢兢地轉動了椅子。一個四十歲左右的胖女人，和一個戴著棒球帽、十歲左右的少年坐在那裡，露出質疑的眼神看著他。他們一開始就說，今天是學校的創校紀念日，所以少年也一起來了。他們面前有一個塑膠盒，烏龜在塑膠盒裡爬動。

「不好意思，」伯朗說，「因為有蛇住院，每隔一個小時就要檢查一次，所以我幾乎整晚沒睡。」

「真辛苦啊。」母親用冷淡的語氣說。

「呃，所以，」伯朗看向蔭山元實，「剛才說到哪裡了？」

「可能有輕微的肺炎，所以先服藥觀察。」

「喔，對。還有，嗯……」伯朗將視線移向X光照，這才終於想起剛才想要說什麼，「牠有點便秘，我也會處方便秘的藥。飼養環境要保持清潔，可以稍微提升水的溫度，維持二十八度。」伯朗再度看著那對母子說：「多保重。」

「謝謝。」母親說完後站了起來，但兒子似乎仍然無法消除對獸醫的質疑，一臉不悅地抱起塑膠盒，不發一語地跟著母親走出了診間。

一看手錶，發現已經下午一點多了。上午的看診結束了。

目送蔭山元實走回櫃檯，他拿出了一直放在白袍口袋裡的手機。當然是要打給楓。但是，電話還是無法接通。今天早上，他不知道已經打了多少次電話。

他一大早也傳了電子郵件。

我打算去向矢神牧雄瞭解情況，所以想和妳討論，請火速和我聯絡。

但至今仍然沒有收到回覆。
他坐在電腦前開始寫烏龜的病歷，但完全無法專心，忍不住一直抖腳。
楓到底去了哪裡，到底在幹什麼？為什麼遲遲不和自己聯絡？為什麼電話打不通？最重要的是，和勇磨之間到底發生了什麼事。
是不是被勇磨花言巧語灌了酒，最後喝醉了？勇磨看到她喝醉，趁機做了什麼？是不是把楓帶回了自己家？還是去了賓館？他的腦海中不斷浮現負面的想像。
「嘎啦」一聲，聽到拉門的聲音。他驚訝地回頭一看，發現蔭山元實正從櫃檯走出來。
「醫生，午餐要吃什麼？如果你要出去吃，我可以陪你一起去。」
「妳今天沒帶便當嗎？」
她平時都帶便當，伯朗出去吃飯時，她就在櫃檯吃便當，但偶爾他們兩個人也會一起去吃午餐。
「我今天睡過頭，來不及做便當。」
「是喔，真難得啊。」
蔭山元實很守時，從來沒有遲到過。
「怎麼樣？要不要去你上次提到的那家蕎麥麵店？」
「嗯……」伯朗輕輕搖了搖頭，「算了，我不去了。今天沒什麼食欲，妳可以自己去吃。」
「不吃飯對身體不好。」

「我知道……」伯朗看著地上，輕輕搖了搖頭。

「你很擔心嗎？」

「啊？」伯朗抬起頭，和蔭山元實四目相接。

「你好像聯絡不到她。」她指著桌上的手機說，似乎發現伯朗打了好幾次電話。

伯朗不發一語地點了點頭。

「醫生，」她說，「我記得一開始就告訴你要小心，在那個女人第一次來這裡時就已經說過。」

蔭山元實當初的確露出意味深長的眼神說過，但伯朗不知道她為什麼會那麼說，目前也不知道她究竟想要說什麼。

「啊？」

「因為，」蔭山元實露出同情的眼神慢慢說道，「因為你很容易喜歡別人。」

「你之前是不是喜歡我？」

伯朗說不出話，幸好沒有脫口說「被妳發現了嗎？」。

「有好幾個飼主都對我說，你對我有意思。有一位飼主甚至說，你看我的時候，眼睛變成了心形，那絕對不是獸醫看助手的眼神。」

到底是哪個傢伙？伯朗很想這麼問，但還是忍住了。

「當然，」蔭山元實說，「我比任何人更清楚察覺到這件事。」

有人會這麼自信滿滿地說這種事嗎？這代表我的態度實在太明顯，沒想到竟然被好幾位飼主發現了——伯朗低著頭。他覺得太丟臉，根本無法抬起頭。

「我第一次看到她，就知道你一定會喜歡她，所以我才對你說，請你要小心。因為她是你弟弟的太太，不是嗎？只會造成你的痛苦，但現在好像已經來不及了，因為你在那時候已經喜歡她了。」

「不，沒——」他原本想要說「沒這回事」，但最後還是沒有說出口。因為聽蔭山元實這麼一說，覺得似乎也有道理。而且，即使只是否認這件事，也沒有任何意義。

「醫生，你最近很奇怪，難以想像你竟然會在工作的時候打瞌睡。我知道你最近發生了很多事，如果你無法告訴我詳細的情況也沒關係。但是，希望你變回以前的樣子，至少在這家醫院的時候變回以前的樣子。」

蔭山元實的話像刀子一樣深深刺進伯朗的心裡，他想不到任何反駁的話，只覺得自己很沒出息，幾乎快被這種想法壓垮了。

「我想說的就只有這些，對不起，我太狂妄了。我現在出去吃飯。」

今天穿著牛仔褲和球鞋的她轉身走向門口。

伯朗抬起頭，對著她的背影叫了一聲：「蔭山。」

蔭山元實停下腳步，轉過頭。伯朗看著她鼻子很挺的臉說：「我弟弟……失蹤了。」

伯朗把明人出門未歸，楓認為他失蹤的原因和矢神家有關，所以自己和她一起行動的事告訴了蔭山元實，但並沒有提到小泉的房子還在，以及後天性學者症候群的事。因為這兩件事說來話長，他也不知道該如何說明。

「原來發生了這樣的事。」蔭山元實坐在診察台對面的椅子上，抱著雙臂，「目前有沒有發現什麼線索？」

伯朗搖了搖頭。

「目前毫無收穫，雖然關於繼承的問題，發生了一些麻煩的事，但還不知道和明人的失蹤有沒有關係。」

「而且楓和一位男性親戚見面之後，一直沒有和你聯絡。」

「就是這麼一回事。」

「那真的很令人擔心。」蔭山元實一臉冷漠地看著伯朗，「你要不要打電話問一下那個男人呢？」

「我不知道他的電話。」

「這種事，不是一查就知道了嗎？」

她說得沒錯，可以問波惠，也可以向佐代打聽。之所以沒有和勇磨聯絡，是因為不想聯絡。不光是因為討厭他，更因為如果自己的負面想像成真，不希望從那個男人嘴裡聽到這件事。

「要不要乾脆報警？」

聽到蔭山元實的提議，伯朗瞪大了眼睛：「報警？」

「先是你弟弟失蹤，他太太目前也下落不明，這次警察應該會認真調查吧？」

伯朗覺得她的意見很有道理，但又覺得事情好像沒那麼嚴重，更希望相信事情沒那麼嚴重。

「但是，」蔭山元實說，「我覺得應該沒事。」她看著抬起頭的伯朗，繼續說了下去，「那個女人很頑強，也很精明，我認為她不會落入男人設下的陷阱。我相信她一定會若無其事地出現在你面前。」

「希望如此。」

蔭山元實聽了伯朗的回答，看著他的臉，無奈地苦笑起來，「看來你真的很喜歡她。」

「啊？」

「我知道你目前的狀況了，你可以在看診以外的時間盡情地擔心，也可以拚命打電話、傳電子郵件，我會努力不在意。但是，一旦開始看診，就請你專心工作。如果你又恍神，我會罵你。這樣可以嗎？」蔭山元實說完，站了起來。

「好，妳不需要手下留情。」

「我要去便利商店買三明治，你最好也吃點東西。你想吃什麼？」

「嗯……那和妳一樣。」

「好。」蔭山元實打開門，但在走出去之前轉頭問：「醫生，你是不是希望你弟弟最好不要回來？」

「啊？不，怎麼可能這麼……」

她微微閉起眼睛，搖了搖頭。

「雖然你這麼想，但告訴自己，不可以有這樣的期待。我猜錯了嗎？」

雖然蔭山元實猜對了，但伯朗不能承認，所以閉口不語。

「即使你這麼想，我覺得也不需要責怪自己，因為這很正常。」蔭山元實的雙唇露出很不像她作風的溫柔微笑，「那我出去一下。」

「路上小心。」伯朗只能對她說這句很蠢的話。

伯朗吃著蔭山元實買回來的三明治，處理了一些雜務，仍然利用空檔打電話，但電話還是打不通。他想向波惠打聽勇磨的電話，好幾次找出了她的電話，在夜間看診時間開始之前，始終沒有撥打。

最初的病患是得了糖尿病的米格魯母狗，下垂的棕色耳朵很可愛。牠已經九歲了，換算成人類的年紀，已經是老太太了。兩個月前，飼主發現牠大量喝水，排尿次數也增加，所以帶牠來看診。查了牠的血糖值，發現血糖值異常地高。

「每天早晚散兩次步，通常散步一個小時左右。」飼主的老先生說道。他在退休時開始養這隻狗，所以飼主差不多七十歲。

「有沒有習慣為牠注射了？」伯朗問。

老先生遲疑了一下，點了點頭。

「勉強算是習慣了，雖然我太太還是很害怕。」

目前的治療方針是在家注射胰島素，除了控制飲食，還要加強運動。

「那就繼續用目前的方式治療，我認為還不需要處方飼料。」

「聽你這麼說，終於放心了。我查了一下，發現處方飼料很貴。」老先生露出鬆了一口氣的表情摸著米格魯的頭。
之後，又按順序看了狗、貓和狗，都是預約看診的寵物，只要為牠們做簡單的檢查，並沒有花太多時間。
晚上七點多，候診室內空無一人，預約的病患都已經看完了。
這時，櫃檯的拉門用力打開，蔭山元實一臉嚴肅的表情拿著手機，「醫生，有你的電話，應該就是她。」
伯朗衝過去接過手機，一看來電顯示，果然是楓。
一接通電話，伯朗就大聲地說：「喂！是我。」
「啊，喂？哥哥？」
「對，喂，妳到底在幹嘛？」
「對不起，我太糊塗了，沒發現手機沒電了，而且有很多事要處理。」
「什麼事要處理？」
「很多事啊。」
聽到楓沒有絲毫緊張的語氣，伯朗覺得下半身無力，很想癱坐下來，但他也的確暗自鬆了一口氣。
他和蔭山元實四目相接，她的嘴角露出了奇妙的笑容。她應該很想說：「看吧，我就知道。」
「妳在哪裡？」

「家裡。啊，對了，你不是說要討論去牧雄叔叔那裡的事嗎？等一下你有空嗎？」
「等一下？」
「對，我們可以一邊吃晚餐一邊討論。」
伯朗再度看了一眼時間。看診時間還有將近一個小時，他看向蔭山元實，她把頭轉到一旁。
「我還在工作，八點之前都沒空。」
「八點嗎？……嗯，那我可以在八點去醫院嗎？」
「好，我等妳。」伯朗掛上電話後，用力吐了一口氣，把手機放在櫃檯的桌子上。
「不馬上去嗎？」蔭山元實問。
「當然啊。」他冷冷地回答後，露出了害羞的笑容。
既然自己堅守崗位，當然很希望有急診的病患上門，但這種時候偏偏沒有任何人走進醫院，就這樣一直等到八點。
「你是不是覺得早知道就應該去？」蔭山元實收拾完，準備回家時說。她今天穿著緊身迷你裙，伯朗覺得她最近好像常穿裙子。
「我才沒這麼想。辛苦了。」
「我先告辭了。」說完，她走了出去。
伯朗脫下白袍，換了鞋子，穿上夾克。走出診間時，門鈴響了，楓站在門外。伯朗按了開關，為她開了門。

「你好。」楓鞠了一躬。

「什麼你好啊！妳知道我多——」

伯朗沒有繼續說下去，因為他看到楓旁邊站了一個人。

「別這麼生氣嘛。」尖臉的矢神勇磨歪著單側臉頰笑了起來。

24

「沒想到這家醫院並不大嘛，和我想像中不一樣。」勇磨說完，打量著候診室後坐了下來，從西裝內側口袋拿出香菸。

「這裡禁菸，想抽菸的話去外面。」伯朗指著勇磨的手後，把手指移向站在身旁的楓，「這是怎麼回事？妳解釋一下。」

「由我來說吧，你們兩個人都先坐下。」

候診室的椅子排成L字型，伯朗和楓坐在一起，所以瞪著坐在斜前方的勇磨。

「簡單地說，就是我對明人的事產生了懷疑。」勇磨把香菸放回口袋，蹺起了腿，「你倒是想想，再怎麼忙，讓這麼漂亮的太太一個人回國，自己卻一直都不回來。無論怎麼想都會覺得不對勁，任何人都會覺得有問題吧？」

伯朗不知該如何回答，看著楓。她微微舉起雙手，做出投降的姿勢。

「然後呢？」伯朗問勇磨。

「我之前也曾經提過，別看我這樣，我在國外有不少朋友，所以就請朋友幫忙調查，明人到底是不是還在西雅圖。結果太驚訝了，他竟然和新婚太太兩個人手牽手一起回來日本了，明人當然也沒有一個人回去西雅圖。得知這些情況，當然會想要瞭解究竟。所以我昨天就打電話給她，約她在惠比壽見面。」勇磨說話時，對著楓伸出手掌。

伯朗再度轉頭看著楓，「妳告訴他多少？」

她微微聳起肩說：「差不多全部。」

「所以我問妳說了哪些啊！」伯朗尖聲說道。

「全部。」勇磨無力地說，「像是你媽的老家房子還在，以及你媽和康治認識的經過。我有點驚訝的是你媽竟然和佐代是同學，我以前完全不知道，只是很納悶，她們關係很好，這下子終於解開了我多年的疑問。」

伯朗看著勇磨開心說話的樣子，在腦海角落思考著，原來他直接叫自己母親的名字。

「為什麼？」伯朗問楓，「根本沒必要全都告訴他啊，妳應該可以巧妙隱瞞一些事啊。」

「對不起。」

「你這個人還真煩啊，不要責怪她。」勇磨語帶不屑地說：「我對她說，如果想要我的協助，就要告訴我所有的事。如果事後讓我知道隱瞞了任何事，我就去告訴大家明人失蹤了。」

「這也沒關係啊。」伯朗繼續對楓說道，「總比尋求這種人的協助好。」

「哼！」勇磨用鼻孔噴氣，「竟然說我是『這種人』，真是太過分了。」

「事到如今，我不想改變方針。」楓露出認真的眼神看著伯朗，「明人失蹤的事，我一直隱瞞到現在，也因此解決了不少疑問。如果這件事現在曝光，我覺得所有的事都會出問題。更何況如果明人失蹤，我到底算是矢神家的什麼人？我們還沒有登記，他們可能不承認我是明人的太太。」

「這……」伯朗想不到如何反駁，只能咬緊牙關。

「所以拜託你成全我的任性，用我能夠接受的方式處理。拜託了。」楓低下了有一頭微鬈頭髮的腦袋。

「你看你看，讓這麼漂亮的女生這麼拜託，還要繼續發牢騷嗎？反正我已經全都聽說了，事到如今，再囉哩叭嗦也無濟於事。都這麼大的人了，還是乾脆一點，接受現實吧。」

勇磨很受不了地說，伯朗忍不住火冒三丈，但還是忍住沒有反駁。雖然他既懊惱，又生氣，但對方說的話頗有道理。

「協助？妳具體拜託他幫什麼忙？」伯朗問楓。

「請他不要把明人失蹤的事告訴任何人。」

「還有呢？」

「就這樣而已。」

伯朗瞥了勇磨一眼後，又轉頭看著楓，「誰能夠保證他會遵守約定？」

「我當然會遵守，」勇磨回答，「我是生意人，生意人都會遵守約定。」

「生意？」伯朗聽到這句話，立刻想到一件事，他看著勇磨說：「你還要求回報？」

「當然啊，要隱瞞一個人失蹤的事，發生什麼意外，搞不好連我都會有麻煩，我為什麼不能要求回報？」

「……什麼回報？」他該不會要求楓用身體交換吧？伯朗在問話時想道。

勇磨放下了蹺起的腳，微微挺起胸膛呼吸。

「後天性學者症候群。」他用低沉的聲音緩緩說道，「我聽她說了之後，實在太驚訝了，科學的力量太了不起了，沒想到竟然有辦法做到這種事。不，人類的身體更了不起。總而言之，這是一項劃時代的研究，我嗅到了錢的味道，這才是重點。我對諾貝爾獎完全沒有興趣，我認為可以用來做生意。既然這樣，我當然必須摻一腳。」

原來是這麼一回事。伯朗恍然大悟。如果有這個前提，這個男人會不遺餘力提供協助。不，不僅如此，為了日後的生意，他也不希望明人失蹤的消息曝光。

「我相信你聽了她說明的情況後已經知道，康治先生在三十年前研究後天性學者症候群，但不知道為什麼，他並沒有發表研究成果，也不知道是否留下了研究紀錄。這樣也沒問題嗎？」

「沒問題啊，寶藏地圖有百分之九十九都是假貨，但如果不挖洞，就無法找到百分之零點零一的寶藏。」

雖然這個男人令人討厭，但他的比喻倒是很貼切。伯朗默默點了點頭。

「哥哥，」楓叫著他，「現在要不要去牧雄叔叔家？」
「現在？」
「勇磨叔叔說，牧雄叔叔一個人住，晚上很少出門，剛好可以好好向他瞭解情況。」
「所謂好事不宜遲，如果你不想去，我們也不勉強你。」勇磨不懷好意地笑著說，他臉上的嘲笑似乎表示他和楓已經討論決定了。
不能讓他們兩個人單獨行動。
「好吧。」伯朗回答。
聽勇磨說，牧雄經常去他經營的居酒屋，偶爾會見到。每次見到牧雄，都會幫他打折。
「不用我說你們也知道，牧雄是個怪胎。我爸也經常說他很怪，很難相處。」勇磨單手握著賓士的方向盤，心情愉快地說。後視鏡上掛著像是交通安全的護身符。「但他功課很好，無論讀中學還是高中時，成績在全年級都名列前茅。只不過他並不是天才，而是靠刻苦努力，默默做一些別人不屑一顧、需要發揮毅力的作業，逐漸累積的結果。說起來，算是一種偏執狂。如果當研究人員，這種人無法成為明星，卻是理想的輔佐，所以我爸命令牧雄，叫他輔佐康治。」
「你是從佐代阿姨口中得知這件事嗎？」坐在後車座的伯朗問。楓坐在副駕駛座上，這是勇磨的要求。因為要搭他開的車去牧雄家，所以就順了他的意。
「是我爸在我讀高中時告訴我的，我為升學問題煩惱時，他告訴我這件事。他希望我也學醫，但我因為明人的關係，斷然拒絕了。我當時以為，反正他早晚會繼承矢神家和矢神綜合醫院。」

「但明人並沒有當醫生。」

勇磨看著前方，點了點頭。

「他的直覺很敏銳，搞不好早就發現矢神家的支柱開始傾斜了。我去做生意也是正確的決定。我爸希望我們完成他自己未竟之夢，這也未免太自私了。」

「他的夢想是在醫學界留下足跡吧？」坐在副駕駛座上的楓問道。

「沒錯，因為他自己只是一個小人物，所以開始期待康治，沒想到康治竟然做出了這麼了不起的研究成果。」

「爺爺也知道後天型學者症候群的事嗎？」

「我爸嗎？我認為應該不知道，如果知道的話，他不可能悶不吭氣。一定會整天催促康治，命令他加快研究的腳步。」

「你認為康治先生為什麼沒有告訴康之介先生？」伯朗問。

「這我就不知道了，問牧雄的話，應該可以知道吧。」

牧雄住在泰鵬大學附近，兩層樓的舊公寓位在有許多小型民宅林立的住宅區角落。

把車子停在附近的投幣式停車位後，三個人一起來到牧雄的公寓前。

「難以想像大學教授住在這種地方。」伯朗看著樓梯欄杆滿是鏽斑的公寓，小聲嘀咕著，「他為什麼不住好一點的房子，照理說，他並不缺錢。」

伯朗想起了明人的公寓，聽百合華說，房租要一百二十萬圓。牧雄住的房子應該不到二十分之一，不，即使不到三十分之一也不奇怪。

「所以我就說他是怪胎啊，他對鋪張沒興趣。」

「感覺他是很愛做研究的瘋狂科學家。」

「哈哈哈，」勇磨聽到楓這麼說，笑了起來，「妳說對了，就是這麼一回事，但他很聰明，所以要小心，不要被他糊弄了。」

勇磨走向樓梯，伯朗和楓也跟在他的身後。

他們事先並沒有聯絡牧雄，說他們三個人會去找他。因為勇磨說，突然上門才能讓他說出真心話。

牧雄住在二樓最裡面那一間，隔著廚房的窗戶，可以看到屋內的燈光。勇磨按了門鈴。隔著房門，可以聽到屋內有人走動的聲音，接著有人問：「哪位？」

「牧雄，你好，我是勇磨。」

屋內陷入了不知所措的沉默，隨即聽到打開門鎖的聲音。門打開了，牧雄探出頭。一看到他們三個人，瞪大了一雙牛眼。

「這麼晚了，我們這三個人來找你，你當然會驚訝。」勇磨開心地說：「但因為某些緣故，所以今晚無論如何都希望見到你。」

牧雄雖然打開了門，但緊握門把問：「有什麼事？」

「有事想要問你，有關康治的事。」

牧雄露出猜疑的眼神，「什麼事？」

「沒辦法站在這裡三言兩語說完，可不可以讓我們進去？我不是每次都請你吃炸蝦和骰子牛肉嗎？」

「你只請我吃了一次骰子牛肉，上次我也是自己付的錢。」

「是嗎？那我會告訴員工，下次一定請你吃。」

牧雄的眼神仍然充滿懷疑，一臉很不甘願的表情把門開大了。「我家很小。」

「打擾了。」勇磨搶先走了進去，伯朗和楓跟在他的身後。

房間的確很小。一進門就是飯廳，後方有兩個房間，是典型的兩房一廳的格局，但視野所及，堆滿了書籍和資料。

「隨便找地方坐下吧。」

牧雄雖然這麼說，但正方形的小餐桌旁只有兩張椅子，勇磨請楓坐在其中一張椅子上，自己坐在另一張上。牧雄從裡面的房間拉出一張有輪子的椅子坐了下來，伯朗只能站在那裡。

「你們找我到底有什麼事？剛才說是關於大哥的事。」牧雄巡視三個人問道。他似乎無意請他們喝飲料。

「是關於康治的研究，你不是一直輔佐他嗎？」勇磨向他確認。

「那是很久以前的事了。」

「你協助他做什麼研究？」

牧雄撇著嘴角說：「說了你們也聽不懂。」

「上一次，」伯朗插嘴說，「你承認是關於學者症候群的事。」

「那又怎麼樣？」牧雄的語氣充滿警戒。

「並不是普通的學者症候群，」勇磨說，「康治研究的是很罕見的後天性學者症候群——是不是這樣？」

牧雄的表情明顯緊張起來，伯朗覺得自己好像看到了冰凝固的瞬間。牧雄的身體抖了一下，好像機器人一樣開了口，「你聽誰說的？」

勇磨轉頭看著伯朗，似乎示意由他來說明。

「上次在矢神家確認康治先生的東西時，不是發現了一幅很奇妙的畫嗎？」伯朗說：「就是由複雜的曲線精緻組成的圖形，之後知道那是碎形圖。我們是從畫了那幅畫的家屬那裡，得知了康治先生曾經研究後天性學者症候群，以及開始進行這項研究的契機。」

牧雄聽到「契機」這兩個字時，臉頰抽動了一下。

「牧雄，」勇磨諂諛地說：「我知道你有很多顧慮，但我們是親戚啊，所以是否可以請你把那個聽起來很有趣的實驗情況告訴我？」

「你知道了要幹嘛？」

「那要等我知道之後再思考。」

「哼！」牧雄用鼻孔噴氣，「你八成想用來做生意，很可惜，研究資料下落不明，我也拚命在找，但至今仍然沒找到。」

勇磨皺著眉頭看向伯朗他們，然後又看著牧雄問：「這到底是怎麼回事？可不可以請你說清楚？」

牧雄嘆了一口氣，露出不悅的表情說：

「大哥叫我不要告訴任何人，」然後，他又看著伯朗說：「你媽也這麼叮嚀我。」

「我媽已經死了，康治先生也來日不多了，應該沒關係了。」

「我也這麼認為，而且，秘密一旦真的秘而不宣，最後就會變成完全沒有人知道，這樣並不好。」楓說。

「話要看怎麼說，」牧雄垂著嘴角，他似乎在苦笑，「大哥原本的研究課題並不是後天性學者症候群，而是用電刺激大腦，緩和疼痛，恢復意識。當時，大哥雖然知道學者症候群，但完全沒想到有可能後天引發。」

「然後，康治先生是不是從康之介先生口中得知了我爸的事？」

牧雄聽了伯朗的問題，點了點頭。

「好像是這樣。之所以說『好像』，是因為在大哥和禎子大嫂結婚之後，大哥才告訴我，當時的病患是禎子大嫂以前的丈夫，我聽到時很驚訝。」

「康治先生對我爸做了什麼？」

「為了大哥的名譽，我必須聲明，大哥所做的都是治療。你爸爸因為腦腫瘤的影響經常陷入錯亂狀態，但很可能是腦內神經元傳遞訊息發生了錯誤造成的。神經元透過電傳導傳遞訊息，所以認為從外在進行電刺激，就可以改變傳遞的訊息。具體的方法，就是讓病患戴上裝了複數電極的頭套，通以固定模式的脈衝電流。雖然並不是厚生省正式認可的治療，但我們認為沒有危險性。」也許是談到自己的專業領域，牧雄稍微加快了說話的速度，「以結論來說，這種治療方法奏了效，你父親不再有錯亂現象，禎子大嫂也很感謝大哥。」

「但是，我爸的身體，應該說是大腦出現了意想不到的副作用。」

「大哥並沒有馬上發現這個事實。」牧雄豎起了食指，「雖然你父親說，腦袋中經常閃現奇妙的圖形，但大哥並沒有太在意。因為你父親是畫家，所以大哥覺得他比普通人對影像的想像更強烈也是理所當然的事。沒想到當你父親實際畫下來之後，大哥看了之後大吃一驚。因為即使連外行也可以看出畫風完全發生了改變，但對於看起來不像是畫出來的精巧程度更加震撼。」

伯朗立刻知道，就是那幅畫，就是父親一清在死前畫的那幅奇妙的畫。畫名叫做〈寬恕的網〉。

「大哥看到的瞬間，立刻想起表現出相同能力的另一名病患。」

「學者症候群。」

牧雄聽了伯朗的話，低聲回答說：

「沒錯。大哥建立了一個假設，當腦腫瘤導致大腦的一部分受到損傷，再加上電刺激改變神經元的訊息，或許可以呈現出和天生大腦障礙的學者症候群相似的症狀。如果這個假設成立，理論上就可以人為引發學者症候群。而且，大部分先天性的病患都有智能障礙，但後天性的學者症候群可以有效加以避免。這的確是劃時代的重大發現，所以，大哥叫我不要告訴別人。這件事只有我知道，還叫我不要告訴爸爸。」

「為什麼連康之介先生也要隱瞞？」

牧雄瞪大了眼睛，露齒一笑說：

「因為一旦告訴他，將導致研究無法踩煞車。如果知道有可能是劃時代的發現，爸爸一定會拚命催促研究進度，也一定會命令我們做違法性很高的人體實驗。」

「呵呵，」勇磨吐著氣，抖動著肩膀，看著伯朗說：「看吧，我沒說錯吧？只要認識我爸的人，都會這麼想。」

「沒錯，但大哥和爸爸不同，他很小心謹慎。」牧雄說，「他決定充分蒐集數據後，再進行下一步。沒想到失算了，因為可以蒐集數據的唯一對象，也就是你爸爸死了。之前維持穩定狀態的腦腫瘤急速惡化，大哥懷疑是電刺激治療造成的，於是決定在釐清兩者的因果關係之前，停止在人體上使用。電刺激治療的研究以動物實驗為主，我相信你也知道……對不對？」

伯朗的腦海中浮現出貓的屍體，隨即又消失了。

「動物性實驗也同時用於後天性學者症候群的研究嗎？」

「當初計畫是這樣，但很快就得出了結論，認為不可能。因為貓不會畫畫，也不會演奏樂器，無法確認牠們是不是有天才腦。」

「結果，在動物實驗中，就一直用電刺激牠們露出的大腦，直到貓死為止。」

伯朗狠狠瞪著牧雄，牧雄迎著他的視線說：「沒錯。」

「不要再說貓的事了。」勇磨不耐煩地說，「後天性學者症候群的研究結果如何？這麼驚人的發現，最後卻什麼都沒做嗎？」

「我剛才也說了，動物實驗中沒有獲得任何成果，又無法用於人體，所以很難得到新的數據資料。於是，大哥想到了用其他方法蒐集數據，極端地說，就是開始尋找實例。」

「後天性學者症候群的實例嗎？」伯朗問。

「對，」牧雄回答，「大哥認為一定有因為車禍或是疾病導致大腦受到損傷，發揮出前所未有的特殊才華的病例。於是，他運用了在醫學界的人脈，從全國各地蒐集資訊。最後，確認的確有幾個病例，只是真的極其稀少。大哥立刻趕過去，詳細調查了他們的病情。畫出那張碎形圖的人，也是其中之一。」

伯朗發現和仁村香奈子說的情況完全一致。

「聽畫那幅畫的人的女兒說，康治先生的調查有相當的成果。康治先生對那位女兒說，託他們的福，在研究上獲得了很有意義的成果，也許可以證明他提出的假設，有可能是劃時代的重大發現。」

「嗯，」牧雄點了一下頭，「這並沒有誇張，大哥陸續蒐集了數據，不斷證明自己假設的正確性。」

「但是，康治先生至今仍然沒有公開發表研究結果，為什麼？」

牧雄皺起臉，緩緩搖著頭。

「我也不知道。有一天，大哥突然說，要停止後天性學者症候群的研究，事實上，那次之後，他也從來沒有提過這件事，還叫我也忘記這件事。那是大哥和禎子大嫂結婚前不久的事。」

「你沒有問理由嗎？」伯朗問。

「我當然問了，但大哥沒告訴我，只對我說，你就當作什麼都不知道。對我來說，大哥的存在比爸爸更絕對，我不敢違抗他。」

「既然這樣，你可以代替他繼續研究啊，」勇磨不耐煩地說：「你可以繼續做後天性學者症候群的研究。」

牧雄難得瞇起了眼睛，看著勇磨說：

「你根本搞不清楚狀況，我只是輔佐大哥，並不瞭解所有的情況。對伯朗的爸爸——我記得他姓手島，對他進行治療的詳細內容，只有大哥知道。後天性學者症候群的實例調查，也都是大哥一個人進行，數據也都在大哥手上。所以說，即使我接手，也不知道該怎麼進行。」

「對了，你說研究資料都不見了。」伯朗說。

牧雄聽了，點了點頭說：「自從大哥病倒之後，我一直在找。即使不需要你們提醒，我也對後天性學者症候群很有興趣。題外話，最近醫學界也漸漸知道了後天性學者症候群這個名詞和病症，而且也開始進行研究。所以，大哥的研究資料仍然……不，現在才更有價值。我找遍了泰鵬大學的研究室、矢神綜合醫院的院長室，之前又去矢神大宅檢查了大哥的東西，到處都找不到。」

「真的嗎？該不會被你藏起來了吧？」勇磨懷疑地問。

「如果你不相信，你可以隨便找，如果找到了，就算是你的。」

牧雄似乎沒有說謊。

「康治先生會不會處理掉了？」

「不知道，有可能。雖然有可能——」牧雄微微偏著頭，「但我認為應該不會這麼做。大哥是做研究的人，做研究的人不會把自己的研究紀錄丟掉，也無法丟掉，這是本能。」

「你是說，一定會在某個地方嗎？」

「我認為是這樣，也希望可以這麼相信。」這個怪胎醫學者低吟的話非常具有說服力。

「瞭解了。」勇磨拍了拍楓的肩膀後站了起來，「牧雄，不好意思，這麼晚來打擾你。下次你去店裡的時候，想吃什麼我都請客。」他又轉頭看著伯朗說：「走囉。」

「我還有最後一個問題。」楓豎起食指說，「還有誰知道這件事？」

「照理說應該沒有，我沒有告訴過任何人。」

「我知道了。」楓回答。

離開牧雄的家，走去停車位的途中，勇磨說：「已經大致掌握了方向，你不覺得嗎？」

「你是指研究紀錄的下落嗎？」伯朗問。

「當然啊。」勇磨回答，「佐代不是告訴你，康治送給你媽超有價值的東西，之前一直不知道那是什麼，現在終於搞清楚了。雖然目前不知道康治因為什麼原因放棄了後天性學者症候群的研究，但就像牧雄剛才說的，難以想像他會丟棄辛苦多年的研究成果。如果不想留在自己手邊，當然就會送給曾經是唯一研究對象的太太，也就是禎子。你覺得這樣的推理怎麼樣？」

伯朗的想法也一樣，雖然很不甘願，但只好回答：「我認為有可能。」

走到停車位時，勇磨停下腳步，看著他們說：

「問題在於這些研究紀錄到底放在哪裡，我相信你們已經猜到會放在哪裡了。怎麼樣？」勇磨看著他們兩個人後，指著楓問。

「在小泉的那棟房子。」楓回答。

「對不對！」勇磨心滿意足地用力點頭，「事到如今，我們該做的只有一件事，那就是去搜房子。」

伯朗也只能表示同意，「但不可以偷跑。」

「那當然。明天怎麼樣？我明天有空。」

「我也沒問題。」

「我——」伯朗想起蔭山元實皺著眉頭的樣子，「我再和你們聯絡。」

「好。即使你沒空，我們明天也會去找。我有言在先，所以不算偷跑。」

雖然很不甘心，但勇磨說得對，伯朗只好回答：「我知道了。」

「你不必擔心，即使你不在的時候找到，也不會不告訴你。」勇磨說完，解開了車鎖。

伯朗正打算打開後車門，卻被勇磨制止了。

「喔喔，我為什麼要送你回家？你不覺得這樣有點厚臉皮嗎？」

伯朗沒有回答，收回了原本準備打開車門的手。勇磨得意地笑了笑，對楓說：「妳坐副駕駛座。」

楓一臉歉意地向伯朗欠了欠身，繞去副駕駛座。伯朗對著她的背影說：「到家時記得和我聯絡。」

楓轉過頭，對他輕輕點了點頭。

「你不必擔心，我也會送她回家。」勇磨說完，坐上了車子。發動引擎後，沒有看伯朗一眼，就立刻把車子開了出去。

伯朗握著拳頭，目送車尾燈在夜晚的住宅區漸漸遠去。

25

伯朗回到豐洲的公寓時，接到了楓的電子郵件，說她剛才到家了。雖然伯朗很想打電話給她，問她勇磨有沒有離開，是不是讓他去家裡了？但他拚命克制住了。自己到底怎麼了？簡直就像中學生在初戀，整天悶悶不樂。

他從冰箱裡拿出罐裝啤酒，走進和明人家無法相提並論的狹小客廳，在沙發上坐了下來。他咬著在便利商店買的三明治，拉開拉環，告訴自己別再想這件事，於是回想起牧雄剛才說的話。

他說的話都合情合理，也有說服力，應該沒有說謊或是誇大。禎子和康治的結婚，以及康治的研究隱藏了驚人的真相。

不，目前並不瞭解所有的情況。康治為什麼放棄研究？為什麼叫牧雄忘記一切？

他喝了一口啤酒，覺得關鍵還是那些研究紀錄。總覺得只要找到研究紀錄，應該就可以解決所有的疑問。研究紀錄到底在哪裡？果然在小泉的家裡嗎？果真在那裡的話，為什麼之前沒有發現？最大的可能，就是禎子藏在某個地方，但是，上次去的時候，曾經和楓相當仔細地檢查過整棟房子。

秘密的藏匿處——

他突然想到一個主意。一看手錶，晚上十點多。雖然有點晚，但不至於真的不行。他拿起手機，撥打了電話。

「你好，這裡是兼岩家。」順子立刻接起了電話。

「阿姨，我是伯朗，不好意思，這麼晚打擾。」

「沒關係，怎麼了？」

「我有一樣東西想拿給妳看一下，我可以現在去妳家嗎？」

「啊？現在？要給我看什麼？」

「讓我先賣個關子，不行嗎？我在高崎，正打算回家，想說可以順路繞過去。」

「原來是這樣，好啊。你大概多久會到？」

「一個小時之內就可以到。」

「好，那我等你。」

「對不起，臨時說要上門。那就一會兒見。」

掛上電話後，他急忙把吃到一半的三明治塞進嘴裡，拿起上衣。已經打開的罐裝啤酒拿去廚房的流理台，雖然喝了一口，對開車應該沒影響。

他拿著空紙袋出了家門，來到停車場，坐上了車。那本舊相冊仍然放在後車座，他把相冊裝進紙袋後，發動了引擎。

沿途比想像中更順暢，他在十一點之前抵達了兼岩家。順子沒有化妝，戴著眼鏡。她應該已經卸了妝，也洗完澡了。

「對不起，這麼晚上門。掛上電話後，我在想是不是改天再來比較好，猶豫了半天，不知道該不該打電話……」

「不必在意，反正我正準備喝一杯，很高興有人陪我聊天。」

「姨丈呢？」

「早就睡了。剛才聽說你要來，他說要等你，但眼皮不爭氣。畢竟上了年紀。」

順子把啤酒杯放在伯朗面前，伯朗慌忙搖了搖手說，「不好意思，我今晚不能喝酒。」

「喔，對喔。那我來泡茶。」

「不，不用費心了，可不可以請妳先看這個？」伯朗遞上拎著的紙袋。

「這是你在電話中說要給我看的東西吧，到底是什麼？」順子探頭向紙袋內張望，忍不住倒吸一口氣。她微微張著嘴，看著伯朗問：「這、該不會是……？」

「沒錯。」伯朗回答。

「為什麼？」順子又驚又喜地從紙袋中拿出相冊，「你在哪裡找到的？」

「在一個意想不到的地方，沒想到竟然就放在我家裡。」

「你家？這是怎麼回事？」

「其實事情很簡單。很久之前，我忘了是什麼原因，我媽拿來放在我這裡。我就塞在壁櫥角落，前幾天在找其他東西時，剛好發現了。」

「是喔，原來是這樣。我可以看嗎？」

「當然，我就是拿來給妳看的。」

順子好像準備打開寶物的蓋子般，一臉期待地打開相冊。下一剎那，立刻瞪大了眼睛。

「沒錯沒錯，我想起來了，第一張是姊姊嬰兒時的相片。這是家裡第一個孩子的特權。」

順子翻著相冊，不時滿足地點頭，眼中充滿懷念之情，也許她的心已經穿越了時空。

「真年輕啊。」她看著自己的相片嘀咕著。

最後一頁的相片——伯朗和明人站在一起，兩個人都笑得很開心。順子看到這張相片時說：「外婆有兩個孫子，真是太好了。」說完，她闔上了相冊，「謝謝你，讓我看了這麼棒的東西。」她的眼眶有點濕潤。

她用茶壺泡了日本茶。

「也有好幾張小泉那棟房子的相片。」

「是啊，真令人懷念。」

「我對那棟房子的記憶很模糊，看這些相片後，想起我媽曾經對我提過一件很奇怪的事。」

順子一臉納悶地把茶杯放在伯朗面前問：「什麼事？」

「她好像說，小泉的房子有什麼藏秘密的地方。」

「什麼意思？」順子皺起眉頭。

「外公不是做很多生意嗎？而且還巧妙地逃漏稅，於是就被稅務署盯上，經常上門調查，所以家裡有一個地方專門藏這些不能給稅務署的人看到的東西——大致是這個意思，妳不知道嗎？」

順子一臉困惑的表情偏著頭，隨即搖了搖頭。「我不知道，也從來沒聽說過，更完全不知道外公逃漏稅，和稅務署的人上門調查的事。」

「不一定是秘密房間這麼大的空間，只要是可以藏資料的地方，妳不記得了嗎？」

「我不記得了。你為什麼問這些？那棟房子已經拆掉了。」

「正因為已經拆掉了，所以才更在意啊。不過，既然妳不知道就算了。不好意思，問妳這些奇怪的問題，請妳忘了吧。」

「真的是奇怪的問題。」順子苦笑著，然後露出嚴肅的表情問，「對了，康治姊夫的情況怎麼樣？你之後還有去看他嗎？」

「我昨天去了，他的情況相當差，幾乎沒有意識。雖然說了幾個字，但完全聽不懂是什麼意思。」

「他說了什麼？」

「他好像誤把我當成明人，所以對我說，『明人，不要恨』。」

「恨？什麼意思？」

「我也不知道，也許是對要明人繼承矢神家的事感到抱歉，叫明人不要恨。因為矢神家目前就像是即將沉沒的船。」

「是喔。」順子一臉無法釋懷的表情。

伯朗喝完了茶，站起來說：「那我就告辭了。」

「這麼快就走了？你不是剛來嗎？可以多坐一下啊。」

「不，明天一大早要起床。對了，要不要把這本相冊留下來？」伯朗把相冊放回紙袋後問。

順子猶豫了一下說：

「不用了，第一頁是姊姊的相片，最後一頁是你和明人的合影，所以還是由你保管最妥當。」

「那如果妳想看，隨時聯絡我，我會馬上帶過來。」

「嗯，好。」

順子送伯朗離開了兼岩家，伯朗一看手錶，發現快半夜十二點了。今天又是漫長的一天。

原本以為順子可能知道小泉的房子有什麼藏東西的秘密空間，但顯然猜錯了，但這並不代表那棟房子沒有這樣的地方。上次和楓一起去的時候，雖然檢查了天花板和屋頂之間的夾層，但並沒有檢查地板下方。想到也許該把榻榻米掀起來檢查，就忍不住有點沮喪。因為那棟房子幾乎都是日式的房間。

他一邊開車，一邊思考著。楓和勇磨明天要去小泉的房子，自己該怎麼辦？伯朗陷入了煩惱。明天要看診，如果臨時休診，蔭山元實一定不同意，搞不好她會提出辭職。

讓他們兩個人去那棟房子翻找也沒關係。勇磨也說了，即使找到了研究紀錄，也未必不會告訴自己，只不過很不想讓楓和勇磨兩個人單獨做這件事。因為他們一起經歷了相同的辛苦之後，楓可能會對勇磨產生好感，勇磨一定不會錯過這個大好時機。

乾脆現在就去小泉的房子翻找——他有點絕望地這麼想。

然後，他發現這個主意並不壞。小泉的房子有電，並不會因為天黑而無法作業。而且那一帶的房子並不密集，不必擔心會吵到左鄰右舍。如果研究紀錄藏在那棟房子裡，在天亮之前努力翻找，也許可以找到。

「就這麼辦！」他嘀咕著，在腦袋裡將目的地改為楓目前住的公寓。他原本想要打電話，但覺得停車太麻煩，所以就一路開去了楓住的地方。

他在凌晨一點之前抵達青山，把車子停在投幣式停車位之後，拿出手機準備打電話，但他的手停在那裡。

因為他看到旁邊停了一輛熟悉的賓士。伯朗向車內張望，發現後視鏡下掛的護身符也很熟悉。

他快步走向公寓，不，他幾乎一路跑向公寓，來到大門前停下腳步，抬頭看著公寓。他有點喘。

勇磨的車子停在那裡太奇怪了，他一定和楓在上面。這麼晚了，他們在幹什麼？楓在十點前傳了電子郵件，說她已經回家了。從十點到現在，已經過了三個小時。

他深呼吸後，用手機撥打了楓的電話。原本擔心楓可能會不接電話，但電話中很快傳來楓爽朗的聲音。

「喂？」

「我是伯朗，妳在幹什麼？」

「啊？我正打算睡覺。」

「騙人！勇磨和妳在一起吧？」

「勇磨叔叔？他早就回家了。」

「那他的車子為什麼會在這裡？就停在投幣式停車位上。」

「我想應該是喝了酒的關係。」

「喝酒？什麼時候？在哪裡？」

「他送我回來後，在這裡喝的。我原本打算泡咖啡，但他說想喝威士忌。」

她果然讓那個男人進屋了。伯朗咬緊牙根。

「他什麼時候走的？」

「喝了一杯威士忌之後，馬上就回家了。」太可疑了。伯朗心想。勇磨不可能喝一杯就離開。

「我正在樓下，我現在上去，沒問題吧？」他不由分說地對楓說。

「啊？現在嗎？」她的聲音顯得有點慌亂。勇磨果然還沒走。

「有重要的事要談，而且很緊急，我馬上就到。」

「啊？但是，請等一下，家裡很亂……」

「這並不重要，我會按門鈴，妳把門打開。」伯朗說完，不等楓回答，就掛上了電話。

他大步走進公寓，按了門鈴，對講機內沒有傳來應答的聲音，但自動門鎖很快就打開了。伯朗快步走向電梯。

一走出電梯，他大步走在走廊上，來到明人的家門前，按了門鈴。門鎖解開，門打開了。楓難得一身樸素，穿著灰色的運動衣現了身。「到底發生了什麼事？」她臉上的笑容很僵硬。

伯朗默默把她推到一旁進了門。他脫下鞋子，走進屋內。來到客廳前，打開了門。

勇磨坐在那張大沙發上，手拿著咖啡杯，抬頭看著伯朗，露齒一笑。

「我果然猜對了，這麼晚了，你在這裡幹嘛？」

「你不是看到了嗎？我正在喝咖啡。」

「哥哥，」楓在身後叫著他：「發生了什麼事？」

伯朗轉過頭說：

「我還想問妳發生了什麼事？你們剛才在幹什麼？」

「沒幹什麼，就是在聊天……」

伯朗指著勇磨說：「妳不是說他喝了一杯威士忌就回家了嗎？」

楓那雙棕色的眼睛微微轉動了一下。

「那是因為……不希望你為不必要的事擔心。」

「妳是明人的太太，這麼晚了還和男人獨處一室，難道不知道要避嫌嗎？」

「哈哈哈。」勇磨笑了起來，「你自己這麼晚硬闖來這裡，還好意思說別人。」

伯朗走到沙發旁，低頭看著勇磨說：「這是我弟弟家。」

「是嗎？那這也是我侄子家。」

「什麼侄子？你只是情婦生的孩子。」

勇磨收起了臉上的嘲笑，狠狠地抬眼瞪著他。伯朗無所畏懼地繼續說了下去。

「我知道你在打什麼主意，你猜想明人不會回來，所以想要追求楓。難道我說錯了嗎？」

勇磨一臉冷酷的表情揚起下巴，「那你自己呢？」

「你們別吵了。」楓走進他們中間，「不是決定要合作嗎？不要在這裡吵架。」

「是他找我吵架。」勇磨說。

「我只是提醒你要避嫌。」

楓嘆了一口氣，緩緩搖著頭說：

「好吧，你先別激動，我和勇磨叔叔並不是在閒聊而已。其實我也有東西要給你看。」

「什麼東西？」

「我這就拿給你，請你先坐下。」

伯朗聽從了楓的要求，在勇磨的對面坐了下來。她拿起桌上的一本資料夾遞給伯朗，

「你先看一下。」

伯朗打開資料夾，發現裡面是相片，而且正是小泉那棟房子的相片。

「這是？」

「前幾天剛好發現。因為明天要去小泉的家找東西，我想也許有幫助，所以就請勇磨叔叔看一下。」

伯朗翻著資料夾，發現裡面有數十張相片。除了房子外觀以外，還從各個角度拍了所有的房間，並逐一拍下了家具和擺設。

「明人拍的嗎？」

「應該是，雖然我不知道他拍這些相片的目的。」

伯朗重重地吐了一口氣，闔起資料夾。

「我沒看過小泉的房子，」勇磨氣定神閒地說，「所以我希望事先多瞭解一下。如果完全不瞭解狀況，即使去那裡找，也完全沒有頭緒。話說回來，我的確逗留太久了。」

如果有這些相片，他們在這裡討論也合情合理。伯朗沉默不語。

「哥哥，你找我有什麼事？你剛才在電話中說是重要的事。」楓問他。

「該不會是想要來這裡的藉口吧？」勇磨揚起單側的嘴唇。
「才不是藉口！」伯朗看著楓說：「我打算現在去小泉。」
「現在？」她瞪大了眼睛。
「明天我無法向醫院請假，所以打算現在去，在天亮之前找到研究紀錄，想問妳要不要一起去……」伯朗轉頭看著勇磨說：「當然也會通知你，因為我們說好不能偷跑。」
看到勇磨微微聳肩，伯朗再度轉頭看向楓，「怎麼樣？如果妳不想去，我打算自己去。」
楓垂下眼睛，抖動的長睫毛顯示出她內心的猶豫。
不一會兒，她抬起頭說：「好，我和你一起去。」
「太好了——那你呢？」伯朗問勇磨。
勇磨皺著眉頭，用指尖抓了抓眉間，「既然這樣，我沒理由不奉陪。」
「好，那就這麼決定了。」伯朗對楓點了點頭。
「等我十分鐘，我要準備一下。」楓站了起來。

26

「剛才不好意思，妳一定很不高興吧？」車子開出去後，伯朗立刻道歉。
「什麼事？」坐在副駕駛座上的楓問。剛才由她決定要搭勇磨的車還是伯朗的車，她毫不猶豫地選擇了伯朗。

「在妳面前很沒風度地爭吵，完全沒有顧慮到妳的心情，對不起。因為看到他這麼晚還賴著不走，我失去了理智。」

「呵呵呵，」楓笑了起來，「我沒有不高興。我也要向你道歉，因為我騙你說，勇磨叔叔已經離開了。對不起，一直讓你擔心。」

「妳不需要道歉，我知道妳很拚，而且妳之前說，只要能夠找到明人，妳願意做任何事。」

伯朗聽到楓嘆氣的聲音。

「雖然我不知道自己目前做的事，是不是有助於找到明人的下落。」

「妳只是想盡力而為？」

「是啊。」

「但是——」伯朗想要問腦海中的疑問，但還是把話吞了下去。

「但是什麼？」

「沒什麼。」

「我上次不是說，話說到一半很不好嗎？到底是什麼？」她難得用尖銳的語氣追問。

伯朗看著前方，用力深呼吸後開了口。

「妳打算找到什麼時候？妳要相信他會回來，然後一直等他嗎？也許他再也不會回來了，妳的人生該怎麼辦？難道妳打算讓時鐘停止不走，就這樣漸漸老去嗎？」

伯朗心想楓可能會生氣，但他無法不問這個問題。因為他想知道楓真實的想法。

「哥哥，你根本是詩人。」她說的話出乎伯朗的意料，「竟然會說出讓時鐘停止不走這種話。如果可以這麼做，不知道有多幸福。但是我知道不可能，即使我讓自己的時鐘停止不走，全世界的時鐘仍然會繼續不停地走。所以，也許會有那麼一天，也許有一天，我必須放棄，告訴自己明人不會再回來了。」

「……那時候要怎麼辦？」

「到時候再考慮。」楓的回答完全沒有絲毫的動搖。

伯朗想要吞口水，發現自己口乾舌燥。他太緊張了。

「到時候……如果有那麼一天，我希望可以幫助妳。」

「謝謝，這句話為我壯了膽。而且，你現在已經幫了我很多。」

「我不需要妳道謝，我想要幫助妳，並不只是因為善意——」

「哥哥！」楓打斷了伯朗的話，「今天晚上就先到此為止，好嗎？」

「啊……」

「至於下文，我覺得不應該是現在聽。」

你的心意我早就知道了——伯朗覺得楓在訓斥自己。和蔭山元實的情況一樣，在向對方表明心跡之前，對方早就知道了。

伯朗輕輕搖了搖頭。自己怎麼會在這種場合告白？也許一切發展得太快，情緒有點激動，所以失去了冷靜。

要專心開車。他告訴自己。

中途去便利商店買了棉手套、螺絲起子和垃圾袋等可能需要用到的東西。凌晨兩點半時，抵達了小泉。黑夜籠罩了小城鎮，路上沒什麼路燈，即使是男人，獨自走在街上應該也會有點發毛。原本就不寬敞的路感覺更狹窄，開車時也必須格外小心。

最後，終於來到那棟房子前。

「我覺得很不可思議，感覺上次來這裡，好像是很久以前的事。」楓下車後打量著房子說道，「其實只是兩天前而已。」

勇磨把賓士停在不遠處，挽起襯衫的袖子走了過來。

「原本以為是很破舊的房子，沒想到還很像樣啊。」他看著房子說。

「楓沒有告訴你嗎？我媽死了之後，一直有人負責管理這棟房子。」

「我聽說了，今晚來這裡，不向他打聲招呼沒問題嗎？」

「沒問題，這麼晚了，把老人家吵起來太可憐了。」

「對，要珍惜老人。」

伯朗向楓使了眼色，這棟房子的鑰匙仍然在她手上。

楓從皮包裡拿出鑰匙，走向玄關，打開門鎖，打開了門。雖然屋內一片漆黑，但她知道主電源開關的位置，伸手打開，玄關立刻亮了起來。

伯朗走了進去，勇磨也跟了進來。勇磨一臉好奇地巡視室內，雙眼發亮地說：「太驚訝了，這裡可以住人吧？」

「可以住人啊，所以請你脫鞋後再進來。」楓說話的同時，脫下了球鞋，走進屋內。

三個人分頭去各個房間打開燈之後，又回到了一樓的客廳。

「好了，要從哪裡開始找？」勇磨搓著雙手問。

「因為時間有限，所以我們分頭找。」伯朗提議，「屋內交給你們兩個人，我有點在意房子周圍和地板下方，所以想檢查一下。」

「那我負責一樓，我會找遍每個角落。」

「那我就只能去二樓找，沒問題。」

「除了可以看到的地方，感覺有可以移動的地方，都要用手摸一下。抽屜的底部可能有雙層，牆壁上也可能藏了秘密的櫃子。」

「別把我當傻瓜，我當然知道。」

「那就拜託了，我們開始吧。」

伯朗戴上棉手套，拿著手電筒走去玄關。

鞋櫃旁有一個水桶，裡面有一把園藝用的鐵鏟。應該是伊本留下的，剛好可以派上用場。伯朗決定借用一下。

走到屋外，打開了手電筒的開關。他用手電筒照著地面，先走進了庭院。以前種了草皮的狹小庭院變成了只有泥土的荒地，因為伊本定期清理，所以並沒有雜草叢生。伯朗不由得佩服他的老實耿直。

如果禎子受康治之託，收下了他的研究報告，而且藏在這棟房子的某個地方，未必一定在家裡。有可能放在具有耐久性的容器內埋進了土裡，但並不會埋在會被人不小心發現的地方，所以伯朗猜想應該不會藏在庭院裡。因為伊本處理雜草時，可能會把泥土挖起來。

即使如此，伯朗還是用手電筒照遍了庭院的每個角落。如果埋在庭院的某個地方，一定會留下某種標記，方便日後挖出來。最有可能的標記就是栽種的樹木，但目前庭院內沒有任何樹木。伯朗記得以前好像種了什麼樹，卻想不起來到底是什麼樹。

他用鐵鏟在以前種樹的位置附近隨便挖了幾下。也許是因為沒有人走動的關係，土質很鬆軟，挖起來並不費力。

他沿著牆挖了幾個地方後，忍不住搖了搖頭。沒有任何可疑的地方，看起來真的沒有藏在庭院。

他離開庭院，決定檢查一下房子周圍。圍牆和房子之間有人可以走動的縫隙。他打著手電筒，走過去察看。地面是水泥，所以不可能埋在這裡。

屋後有一個鐵製的儲物櫃。他想要把門打開，卻怎麼也打不開。不是上了鎖，應該是生鏽的關係。他費了好大的勁，終於撬開了，裡面只有一台老舊的割草機。

他繞房子一周，又回到了玄關。打開門，把鐵鏟放回水桶後走進房間。

旁邊的紙拉門內傳來動靜，他打開一看，發現楓趴在地下，下半身從壁櫥的下半層露了出來。伯朗稍微打量了她穿著牛仔褲的渾圓屁股後問她：「情況怎麼樣？」

楓趴在地上倒退出來，抬起了頭，「我想應該不在這個房間。」

「妳還檢查了哪裡？」

「我只看了這個房間，接下來想去客廳看看。」

也許是聽到了他們談話的聲音，樓梯傳來腳步聲，勇磨走了進來。他渾身大汗。

「累死了，要休息一下。」他從襯衫口袋裡拿出菸盒，盤腿坐在地上。

「我聽到樓上聲音很吵，你在幹什麼？」楓問勇磨。

「我把榻榻米掀起來檢查。我在想，研究紀錄未必裝訂成一冊，所以有可能鋪在榻榻米下方。」

沒錯。看來他做事很徹底，伯朗稍微改變了對競爭對手的看法。

「我沒有檢查這個房間的榻榻米。」楓一臉歉意地說。

「我會幫妳，等一下我們一起檢查。」勇磨點了菸，從口袋裡拿出攜帶型菸灰缸之後問伯朗：「庭院的情況怎麼樣？」

「我四處挖了一下，但好像猜錯了。」

「我也覺得不會放在外面。畢竟是康治努力的結晶，禎子應該會放在隨時可以看到的地方。如果埋進土裡，就沒辦法想看就看。」

有道理。伯朗心想。自己原本並沒有想到這一點，他再次對勇磨刮目相看。

「我剛才在樓上找的時候想到，」勇磨吐了一口煙，把菸灰彈進菸灰缸，「禎子為什麼會死在這裡？」

「為什麼……」伯朗感到困惑，因為他不瞭解勇磨這個問題的意思。

「如果說只是巧合，那也只能接受。」

「當時大家都產生了疑問，我也曾經問康治先生。他說，不知道最近怎麼回事，我媽突然很在意小泉的房子。」

「問題就在這裡，禎子在意的搞不好並不是這棟房子，而是藏在這棟房子裡的某樣東西，擔心被別人搶走了。」

「被誰？」

「這我就不知道了，但這麼一想，就會覺得禎子的死並不是單純的意外。」

「你的意思是，」伯朗看著勇磨的臉，「我媽是被某個想要康治先生研究紀錄的人殺害的？」

勇磨抽著菸，一臉嚴肅的表情點了點頭，「如果是這樣，我們找到的可能性就相當低。因為搞不好已經被兇手帶走了。」

「你說的兇手，」伯朗問：「會是誰呢？」

「這我就不知道了，只知道康治的研究能夠為那個人帶來利益。」勇磨捻熄了菸，把菸蒂丟進了攜帶型菸灰缸，「我有言在先，我不是兇手。」

伯朗沒有回答，但他開始相信勇磨說的話。因為他說的話很正確。

「好，再加把勁。」勇磨收起香菸和菸灰缸站了起來，走向走廊，很快傳來他上樓的聲音。

伯朗拿著手電筒走去廚房。在檢查了碗櫃和流理台下方後蹲在地上，因為地板下有一個儲藏庫。

打開一看，發現儲藏庫是空的。這完全在意料之中。伯朗抓住容器的邊緣向上拉，因為並不重，所以很輕鬆地拉了起來。只要拿出容器，地板下的儲藏庫就立刻變成了可以檢查地板下方情況的小窗口。

伯朗將上半身探進小窗口的同時，立刻被嗆到了。滿是灰塵的潮濕空氣衝進了鼻子，而且還帶著異臭。難道有死老鼠嗎？

他戰戰兢兢地打開手電筒，黑暗中，看到幾根柱子。他想起之前在電視節目上看過建築師在檢查偷工減料房子的情況。

他轉動手電筒，下一剎那，立刻看到了黑貓的屍體。

呃啊！他慘叫一聲，把身體從檢查小窗口縮了回來。他感到極度噁心，丟下手電筒，雙手捂住了嘴。

幸好沒有真的嘔吐，噁心的感覺漸漸消失。他也同時恢復了冷靜。假設有野貓死在地板下方，如果不是最近死的，應該早就腐爛，變成了白骨。

伯朗撿起手電筒，再度照亮了地板下方。即使真的是屍體，他也已經作好了心理準備，所以有自信不會再被嚇到。

剛才以為是屍體的東西其實是一塊黑色的布。伯朗吐出了憋著的氣，坐在地上。心跳仍然很快。

他察覺到背後有動靜，回頭一看，勇磨站在那裡，楓站在勇磨身後。

「怎麼了？」伯朗問。

「原來真的有神明啊。」
「啊？」
「你看！」勇磨舉起右手上的東西，「我找到了！」
那是一疊報告紙。

27

那疊報告紙的封面上寫著「後天性學者症候群的研究」，是用鋼筆寫的字。
「我曾經多次看過康治的字，我覺得就是他的筆跡。」勇磨抽著菸說。他們三個人面對面坐在客廳的茶几旁，桌上放著那疊報告紙，和原本裝了這些報告的木箱。
「我也認為是康治先生的字。」伯朗說話時，翻開了封面。第一頁上寫著標題「序言」，標題下記錄了開始進行這項研究的契機。上面寫的腦腫瘤病患「K・T」顯然是一清姓名的縮寫。
「搞定了！我相信是真跡，但明天還是拿給牧雄看一下。」
勇磨興奮地說道，但伯朗無法表示同意。他默默地看著這疊泛黃的報告紙。
「怎麼了？」勇磨問，「你有什麼不滿嗎？」
「不，我是說……」
「在天花板的夾層找到這件事？」

「是啊。」

「你這麼說也沒用啊，反正就是在那裡找到的。你難道以為是我說謊嗎？我為什麼要說謊？」

「不，我並沒有覺得你在說謊，只是我上次已經確認過了。」勇磨說，是在二樓的天花板夾層找到這個木箱。

「對不對？」

伯朗徵求楓的同意，她偏著頭說：「我並沒有親眼看到……」

「你們上次並沒有特別的目的，只是隨便看了一下，搞不好沒看到，這種事很常發生啊。」

「但是……」

「有什麼關係嘛，重點是已經找到了。還是說，非要你找到才行嗎？那我可以再藏起來，讓你來找，這樣就行了吧？」勇磨很不耐煩地說。

「不，不必這麼做。」

「你這個人還真麻煩。」勇磨把報告紙放回木箱，蓋上了蓋子。

伯朗發現木箱上沒有積滿灰塵，但不想被其他兩個人認為他又在找麻煩，所以就沒有吭氣。

他們關了每個房間的燈，最後又關了主電源的開關後，走出了那棟房子。

「那今天晚上就先解散，我把這些報告帶回家，但我把送女士回家的權利讓給你。」勇磨抱著木箱說道，「今後的事，我們明天以後再談，沒問題吧？」
「好。」
「雖然今天發生了很多事，但還是美好的一天，以後也請多指教。」
「彼此彼此。」伯朗面無表情地說。
「那我走囉。」勇磨對楓說。「晚安。」她回答說。
目送勇磨走去停在遠處的賓士車，伯朗坐上自己的車子，楓也坐在副駕駛座上。
「你好像仍然無法釋懷。」楓看到伯朗沒有發動引擎，忍不住問道。
「那倒不是……」他結結巴巴地說著，發動了引擎。
伯朗在說謊。就像楓所說的，他仍然覺得耿耿於懷，總覺得哪裡不太對勁。兩天前，因為已經過了半夜十二點，所以正確地說，應該是三天前，當時的確檢查了天花板的夾層，而且他記得並不是隨便看一下，甚至把頂板移開，向夾層內張望了一下，檢查得很仔細。如果那個木箱在那裡，不可能沒看到。
如果當時真的沒有那個木箱，為什麼今天會出現？三天前沒有的東西，不可能在今天突然冒出來。
果然是自己漏看了，那天晚上沒發現而已嗎？——伯朗這麼想著，把車子開了出去。
「無論如何，終於找到了，真是太好了。」楓說，「而且沒想到這麼快就找到了。我原本以為今晚找不到，已經作好了要來這裡好幾次的心理準備。」
「其實我原本也這麼以為，沒想到會這麼輕易找到。」

「現在是凌晨四點，如果找不到，我們一定會在那裡找到天亮。」

「對啊，至少我決定在找到之前都不離開——」說到這裡，伯朗猛然踩了煞車。楓在旁邊輕輕發出了驚叫聲。

「怎麼了？」

伯朗沒有馬上回答，也許說他答不上來更正確。他的腦海角落冒出一個想法，這個想法漸漸擴大、成形。

怎麼可能？他不相信會有這種事。

「哥哥。」楓叫著他。伯朗不希望思考被打斷，出手制止了她。

他重新驗證了突然閃現的想法。雖然覺得不可能有這種事，也令人難以置信，但這是可以說明目前這種匪夷所思狀況的唯一解答。伯朗按住胸口，因為他的心跳加速。

「妳……有沒有告訴別人，那棟房子還沒有拆除？」

「不，我沒說。」

「勇磨呢？有沒有告訴別人？」

「我覺得他不會隨便告訴別人。」

「是啊，我也這麼認為。」

「你為什麼問這個問題？」

伯朗沒有回答楓的問題，拉起手煞車，關閉了引擎。「不好意思，妳在這裡等我一下。」

楓倒吸了一口氣，「你要去哪裡？」

「等一下再告訴妳原因，我要先去確認一件事。」伯朗打開車門下了車，沿著來路走回去。

怎麼可能怎麼可能怎麼可能？一定是搞錯了。一定是我產生了天大的誤會——伯朗走在夜晚黑暗的路上，一直這麼告訴自己。寂靜中，隱約聽到了好像飛蟲在飛的嗡嗡聲，但他也不知道是真的有飛蟲，還是自己的耳鳴聲。

來到房子附近時，他停下了腳步。他沒有勇氣走去大門。

「哥哥！」後方傳來叫聲，他嚇了一跳，渾身冒著冷汗轉過頭。楓一臉擔心地站在那裡。

「我不是叫妳在車上等嗎？」

「但我還是很擔心，怎麼可能在車上等？會發生什麼事嗎？」楓看著房子的方向問。

「並不一定會發生什麼事，我內心更希望什麼事都不要發生……只是我想太多了。」

「哥哥，」楓注視著伯朗的臉，「我第一次看到你這麼悲傷的表情，比你在說那些用於實驗的貓時看起來更難過。」

難過好幾倍。正當楓準備說這句話時，伯朗擔心的事發生了。

房子的窗戶亮了，有人打開了燈——

楓瞪大了眼睛。「哥哥，家裡有人……」

伯朗用手遮住了眼睛。負面的想像似乎成真了，他覺得腳下好像破了一個大洞，自己墜入了深深的絕望。他甚至想要立刻離開這裡，當作自己什麼都不知道。

「哥哥！」楓用稍微強烈的語氣叫著他，「你在幹什麼？不去確認誰在那棟房子裡嗎？」聽她的語氣，如果伯朗不去，她就會一個人去。

「當然要去確認。」伯朗在說話的同時邁開步伐，把「即使不確認，我也知道是誰」這句話吞了下去。

他緩緩走到門前，深呼吸後，注視著玄關。這時，他發現門柱上有一個門鈴。

伯朗把手指伸向門鈴，按了下去。屋內隱約傳來「叮咚」的聲音，已經有多少年沒有按這棟房子的門鈴了。

「哥哥，你這麼做，屋裡的人會發現——」

「沒關係。」伯朗打開小門，走向玄關。

他拉了玄關的門，發現並沒有鎖。剛才他們離開時，楓當然有鎖門。這就意味著屋內的人也有這棟房子的鑰匙。

走進屋內，發現脫鞋處有一雙黑色皮鞋。伯朗覺得以前好像看過，但也可能是錯覺。

伯朗也脫了鞋子走進去，打開了旁邊佛堂的紙拉門。

佛堂內空無一人，但後方的紙拉門敞開著，可以看到客廳。客廳內並不是沒有人，沙發上坐了一個人——伯朗意料中的人。只是沒有料到那個人的表情竟然很平靜，完全沒有焦急或是危險的感覺。

「現在該說晚安嗎？」伯朗問。

「這個時間，差不多該說早安了。可不可以原諒我不起身打招呼的無禮？因為剛才聽到門鈴聲，嚇得腿軟了，兩條腿動彈不得。人老不中用，啊呀啊呀，真是太驚訝了。」兼岩憲三笑了起來。

28

伯朗站在那裡面對憲三，他甚至無法從容地坐下來接受眼前的事實。

「阿姨呢？」

「應該在熟睡。你走了之後，我假裝起來上廁所，陪順子一起喝了點酒。然後趁她不備，把安眠藥倒進了她的酒杯。」

「所以我還沒走的時候，你就已經醒了。」

「你進家門時，我醒了過來。我開始換衣服，準備去打招呼，但聽到你說的內容後太驚訝了，所以就站在那裡偷聽，結果就錯失了露臉的時機。」

伯朗點了點頭，「果然是這樣啊。」

「等一下，這是怎麼回事？」楓問。她可能因為太驚訝，剛才一直說不出話。她也仍然站在伯朗身旁。

伯朗告訴楓，今晚和她、勇磨分手之後，去見了順子，問順子是否知道小泉家有秘密藏匿的地方，憲三當時正在睡覺。

「為什麼你聽了哥哥說的話會感到驚訝？」楓問憲三。

憲三皺起眉頭，偏著頭低吟了一聲，「說來話長，要從何說起……」

「要不要我來猜猜看？」伯朗說，「你對我帶那本舊相冊去你家，而且說是我媽給我這兩件事感到驚訝——不是嗎？你覺得不可能有這種事，因為我媽死的時候，這本相冊還在這棟房子裡。」

憲三嘴角放鬆，點了點頭，「沒錯，你果然很聰明。」

「是我太笨了嗎？我完全聽不懂你們在說什麼。」楓難得露出煩躁的表情。

伯朗轉頭看著她。

「我實在想不通，為什麼那份報告這樣輕易就找到了。上次我的確看了天花板的夾層，不可能漏看。既然這樣，只有一個可能，就是有人先把報告放去那裡，故意讓我們發現。能夠做到這件事的人至少必須具備兩個條件。第一，一直偷偷藏起那份報告；其次，必須知道這棟房子還在。關鍵在於第二點。這個人什麼時候知道這棟房子還在。如果以前就知道，為什麼要今晚突然行動？這個問題也只有一個答案。」伯朗將原本看著楓的視線移向憲三，「這個人今天晚上才知道這棟房子還在——是不是這樣？」

憲三雖然沒有點頭，但心灰意冷地垂下了雙眼。伯朗認為這是他表示肯定的意思後，再度看向楓。

「我雖然沒有告訴阿姨這棟房子的事，但給她看了相冊，說是我媽交給我，只是我之前一直忘了，而且還問了小泉的家裡有沒有可以藏匿東西的秘密空間這個奇怪的問題。知道這棟房子曾經發生過某些特殊狀況的人，可能會想到也許這棟房子並沒有拆除，我打算來這裡找東西。」

「所以就搶先一步，把報告藏在天花板的夾層……但是，為什麼要這麼做？」

「關鍵就在這裡。妳剛才不是說，如果沒有找到報告，我們就會一直留在這裡到天亮嗎？反過來說，一旦找到，我們很快就會離開。這就是目的。為了讓我們趕快結束，必須放誘餌。為了讓我們以為找到了獵物，所以才把報告放在那裡。如果是這樣，從時間上來看，當我們到這裡時，那個人很可能還在附近。既然看到我們走進來，應該也想看到我們找到報告之後離開。正因為我想到這種情況，所以才把車子留在那裡走回來了。」伯朗又將視線移向憲三，「我按門鈴是對你的慈悲，因為如果突然進來，一定會嚇到你。」

憲三露出苦笑，「謝謝，否則恐怕不是腿軟，而是心臟會停止。」

「誘餌……所以那份報告是假的嗎？是冒牌貨嗎？」楓問。

「也許吧——是這樣嗎？」伯朗問憲三。

「不，不是冒牌貨，那的確是康治對後天性學者症候群的研究報告，如假包換。」憲三斷言，「但是，你的推理完全正確，我的確用來作為誘餌。我認為只要你們找到這個，就會離開，然後再也不會回來這裡找東西。」

「所以，」伯朗舔了舔嘴唇，「你的意思是，這棟房子內還藏了另一樣東西？」

「更重要的東西。」憲三說，「十六年前，我沒有找到的東西。」

十六年前——就是禎子去世的那一年。

什麼事比康治的研究報告更重要？在這次發生的一連串事情中，只有一樣東西至今仍然下落不明。

「該不會是我爸畫的畫？畫名是〈寬恕的網〉？」

憲三雙手放在腿上，挺直了身體，點了一次頭。

「沒錯，那是一幅禁忌的畫，人類不可以畫出來的畫。」

「……什麼意思？」

憲三痛苦地皺起眉頭。

「好吧，也許說出來也是好事，也許有其他人知道有這樣一幅畫也不是壞事。」他自言自語地嘀咕後，抬頭看著伯朗他們，「要不要先坐下？我剛才也說了，這件事說來話長。」

伯朗和楓互看了一眼，她搖了搖頭。伯朗見狀，對憲三說：「我們站著就好，請你說吧。」

憲三嘆了一口氣，終於開了口。

「我和你爸爸——我和一清的關係一直很不錯。他愛喝酒，我們經常一起喝酒，所以當他得了腦腫瘤時，我真的很擔心。他在家中休養期間，好幾次都陷入錯亂狀態，有一次我剛好也在，所以就和禎子兩個人一起制伏了他。但是，從某個時期之後，完全不再發生這種情況。他說自己接受了特殊的治療，我為他感到高興，他卻告訴我，雖然不再發作，但腦袋裡整天都有奇妙的圖形。我問他是怎樣的圖形，他說不清楚，又說那些圖形將要成形，卻還未成形，所以只是很隱約模糊的圖形。我覺得如果只有這點副作用問題不大，不必放在心上，所以也沒當一回事。沒想到有一天，他看了我的一本書，突然變得很奇怪。他整個人僵在那裡，然後突然開始發抖。我問他怎麼了，他也不回答。我很緊張，以為他的錯亂又發作了。過了一會兒，他終於恢復了神智，但雙眼通紅。然後指著那本書的封面，一臉興奮地問我，這是什麼圖形？」

「那本書的封面上畫了什麼圖形嗎？」

「正確地說，並不完全算是圖形，但說是圖形的話，也許比較有概念。我來簡單說明一下。你們可以先想像數字，首先是1，然後在右側寫一個2，2的上面是3。」憲三用指尖在半空中寫著數字說道，「然後，3的左側是4，4的左側是5，6寫在5的下面，6的下面是7，7的右側是8，8的右側是9，再右側是10，10的上面是11……像這樣把數字依次以螺旋的方式寫下來。因為可以永無止境地寫下去，所以可以自由決定要寫多少。」

伯朗訝異地偏著頭問：「這樣可以成為圖形嗎？」

「光是這樣還不行。接著，把這些數字中的質數變成黑點，把其他數字擦掉，就完成了。」

伯朗費力想像，但還是無法順利想像出來。

身旁的楓也搖著頭，「不行，我想像不出是什麼樣子。」

「我也一樣。」

憲三指著楓說：

「妳不是有手機嗎？可以上網查一下，馬上就找到了。關鍵字是烏拉姆——『烏拉姆螺旋』。」

楓拿出手機開始操作。伯朗看著她，突然想到一件事。

「烏拉姆？康治先生對我說的那句話，我以為是『明人，不要恨』……」

憲三露齒一笑說：「是啊，因為『恨』的發音就是烏拉姆，所以我相信他說的應該是『烏拉姆』，但你誤會了。因為你之前並沒有聽過『烏拉姆』，所以也不能怪你。」

「找到了。」楓說完，把手機螢幕轉向伯朗。

看起來的確像圖形，但仔細一看，就會發現是由無數個黑點組成的，黑點的排列看似隨機，但又好像有微妙的規律性。的確是很奇妙的畫。

「這是數學家斯塔尼斯拉夫．烏拉姆在一九六三年發現的，也曾經運用規律性很強的部分，發現了新的質數。」憲三嚴肅地說道，「但是，即使已經過了五十年，仍然無法瞭解為什麼會有這種微妙的規律性。」

「為什麼我爸看到這個圖形會感到興奮？」

「他說，總而言之，就是受到了神的啟示，原本在腦海中時隱時現的圖形終於明確成形了。之後，他又再度開始畫畫，只不過他畫的圖案和之前的作品完全不同。」

「那就是〈寬恕的網〉……」

憲三點了點頭。

「他畫出來的圖形極其精緻，難以想像出自人的手。聽一清說，他只是改變了『烏拉姆螺旋』的表達方式。我問他如何改變，他回答說，正因為說不清楚，所以才用畫的方式表達。〈寬恕的網〉這個名字也是他的幽默。烏拉姆——和日文中的『恨』同音，他故意取了相反意思的『寬恕』。他說『網』是指表現手法，但我不太瞭解詳細的情況。總之，我很驚訝，因為〈寬恕的網〉和『烏拉姆螺旋』不同，沒有任何模糊，具備了完美的規則性，顯示了質數的分布具有規則性。這不光對數學界，對人類也是一件了不起的事。所以我向他提出了忠告，先不要向任何人提起這幅畫的事。」

伯朗回想起和一清之間曾經有過的對話。當伯朗問他在畫什麼時，他回答說不知道，說在畫自己也不知道的東西，可能是老天爺要他畫的。

「不知道那幅畫完成之後會怎麼樣。我帶著既害怕，又期待的心情等待那幅畫完成。但是，一清有一次對我說，他不再畫那幅畫了。我問他為什麼，他說漸漸感到害怕。雖然之前都忘我地揮動畫筆，但猛然發現自己可能踏入了人類不該進入的領域。一問之下才知道，他調查了質數，瞭解了自己正在做的事的意義。」

「結果……怎麼樣了？」

「沒怎麼樣。既然他說不畫了，我當然不可能勉強他畫。因為質數無限，〈寬恕的網〉也和『烏拉姆螺旋』一樣，永遠都不可能完成，早晚都會停止，所以反正結果都一樣。沒想到不久之後，一清的身體狀況越來越差，最後離開了人世。這件事當然很令人難過，但還有另一件事讓我受到更大的衝擊。」

「那幅畫……〈寬恕的網〉消失了。」

「沒錯，」憲三聽了伯朗的話後說：「因為沒有人知道我知道〈寬恕的網〉，所以我只能不經意地向禎子打聽，但她說她也不知道那幅畫的下落。我感到很失望，我以為一清不只停止繼續畫下去，甚至還丟棄了那幅畫。雖然我很捨不得，但也只能放棄。就這樣過了十幾年。在這十幾年期間，禎子再婚，生下了明人。」

「十幾年。一下子跳得真快啊。」

「那十幾年期間，真的什麼事都沒發生，我每天過著平靜的日子。結果，明人給我看的一張相片，擾亂了我十幾年來平靜的心。因為出現在相片上的正是那幅〈寬恕的網〉。他說，那是從禎子的相冊上撕下來的，他覺得畫中的圖形很有數學的感覺，所以才會拿給我看。我故作平靜，告訴他看起來在數學方面並沒有意義的同時，內心激動不已。因為相片上的日期比一清去世的時間晚了很多年。這意味著那幅畫還在——我開始這麼想。如果那幅畫還在，會在哪裡呢？如果禎子刻意隱藏，絕對會放在小泉的娘家。想到這裡，我就坐立難安。因為我知道小泉的家平時都沒有人，順子有那裡的鑰匙。於是我決定偷偷溜進來找那幅畫。」

憲三又補充說：「那是十六年前的事。」

伯朗漸漸瞭解了情況。他覺得自己可以想像十六年前，這棟房子內發生了什麼事，但還需要一些材料，才能夠將想像具體化。

「但你並沒有找到那幅畫，對不對？」

「沒有找到，卻找到了那份研究報告，好像寶貝一樣放在衣櫃裡。但當時我並沒有想要帶走，我想要找的是〈寬恕的網〉，所以，之後也多次找時間溜進來這裡。」

「該不會被我媽發現了……？」

伯朗想起禎子去世時，康治曾經告訴他，禎子最近突然很在意小泉的房子。

「好像是這樣，雖然我努力不留下任何痕跡，但有一次我在檢查佛壇後方時，突然感覺到身後有動靜，回頭一看，發現禎子站在那裡。我嚇得心臟都快從喉嚨跳出來了，但她並沒有驚訝，而是一臉難過地說，憲三，果然是你。」

「果然……？」

「好像是負責管理這棟房子的人說，不時看到這裡亮著燈，所以問禎子最近是否經常來這裡。禎子雖然沒有常來，但當時只是隨口敷衍了對方，然後開始思考，如果有人擅自闖入，到底會是誰？又有什麼目的？如果是為了那份報告，應該早就拿走了，最後她想到應該是〈寬恕的網〉。」

「……所以說，那幅畫果然在這棟房子的某個地方嗎？」

「禎子從一清口中得知了那幅畫的秘密。一清好像對她說，不該畫那種畫，所以請她隨意處理，但禎子不想丟棄，就藏在這棟房子裡，所以才會覺得闖入者是發現這件事的人。到底是誰？知道〈寬恕的網〉這幅畫的人有限，於是，禎子就從順子那裡打聽到我的行程，挑選了我可能會來這裡的日子，在這裡埋伏。」

原來那時候發生了這種事——伯朗驚訝不已。當時，他正充分享受學生生活，為成為獸醫而努力。

「你當時怎麼辯解？」

憲三無力地搖了搖頭。

「我根本沒有辯解的理由，我說不出話。禎子拿出了手機，說要打電話。」

「打電話報警嗎？」

「不，」憲三說，「她要打電話給順子。如果她要報警，我或許能夠稍微冷靜，但是，聽她提到順子的名字，我六神無主，覺得千萬不能讓順子知道。因為順子很尊敬我，如果知道我偷溜進她的娘家想要偷東西，一定會很失望，也會蔑視我。」

「但如果被警方逮捕，阿姨不是也會知道嗎？」

「是啊。所以我相信當時一定是太慌張了，而且，禎子還說了更令我不知所措的話。她說叫順子來把我帶走之後，她要處理掉那幅畫，揚言要燒掉它，還說已經把相冊上的相片燒掉了。我懇求她，請她千萬不要這麼做。我說服她，那是人類的瑰寶，但她似乎無意改變主意。她開始打電話，我想要阻止她，上前搶她的電話，結果就扭打在一起。」

憲三說到這裡，閉上眼睛，也閉上了雙唇。他似乎在遲疑，是否要繼續說下去。

「請你告訴我，把一切都告訴我。」伯朗說：「我已經作好了心理準備。」

憲三緩緩張開眼睛，慢慢開了口。

「不瞞你說，其實我也不是很清楚到底發生了什麼事。當我回過神時，發現自己倒在走廊上，然後禎子被我壓在下面。我們好像在扭打時一起倒在地上，我站了起來，但禎子倒在地上一動也不動。」

「該不會這樣就死了？」

「不，她還有輕微的呼吸，只是可能撞到了頭，引起了腦震盪。如果──」憲三雙手抱著自己的頭，「如果我馬上叫救護車，禎子應該不會死。但是，我當時完全沒有這麼想，我最先想到是把她留在原地，自己趕快逃走。我之所以沒有這麼做，是因為想到這樣不太妙。如果她清醒過來，我就完蛋了，而且，她一定會把〈寬恕的網〉付之一炬。到底該怎麼辦？我想到的答案，是身為一個人不該做的事。雖然我明知道這一點，但還是採取了行動……」他抱著頭，把頭低得更深了，然後低吟般繼續說了下去，「我把禎子帶去浴室，脫下她的衣服，讓她躺在浴缸裡，然後又在浴缸裡放了水。放水浸沒她全身的時間漫長得很可怕，我既擔心她中途醒來，但在腦海角落又想到，如果她恢復意識，我就要停止，就不必殺人了。然而，她最後並沒有醒來。我確認這件事後，消除了自己留下的痕跡，離開了這個家。當時，我帶走了那份報告，因為我期待萬一被人識破是他殺時，警方可以懷疑是矢神家的人。」

憲三痛苦地說完後，仍然維持相同的姿勢。隨即才放下雙手，抬起了頭，但他的臉上毫無生氣，靈魂好像被抽走了。

「就是這些。」憲三說，「這就是我十六年前犯下罪行的來龍去脈。雖然我一直努力避免回想，但剛才說出口之後，記憶不斷甦醒，讓我再次體會到，那根本是畜生的行為。」

憲三的話很合理，也很有說服力，但伯朗完全沒有真實感。或許是因為這個原因，所以完全沒有憤怒、懊惱或是悲傷之類的感情，內心完全被驚訝占據。

「你今晚來這裡，是為了尋找〈寬恕的網〉嗎？」

「嚴格地說，首先想要確認。你剛才的推理說對了，我聽到你對順子說的話，想到小泉的房子搞不好還在。雖然有點半信半疑，但我無法不來確認一下。我開這輛破車來到這裡，忍不住大吃一驚，因為那棟房子真的還在，並沒有遭到拆除。雖然我搞不懂康治為什麼要說謊，但我首先想到那幅畫。那幅畫應該仍然藏在這棟房子內。同時，我也很在意你的行為。因為你這麼晚來我們家，搞不好打算明天就來這裡找東西。你問順子，這棟房子是否有什麼秘密的隱匿處，不見得是很大的空間，只要是可以藏資料的地方。所以我猜想，你要找的東西應該不是那幅畫，而是報告。所以我把藏了多年的報告帶來這裡，藏在天花板的夾層內。因為我猜想，只要你找到了報告，以後就不會再來這棟房子。我打算日後來這裡慢慢找那幅畫。沒想到你們馬上就來了，我真的嚇了一大跳。如果我多磨蹭一下，就會被你們發現。當你們站在這棟房子前時，我其實就躲在屋後。」

「你這麼想要得到那幅畫嗎？」

憲三露出空洞的笑容。

「你們無法瞭解那幅畫的價值，那幅畫上畫了真理。只要分析那幅畫，就可以解開質數是什麼這個數學界最大的謎團，也許甚至可以解開多年來始終無法解決的黎曼猜想。」

「所以你想要從明人手上搶走嗎？」楓問道，「甚至不惜軟禁他。」

憲三露出訝異的眼神看著她。

「妳的出現，讓我有點驚訝。因為我沒聽說明人已經結婚了，而且妳說他還在西雅圖。我很納悶到底是怎麼回事，也不知道妳為什麼要說這種謊。」

「你軟禁了明人嗎？」伯朗問。

「你們不必擔心，沒有人對他動粗。雖然談不上舒適，但他生活的環境應該不會影響他的健康，而且他應該很快就會重獲自由。」

聽憲三的語氣，似乎還有共犯。

「伯朗，你也陪她一起說謊。」

「為了找到明人的下落，必須一起演戲。我一直以為他的失蹤和矢神家有關，沒想到竟然是姨丈……」

「你還叫我姨丈嗎？」憲三露出哀傷的表情後，巡視著室內。「真希望我更早知道這棟房子還沒拆，我完全被那張相片騙了，就是那張這裡已經變成平地的相片。我以為這棟房子已經拆除了，所以那幅畫一定在康治手上。一旦康治離開人世，所有的財產都將由明人繼承，畫也會交到他手上。明人不僅在數學方面很有才華，更是電腦方面的權威。我很擔心一旦〈寬恕的網〉交到他的手上，他會發現畫中隱藏的秘密。為了預防這種情況發生，唯一的方法，就是比明人更早找到〈寬恕的網〉。只要我能夠找到，就可以阻止這幅畫交到他的手上。因為這幅畫正當的繼承人並不是明人，而是你。」憲三指著伯朗說，「這麼說有點失禮，但我不認為你瞭解這幅畫的價值。一清所有的畫都保管在我家，我猜想那幅畫也會交到我的手上。」

「所以，你打算在康治先生死後，所有的遺物都出現之前，都一直軟禁明人嗎？」

「沒錯，但人真的不能做壞事，所有的事都會失算。康治遲遲不死，還冒出來一個自稱是明人太太的女人。最大的失算就是這棟房子，我終於知道自己無法成為一個成功數學家的原因了，因為我沒有才華預測事情的內幕。」他自嘲地笑了笑。
伯朗巡視自己的周圍，「那幅畫真的藏在這裡嗎？」
憲三偏著頭說：
「我也不知道，事到如今，我也越來越沒自信了，也許禎子很久以前就已經處理掉了。」
「哥哥，」楓叫著伯朗，「我要報警，沒問題吧？」
伯朗看著她嚴肅的表情後，將視線移向一臉憔悴的憲三，然後再度看著她說：「好，請妳報警。」
楓拿著手機走去隔壁房間，伯朗低著頭，他無法正視憲三的臉。
就在這時，他突然聞到一股揮發性的異味。他看向憲三，發現他正在碰放在腳下的東西。
「你在幹什麼？」
憲三一雙凹陷的眼睛看著他。
「看到你們走進這棟房子時，我發現了一件重要的事。你們一旦找到研究報告，這棟房子對你們來說，已經沒有任何意義了。你們很可能明天就告訴別人這棟房子的存在，交由某個人來管理，到時候，我就再也沒有機會來找那幅畫了。而且，很可能會拆除這棟房子。即使在拆除房子時找到了那幅畫，也不知道會怎麼處理。所以，今晚是我找這幅畫的最後機會，剛才你們在找東西時，我去了加油站。」

「加油站？」

「如果今晚找不到，我就打算這麼做。」憲三把什麼東西倒在地上。

液體迅速在地上擴散，伯朗立刻知道是煤油。憲三把裝了煤油的塑膠容器弄倒了。

「我會接受懲罰，但我不想在這個世界上留下任何眷戀。我無法忍受知道有那幅畫，自己卻看不到，也不想讓其他人看到。」

伯朗來不及叫出聲音，當他站起來時，憲三已經把用打火機點燃的碎紙丟在地上。

隨著「轟」的一聲，冒出了巨大的火焰，室內明亮得有點刺眼。

「哇！」伯朗大叫一聲，跳向後方。

「你們在幹什麼？」楓跑了過來。

「姨丈灑了煤油，點了火。」伯朗大聲叫道。

「你們快逃。」憲三用平靜的語氣說，「我要死在這裡。」

楓走向憲三，抓住他的手臂說：「站起來。」

「我沒關係，我要在這裡接受懲罰——」

憲三還沒有說完，楓就甩了他一巴掌。

「開什麼玩笑，死老頭！趕快站起來。」

「不，我剛才也說了，我站不起來。」

楓咂著嘴，拉著憲三的右手臂，然後轉身背對著他。然後用柔道過肩摔的動作，把憲三扛了起來。

伯朗說不出話，楓用力瞪著他大聲說：「你在幹什麼！快逃啊。」

伯朗回過神，轉身跑向門外。背後陣陣灼熱，應該是火勢開始蔓延。但是，他沒有時間轉頭確認，就朝著玄關跑去。

當他慌忙穿好鞋子後，才轉頭看向屋內。這時才驚訝地發現，扛著憲三的楓就在他的身後。伯朗為他們打開了玄關的門，她抓起球鞋，光著腳走了出去。

走到門外後，楓才把憲三放了下來。憲三雖然是一個矮小的老人，但應該有五十公斤，但楓臉不紅，氣不喘，拿出手機開始打電話。她好像在撥打一一九。她的語氣很冷靜，說明的內容也很簡潔，簡直就像是主播。

伯朗看著房子。站在屋外，還看不到火勢，但當他定睛細看，發現煙已經飄了出來，而且還聞到一股燒焦的味道。

這下子，這棟房子真的完蛋了——他茫然地這麼想道。

他對這棟房子並沒有特別強烈的感情，而且，這棟房子總讓他想到母親的死亡這個痛苦的回憶。離奇死亡如今變成了謀殺這個事實，但伯朗完全沒有真實感。

他想起曾經在這裡玩空氣槍，把紙拉門打得滿是破洞，還因為對著佛壇打槍，被禎子罵了一頓——

把紙拉門打得滿是破洞？

那扇紙拉門現在怎麼樣了？被他打破之後，有很長一段時間，上面仍然有好幾十個破洞，但是，現在不一樣，已經完全修好了。他想起相冊上的一張相片。那是康治來這裡時拍的。所有人都在佛堂拍下了那張相片，紙拉門已經修好了。因為有重要的客人來訪，滿是破洞的紙拉門當然無法見人。

該不會？伯朗想到這裡，立刻衝了出去。雖然背後有人叫他，但他不予理會。他無法不去確認。

伯朗打開玄關的門，衝進了屋內。

屋內彌漫著煙霧。不知道哪裡的電線已經短路了，總開關掉下來了，但因為屋內燒了起來，所以走廊深處仍然很亮。

伯朗拿起園藝用的鐵鏟，沒脫鞋子就衝了進去，然後直接衝進佛堂。後方的客廳已經燒起了熊熊大火，火焰已經燒到了天花板，幸好目前還沒有延燒到佛堂。

他走向佛堂旁的紙拉門，用鐵鏟前端用力一戳，然後把手指伸進戳破的地方，用力一撕，但裡面什麼也沒有。

他又接著用相同的方式撕破了旁邊那扇紙拉門，結果也一樣。正當他舉起鐵鏟，打算弄破旁邊的紙拉門時，腳下突然熱了起來。低頭一看，榻榻米著火了。伯朗忍不住退後。

伯朗避開火焰，舉起鐵鏟敲向紙拉門，這次的感覺和之前不一樣，紙拉門顯然用什麼東西補強了。

伯朗雙手舉起鐵鏟，用全身的體重一次又一次敲向紙拉門。啪啦一聲，紙拉門終於破了。伯朗抓著破洞的邊緣前後搖動，把破洞撕得更大，終於撕出了數十公分的破洞。

他的心跳加速。因為他在破洞後方看到了極其精緻的圖形，記憶同時甦醒。正是他小時候看過的那幅畫。

正當他伸手打算把破洞拉大時，頭頂上傳來嘰嘰嘎嘎的可怕聲音。抬頭一看，天花板快掉下來了。

伯朗慌忙退後，著了火的天花板就掉了下來。火勢立刻蔓延到四周，燒到了他的腳下，而且即將燒向那扇紙拉門，就是藏了〈寬恕的網〉的那扇紙拉門。

慘了。伯朗這麼想著，想要走上前去，但有人從背後抓住了他的手臂。一個男人的聲音說：「危險，快逃。」

「你在說什麼啊？〈寬恕的網〉就在那裡——」伯朗說話時回頭一看，立刻說不下去了。

因為他很熟悉那個抓住他手臂的人，然而，他一時不知道那個人到底是誰。因為那個人不應該出現在這裡。

「畫根本不重要。」明人露出和小時候一樣冷靜的眼神說，「只不過是畫而已，快逃離這裡。」

伯朗搞不清楚是怎麼回事，但他的思考停止，只能被明人拉著手，跟著明人逃了出去。

29

來到屋外，立刻看到了消防人員的身影。消防車似乎已經趕到。他們大聲說著話，忙碌地準備滅火。其中一個看起來特別身強力壯的人問伯朗他們：「你們有沒有受傷？」

「我沒事。」伯朗回答。

「裡面還有其他人嗎？」

「沒有。」

消防人員點了點頭說：「這裡很危險，請你們快離開。」然後就去向其他同事發出指示。其他消防人員也訓練有素，俐落地完成各自的工作。

走出大門，看到馬路上除了消防車以外，還有好幾輛警車。附近的鄰居可能聽到了警笛聲，紛紛聚集過來圍觀。

不，這種事不重要。伯朗再度注視剛才抓住他手臂的人。他鼻子很挺，臉很小。雖然臉只有巴掌大，但個子比伯朗更高。

「你……為什麼會在這裡？」

明人露出害羞的笑容後，一臉正色地說：

「對不起，讓你擔心了，但這下子解決了所有的事。哥哥，多虧了你，謝謝你。」

「謝謝我……」

伯朗完全不知道明人為什麼要謝自己，感到不知所措。內心湧起了一個又一個疑問，因為實在有太多疑問了，所以不知道該從何問起。

一個身穿制服，表情很嚴肅的警察走了過來，「請問是手島伯朗先生嗎？」

「是啊。」伯朗內心感到困惑，但還是這麼回答。

「總部要求我們請你去分局一趟，可以請你跟我們走一趟嗎？」

「啊？為什麼？」

「我並不知道原因，只是接到上面的指示，要求我帶你回分局。麻煩你跟我走一趟。」

「請等一下，我的車子停在附近。」

「我知道，鑰匙在我這裡，我會請下屬把車子開去分局。」

伯朗感到困惑不已。這到底是怎麼回事？

「我也會去，」明人在一旁說，「等一下再告訴你詳細的情況。」

伯朗說不出話，腦袋一片混亂。

「麻煩你了。」警察伸出手掌指向警車催促著，伯朗仍然無法思考，只能慢吞吞地跟著警察走。

伯朗坐上警車的後車座時，巡視了周圍的情況。他看不到楓和憲三的身影，卻看到了一個意想不到的人。是勇磨。他站在路旁，用攜帶型菸灰缸抽著菸，看著消防人員滅火。伯朗完全搞不懂剛才已經開車離開的勇磨為什麼會在這裡。

來到附近的分局，伯朗被帶到一間像是會客室的地方。有人為他送上一杯溫熱的日本茶，請他在這裡稍候片刻，但他等了很久，也沒有等到任何人出現。他坐在廉價的沙發上，漸漸產生了睡意。回想起來，他這一陣子都睡眠不足。

沒想到結果真的睡著了。當他回過神時，發現自己躺在沙發上，身上蓋著毛毯。他揉了揉眼睛坐了起來，隨即發現窗邊站了一個人，忍不住大吃一驚。那個人背對著伯朗站在窗前，似乎在看天亮後的街景。

「你好像睡著了。」明人轉過頭，露出潔白的牙齒，「看到你睡得很香甜，所以想讓你多睡一會兒。」

伯朗看了手錶，發現快早上七點了。

「我完全搞不清楚到底是什麼狀況，這裡是警察局吧？我好像做了一場惡夢。」

「你還好嗎？要不要請人送咖啡過來？」

「好啊。不，還是不要了。比起咖啡——」伯朗抬頭看著明人，「比起咖啡，我更想瞭解情況，瞭解你的情況。」

明人點了點頭，離開了窗前，在伯朗對面坐了下來。

「我也這麼想，所以決定由我來向你說明情況，沒想到走進這裡，聽到你鼾聲如雷。」

「我現在已經醒了，」伯朗把雙手放在腿上，坐直了身體，「快告訴我。」

明人深呼吸後，蹺起了腿，開口說道：

「我去年夏天因為工作的關係去了西雅圖，雖然很擔心爸爸的病情，但還是不得不去。我拜託波惠姑姑，如果有什麼狀況，馬上通知我。最近得知爸爸的病情惡化，隨時可能嚥下最後一口氣，所以就急忙回國了。」

「這些事我知道，我想知道的是之後的情況。」

「我回到成田機場後，有兩個男人在等我。他們是警視廳的人，然後對我說了意想不到的話。他們說，有人想要綁架、軟禁我。」

突然聽到這麼聳動的字眼，伯朗的身體忍不住向後仰。「這是怎麼回事？」

「聽他們說，有人向警視廳的網路犯罪對策課提供線報，說有人透過網路，想要找願意參與綁架、軟禁的人。警方確認後，發現的確有這樣的網站，也有這樣的留言，只不過並不知道留言內容的真假。因為光是這樣的留言並沒有犯罪，於是警方設下了陷阱，假裝要接這個工作而和對方接觸，試圖查明留言者到底是誰。沒想到對方很小心謹慎，只自稱是『仲介』，遲遲抓不到對方的尾巴，而且手機號碼很可能是別人的。警方負責這起案子的窗口努力在不引起對方懷疑的情況下，和對方多次用電子郵件聯絡，掌握了綁架的目標是住在西雅圖的矢神明人，同時還掌握了肉票在日本的居住地，以及即將回國的消息。」

伯朗帶著奇妙的感覺看著明人淡淡說話的嘴。剛才聽憲三坦承一切時也沒有真實感，目前聽明人說的一切，也好像是虛構的故事。

「而且，對方——『仲介』反問了綁架、軟禁的詳細計畫，還說如果對計畫內容滿意，就會正式委託，但有兩個條件，絕對不能讓肉票受傷，以及在軟禁期間，也不能對肉票的健康造成任何影響。暫時還不知道軟禁時間，快的話兩、三天，最多也是一個星期成功，在軟禁成功之後，將支付一百萬圓的報酬。如果軟禁期間超過一個星期，每天會另外支付十萬圓。警方認為，如果是惡質的惡作劇，也未免太周到了，所以決定和肉票本人接觸。沒想到肉票竟然已經離開了西雅圖，於是他們就等在成田機場。」
「你認為有誰會軟禁你嗎？」
「刑警也問了我完全相同的問題，問我知不知道綁匪是誰。我回答說，不知道。於是，警方就研擬了詳細的綁架計畫，用電子郵件寄給『仲介』。計畫的內容是，將監視肉票的行動，當肉票外出時，派數人襲擊，坐上休旅車，然後關在郊區獨棟房子的隔音房間，派人二十四小時監視。同時還附上了休旅車和獨棟房子的相片。對方似乎放了心，回答說要正式委託。於是警方確信，『仲介』是真的想要綁架，問題在於如何查明『仲介』的真實身分。於是，警方想到可以假裝我真的遭到了綁架、軟禁，觀察對方如何出手，然後問我是否願意配合。」
「結果，你同意了這個提議嗎？」
「但我提出了條件，」明人說：「雖然我不知道誰想軟禁我，但應該和我爸爸的死期逼近有關，更何況只有親戚知道我最近會回國這件事，所以『仲介』很可能是他們其中某個人。想到這裡，我的腦海中閃現了一個假設。應該說，藏在內心多年的疑問浮現了。哥哥，你應該知道我在說哪件事。」
「……媽媽的死。」
「答對了。」明人說，「自從媽媽死了之後，我一直無法相信包括親戚在內的所有人，我始終懷疑媽媽是被人殺害的，所以我覺得這次的事也一定和媽媽的死有某種關聯。雖然只是直覺，但我深信不疑。我對警方說，如果想要我協助他們偵辦綁架、軟禁的案子，希望他們能夠重新調查媽媽的死。警方雖然很有興趣，但並沒有立刻同意。因為畢竟是十六年前的事了，不知道該如何著手偵辦。」

明人說到這裡，聽到敲門聲。

「真是來得太巧了。」明人興奮地睜大眼睛後大聲回答：「請進。」

門打開了，一個身穿制服的女警走了進來，「我來晚了。」

聽到她的聲音，伯朗仔細打量她的臉。他的腦袋一片空白，微微站起來驚叫一聲：

「啊？」

那名女警就是楓。

楓對伯朗露出害羞的笑容說：「哥哥，你好。」

「我正打算說妳的事。」明人對楓說道，然後轉頭看著伯朗，「我剛才也說了，警方為該如何偵辦傷透了腦筋。因為幾乎沒有任何物證，想要查明真相，就必須深入相關人員內部進行調查。在討論之後，選擇了日本警方很少採用的臥底偵查的方式，而且要派女警作為我的太太展開臥底調查，當我聽到這簡直是前所未聞的偵辦方式時，也完全被嚇到了。」

「我第一次聽說這次的任務時也嚇了一跳，還以為上司瘋了。」楓站著說話，「雖然以前曾經假扮過酒店小姐和賽車女郎，還是第一次冒充別人的太太。但上司說，既然綁匪可能是自己人，這是最容易找到真相的方法。我接受了這樣的解釋。」

伯朗搖了搖頭，「怎麼會這樣……」

「哥哥，給你添麻煩了。我起初提出，至少要告訴你真相，但警方不同意。」

「因為臥底調查的首要原則，就是盡可能讓更少人知道秘密，但因為需要你的協助，所以真的很痛苦。對不起。」楓雖然換上了制服，但一頭微鬈的頭髮仍然沒變。她恭敬地鞠了一躬。

「所以說，明人留下字條那件事也是說謊，我有事要出門——是不是這樣寫的？」

「沒錯。因為如果沒有這張字條，你可能會對警方沒有積極採取行動產生懷疑。」

「的確因為有那張字條，我才接受了這種說法。沒想到被你們騙了。」

「對不起……」

「所以，」伯朗看著明人問：「你還是單身嗎？」

「對，因為我工作太忙了，根本沒時間交女朋友。我也是一個人從西雅圖回國的。」

「原來是這樣。不對，這樣就奇怪了。那又要怎麼解釋？勇磨派人在西雅圖調查，說你帶了新婚妻子回國了。」

明人點了點頭，看著楓，示意由她來說明。

「他瞭解所有的情況。」她說：「他找朋友在西雅圖調查後，掌握了明人還是單身的事實，於是來質問我。進行臥底調查時，萬一身分曝光，有兩個解決的方法。不是立刻消失，就是尋求對方的協助。我和上司討論後，選擇了後者，把所有的事都告訴了勇磨叔叔。當然，我並沒有排除他就是『仲介』的可能性，是考慮到這個可能性的基礎上作出的選擇。」

「他就答應提供協助嗎？」

楓點了點頭，「他說，要為親戚全力以赴。」

伯朗低下了頭，想到自己對勇磨說了不少難聽的話。

「昨天晚上，我們三個人正在討論今後的作戰計畫。」明人說，「就在我家。沒想到你突然說要來，我們慌了手腳。你看到勇磨叔叔也就罷了，但我還不能讓你看到，所以我就躲進了壁櫥式鞋櫃，趁你和勇磨叔叔爭執時，偷偷從玄關溜了出去。」

伯朗想起明人家的玄關的確有一個很大的壁櫥式鞋櫃。

「所以，你剛才在那棟房子附近是……」

「我搭勇磨叔叔的車子去的，你們在家裡找東西時，我一個人無聊死了。雖然勇磨叔叔很快就拿了那份報告回到車上，但很快又接到了楓小姐的電話，說你下了車，走回那棟房子。我們不知道是什麼狀況，所以也開車回去了。」

難怪剛才看到勇磨也在現場。伯朗恍然大悟。

「你也聽到了我和那個人……我和兼岩憲三之間的對話嗎？」

「即時聽到的，楓小姐有兩支手機，其中一支始終保持通話的狀態，所以不管是〈寬恕的網〉，還是媽媽身亡的真相，我全都聽到了。」明人嘆了一口氣說：「這些內容很令人難過。」

「告訴我一件事，就是關於小泉那棟房子的事。你當然知道那棟房子沒有被拆除吧？」

「嗯。」明人點了一下頭，「因為是我拜託爸爸不要拆那棟房子，我覺得也許有一天，可以用來證明媽媽是被人殺害的。爸爸說，他也希望留下來，但他的理由和我的完全不一樣。爸爸說，他覺得那棟房子裡有對媽媽來說很重要的東西。當時我不知道爸爸指什麼，但我想爸爸應該知道〈寬恕的網〉的事，猜想那幅畫可能藏在那棟房子的某個地方。」

「為什麼隱瞞那棟房子還在這件事？甚至不惜偽造已經變成平地的相片？」

「因為，」明人攤開雙手說：「因為兇手可能就在身邊，所以謊稱已經拆除，讓兇手大意。雖然不是懷疑你，但這種事必須做得很徹底。」

「我完全被騙了。」

「但如果你一直不知道那棟房子還在，這次的偵查就無法繼續進行，所以由楓小姐把你引導到那棟房子。」

伯朗驚訝地看著楓說：「原來是這樣……」

「對不起。」她再度鞠了一躬。

「為了偵查工作順利進行，必須讓你知道我知道的所有事，她的工作就是把包括爸爸之前曾經研究過學者症候群等所有的事告訴你。」

伯朗回想起第一次去位在青山的公寓時的情況。

「我瞭解了。」

「我能夠告訴你的只有這些事，你還有其他疑問嗎？」

聽到明人這麼說，伯朗想了一下，但立刻搖了搖頭。

「現在沒有，也許還有疑問，只是一時想不起來，因為畢竟發生了太多事。」

「我想也是。」明人說完，站了起來。「我還要和警視廳的人開會，所以先走一步。你應該還有很多問題想問楓小姐，所以我請她留下來。」說完，他向楓使了一個眼色，說了聲：「再見。」就走了出去。

即使只剩下兩個人，楓仍然站在那裡，尷尬地低著頭。

「妳要不要坐下？」伯朗問。

楓停頓了一下後回答說：「好，失禮了。」然後在明人剛才坐的位置坐了下來，但仍然沒有抬起頭。

女警的制服很樸素，裙子也很長，而且她還穿了絲襪，但伯朗還是覺得她很性感。因為他清楚知道她沒穿絲襪的雙腿，以及穿合身衣服時的身體曲線。

「呃，」伯朗開了口，「我首先要說，真的是太驚訝了。」

她點了點頭說：「對不起。」

「老實說……該怎麼說，我被妳……耍得團團轉。」

「對不起。」

「我以為妳是明人的太太，所以很關心妳，也很擔心妳。」

「對不起。」她仍然低著頭。

「妳把頭抬起來，我並沒有生氣。」

楓戰戰兢兢地抬起了頭，當他們四目相接時，伯朗移開了視線。因為他發現這樣反而更難為情。

伯朗看著她的左手，發現無名指上的戒指不見了。

「那隻蛇的戒指呢？」

「那是為了扮演角色所使用的小道具。」

「……是這樣啊。」

楓乾脆的回答讓伯朗感到有點失望，回想起自己為她所扮演的角色意亂情迷，就覺得自己是全天下最大的傻瓜。

「我有一大堆問題想要問妳，但還是先問我最想知道的事，」伯朗調整呼吸後問：「全都是演出來的嗎？」

她也呼吸了一次後回答：「對，都是演出來的，因為我並不是明人先生的太太。」

「妳想到明人的事，忍不住哭出來也是演的嗎？」

「對。」

「太了不起了。」

「……因為這是任務。」

「那妳打我耳光呢？也是為了任務而演戲嗎？」

楓沉默不語，微微偏著頭，好像在自問。

「到底怎麼樣？」伯朗追問時，她直視他。

「進行臥底調查時，」她說了起來，「必須隨機應變，最終目的是破案，所以在不同的情況下，優先事項也會不一樣。最糟糕的情況就是遭到懷疑，無論如何都必須避免。這次，我完全融入了明人先生的太太這個角色，我在做任何事時，不會思考如果是他太太會怎麼做，而是認為自己就是他的太太。當時……在打你耳光時，應該就屬於這種狀態。因為其實我自己也不太清楚。有時候，我們憑本能採取行動，否則就無法應對各種情況。」

那昨天晚上呢？伯朗很想這麼問。當伯朗想要向她表明心跡時，她說：「今天晚上就先到此為止，好嗎？」而且她又補充說：「至於下文，我覺得不應該是現在聽。」她是基於怎樣的想法說那句話？

但是，伯朗無法問出口。對她來說，這只是「任務」，僅此而已。

「我知道了，工作辛苦了。」伯朗說這句話並沒有諷刺的意思，他真的認為那是辛苦的工作。

30

在那起劇情急轉直下的事件解決的兩天後上午，伯朗接到明人的通知，康治死了。清晨時分，康治在明人和波惠的守護下停止了呼吸。

「幸好事件已經解決了，如果還沒有解決，我不能輕易現身，一定會傷透腦筋。」

「即使康治先生去世，你仍然打算配合偵辦有人要軟禁你的案子嗎？」

「我作好了那樣的心理準備，畢竟那可能是解開媽媽死亡之謎的最後機會。」

「如果這樣——」伯朗說到一半，沒有繼續說下去。
「怎麼樣？」
「不，沒事。我只是在想，守靈夜和葬禮要怎麼辦？」
「已經在安排了，今天晚上是守靈夜，決定之後會馬上通知你。」
「好。」
掛上電話後，伯朗重重地吐了一口氣。
他原本想問，如果康治在事件還沒解決之前去世，他會讓楓以他太太的身分出席守靈夜和葬禮嗎？但是，他後來覺得現在問這種問題根本沒有意義，所以就沒有繼續問下去。
伯朗不知道那起事件之後如何處理。他後來又去警視廳說明了相關情況，當然不是由楓負責接待，而是完全陌生的刑警。刑警問了好幾次相同的問題，讓伯朗相當不耐煩，但之後就沒有任何消息，也許已經沒他的事了。
順子正在住院。得知憲三遭到逮捕後，她就病倒了。伯朗昨晚去探視她，她的氣色很差，但心情很平靜。她想要瞭解詳細情況，伯朗就一五一十地告訴了她。因為情況有點複雜，所以不知道她有沒有完全理解，但她似乎瞭解到憲三因為太愛數學，不幸害死了禎子。
「他年輕時就會這樣，把整個人生都投入數學……太投入了……」順子哽咽地說完後，堅強地說：「如果可以面會，我想和他好好聊一聊。」
明人應該向矢神家的人說明了情況。對矢神家的人來說，這些事應該很衝擊，但伯朗想像，楓的事應該最令他們感到驚訝。並不是只有伯朗被她耍得團團轉。

「醫生。」背後傳來叫聲，回頭一看，蔭山元實站在那裡。「你中午要吃什麼？我打算去便利商店買三明治，要不要我幫你買什麼？」

「……嗯。」

伯朗抬頭看著女助手的臉。之前已經把事情的經過告訴了她，她在聽的時候幾乎面無表情，只有在說明楓的真實身分時，微微張大了眼睛。

「要不要去那裡？就是上次說的蕎麥麵店？」

「喔，不錯啊。還有一件事，」伯朗停頓了一下後繼續說：「下次要不要一起吃飯？不是吃午餐，而是晚餐。兩個人好好吃一頓晚餐。」

蔭山元實冷靜的雙眼看著他，「醫生。」

「有。」伯朗有不祥的預感。

她指著伯朗的臉說：「這樣不好。這是你的壞習慣，你把女人當成什麼了？」

「果然不好嗎？」伯朗抓了抓頭。

「我可以陪你去蕎麥麵店，你趕快準備一下。」

「喔，好、好。」伯朗從椅子上站了起來。

蕎麥麵店位在地鐵站附近，不知道是否因為新開的關係，店裡很多人。他們等了十分鐘左右，才終於坐了下來。

點完餐後，伯朗告訴她，今晚要去參加守靈夜，所以想休診。

「既然是守靈夜，那也沒辦法，剛好今晚沒有預約的病患，你去吧。」

「那就麻煩妳了。」
「對了，那件事你打算怎麼辦？」
「哪件事？」
「就是繼承動物醫院的事，仍然是池田動物醫院，還是變成手島動物醫院，你決定了嗎？」
「那件事喔……怎麼辦呢？」
「我覺得你差不多該作決定了。院長來日也不多了。」
「是啊。」
池田伯朗嗎——但姓名筆畫很糟糕啊。伯朗茫然地想著和本質無關的事。

守靈夜在矢神家的祖先埋葬的寺院舉行。伯朗難得穿上了喪服，和其他弔唁的賓客一起上完了香。經過家屬面前時，和明人四目相接。明人的嘴角好像微微上揚。
上完香後，走去隔壁設置了謝飯的房間。雖然明人是喪主，但由波惠張羅所有大小事。她忙碌地走來走去，向絡繹不絕的弔唁賓客致意的身影很有風采。
明人走了過來，為伯朗的杯中倒了啤酒。「你很辛苦啊。」
「彼此彼此。」
「後來警方有沒有告訴你情況？」
「沒有，他們有告訴你什麼嗎？」

「他們針對憲三的供詞稍微問了我一些問題。」

聽明人說，憲三完全沒有發現自己落入了警察的圈套，他以為和他用電子郵件聯絡的人真的軟禁了明人，所以只等康治死去。他打算在康治死後，從他的遺物中找到〈寬恕的網〉之後，就指示共犯放了明人。他沒有料到楓會出現，也不知道她為什麼隱瞞明人失蹤的事，不知該如何處理。而且，他也沒有料到楓會住在明人家。因為原本計畫在釋放明人之後，要破壞他的住處，讓警方以為這才是綁架、軟禁明人的目的。他也已經在網路上招募了人手。

「原來是這樣，所以這算不算警方的臥底偵查大獲成功？」伯朗抱著手臂，微微偏著頭。

「雖然對你來說，好像是罪惡的作戰方案。」明人露出意味深長的眼神賊賊地笑著。

「罪惡是什麼意思？你想說什麼？」伯朗噘著嘴問。

「你不必激動，我知道啊。其實我當初也有點擔心，因為她很漂亮，又很性感，完全是你喜歡的類型。」

「你在說什麼，我喜歡的類型，你怎麼——」

「伯朗哥，」旁邊傳來叫聲。是百合華。她來到伯朗身旁，鞠了一躬說：「上次很對不起。」

「不……」

「但我的直覺沒錯吧？我就知道明明不可能娶那種女人當太太，真是太好了。」百合華一口氣說完後，用陶醉的眼神看著明人，好像隨時會挽起他的手。明人似乎也有點得意，害羞地微笑著。

伯朗的肩膀被人拍了一下，回頭一看，勇磨站在那裡。「嗨！」

「你好。」

「該怎麼說，那天晚上太戲劇化了，我這輩子應該都忘不了。」

「我也有同感，對了——」伯朗看著勇磨的臉，「那份後天性學者症候群的研究報告，你怎麼處理？」

「那個喔……」勇磨皺著眉頭看向明人。

「雖然很對不起勇磨叔叔，但最後還是請他放棄用在生意上。目前暫時由我負責保管。」

明人從上衣口袋裡拿出手機，操作了幾下，把螢幕出示在伯朗面前。那是一張拍了紙上寫的文字的相片，紙上寫了以下這段話。

天才並不一定能夠帶來幸福，比起創造不幸的天才，我希望能夠努力增加幸福的平凡人。

「這句話寫在研究報告的最後一頁，我決定認為這是爸爸留下的遺言。」明人用平靜的語氣說完，收起了手機。「手島一清先生後悔畫了〈寬恕的網〉，因為他發現自己闖入了人類不應該踏入的領域。爸爸和媽媽交往時，聽媽媽說了這件事後，應該也開始對自己的研究產生了疑問，所以才會把那份報告交給媽媽。既然這樣，我就不能隨便讓別人看到。」

「明明，你太帥了。」百合華在一旁小聲嘀咕。

「而且，」明人又繼續說道：「如果論價值，〈寬恕的網〉具有更高的價值。我猜想爸爸送給媽媽的寶貴禮物，應該就是那幅畫。雖然是手島一清先生畫的，但是爸爸讓他畫下了那幅畫。」

「那幅畫……」

在火勢撲滅後，發現所有的紙拉門都被燒毀了，〈寬恕的網〉也被燒光了。

「憲三姨丈似乎認為你能夠解開那幅畫的謎。」

「我也不知道。質數的謎嗎？雖然我很有興趣，但覺得人類目前還不應該踏入那個領域，聽說爸爸在醫院時曾經說：『明人不必背負。』」

「是啊，我的確這樣聽到他這麼說。」

「我想他應該是說那幅畫，叫我不必背負那幅畫的責任。的確很沉重，真的太沉重了。」

「如果你這麼說，就沒有人能夠背負了。」

「總之，我還有其他要做的事，還要重振矢神家。」明人說完，和勇磨互看了一眼。

勇磨雙手扠腰。

「我和明人談過之後，打算齊心協力，重振已經快沒落的矢神家。」

「原來是這樣。」伯朗點頭後看著明人說：「接下來很辛苦啊。」

「人無法獨立生存，」明人說，「相互扶持，人生才快樂。」

「少狂妄了。」伯朗說著，也情不自禁地笑了起來，而且很羨慕他們。

伯朗準備離開時，還有一個人走過來向他打招呼。是佐代。身穿喪服的她看起來更妖媚，完全就是「寡婦」這個字眼的化身。

「我沒說錯吧？」她微笑著說：「她果然不是等閒之輩。」

「是啊。」伯朗只能老實承認，「妳太厲害了。」

「但是，」佐代在伯朗耳邊小聲地說：「很配喔。」

「啊？和誰？」

但是，佐代沒有回答，呵呵笑著說：「後會有期。」

31

雜種的湯姆是一隻淡棕色的貓，今年十五歲，體重五公斤多。雖然已是高齡貓，但腿力很不錯，還能夠跳上桌子。因為最近經常嘔吐，所以飼主帶牠來看診。帶牠來的飼主是三十多歲的女人，她穿了一件裙襬飄逸的洋裝，但腰部繃得很緊，讓她的肚子看起來好像掛了兩個輪胎。伯朗很想問她，為什麼要穿這種衣服。

伯朗抱著湯姆，讓牠張開了嘴。果然不出所料。

「牠有點貧血。」

「啊，是這樣嗎？」
「牠的氣色不好，以人類來說，就是臉色有點蒼白。」
「牠渾身是毛，你看得出來嗎？」
「即使看長了毛的地方也看不出來，所以要檢查牙齦。妳看，是不是有點白？」伯朗讓湯姆的牙齦露了出來，「原本應該是粉紅色。」
「是喔。」
「牠喝水的情況怎麼樣？」
「喝很多水。」
「排尿呢？」
「也很多。」
「食欲呢？」
「啊，最近食欲有點差。」
伯朗點了點頭，把湯姆交還給她。
「最好做一下血液檢查，腎衰竭的可能性相當高。」看到女人的臉因為不安而繃緊，他又繼續說道：「目前還很輕微，只要攝取營養補充劑，控制飲食，應該就可以改善。」
伯朗看到女人的肩膀放鬆下來。避免飼主過度神經質，也是獸醫的份內事。
為湯姆抽完血，目送牠和飼主走出診間，伯朗看著坐在角落的池田問：「有需要改進的地方嗎？」

池田搖了搖手說：
「沒有，你是能夠獨當一面的獸醫，我可以放心交給你。」
「謝謝。」
「但是，不改成手島動物醫院真的沒問題嗎？」
「我不是說了沒問題嗎？而且，池田動物醫院的手島代理院長，在某一天突然變成了手島動物醫院的池田院長，才會把事情變複雜。」
「所以我覺得你對外可以繼續叫手島。」
「沒關係，我對手島這個姓氏沒有眷戀。」
池田點了點頭，站了起來。
「既然你這麼說，我就不再多說什麼了。那就麻煩你了。」說完，他遞給伯朗一個透明資料夾，裡面是收養的相關資料。伯朗接了過來。
「院長，」蔭山元實從櫃檯走了過來，「我有事想和你談，我可以陪你一起過去嗎？」
「沒問題，如果是醫院的事，和手島……」
「不，目前你還是院長，所以要麻煩你。」
「妳還是這麼頑固。」池田苦笑著，走向後方的住家。
蔭山元實也跟在池田的身後，中途停下腳步，轉頭對伯朗說：
「還有一位飼主，醫生，不好意思，可以請你接待一下嗎？」
「啊？我嗎？」

「拜託了。」蔭山元實說完，走向後方消失了。

搞什麼啊。伯朗在心裡嘀咕著站了起來，打開診間的門叫著：「下一位請——」最後一個「進」字卡在喉嚨。因為候診間坐了一個意想不到的人。

「你好。」

一頭鬈髮的楓笑著向他揮手，她穿了一件鮮黃色的襯衫和黑色皮裙。襯衫上方的兩顆鈕都沒扣，露出了乳溝，裙子比之前的更短。

「快看到內褲了。」

「不會看到，我都算好了。」

算好什麼？伯朗很想這麼問她。

「妳來幹什麼？」

「這個。」楓指了指身旁，她旁邊放了一個白色籠子，「我決定養寵物，所以想聽取你的建議。」

伯朗抱著雙臂，看了看籠子，又看了看她。「妳養了什麼？」

楓露出迫不及待的表情打開了籠子的門，「就是這個。」

伯朗瞪大了眼睛。那是一頭淡粉紅色的迷你豬。

「妳……上次沒聽到我說的話嗎？」

「我聽到了，但寵物店的人說，牠不會超過三十公斤。」

「這種話怎麼可以相信？妳趕快去退還給店家。」

「不行不行，我已經對牠一見鍾情了，絕對不可能放棄牠。所以，小伯，以後就拜託囉。」

「小伯？」

「寵物店的人說，最好找固定的獸醫，聽說迷你豬很容易生病，所以接下來我們會一直打交道，小伯，以後請多指教。」楓一雙有著長睫毛的眼睛對他擠眉弄眼，裙下的性感美腿重新蹺起了二郎腿，只是換了另一隻腳。

真的看不到她的內褲。

【中文版書封製作中】

日本讀者苦等6年，
伽利略系列，再次啟動！

東野圭吾
沉默的遊行（暫譯）

鎮裡最受歡迎的女孩沙織突然行蹤不明，幾年後才找到她的遺體。
嫌犯卻因證據不足而獲得釋放，還堂而皇之地出現在死者家屬面前，
引起大家的憎恨與激憤。
曾經，有沙織在的秋日廟會，會讓整個小鎮狂熱起來；
如今，少了沙織的廟會，一場復仇的遊行即將展開。
草薙著急地向剛從美國回來的湯川學求助，
他們要阻止的犯人是——愛著沙織的所有人！

—2019年**預定出版**—

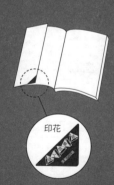

☐集滿4個印花贈品（二款任選其一）：

A：【推理謎】LOGO皮質燙銀典藏書套一個

（黑色，25開本適用，限量1000個）

B：【推理謎】吉祥物『獨角獸』圖案皮質燙金典藏書套一個

（咖啡色，25開本適用，限量1000個）

☐集滿8個印花贈品（二款任選其一）：

C：【推理謎】LOGO皮質燙金證件名片夾一個

（紅色，11.5cm x 8.6cm，限量500個）

D：【推理謎】吉祥物『獨角獸』圖案環保購物袋一個

（米色，不織布材質，41.5cm x 38.6cm，限量1000個）

☐集滿12個印花贈品（二款任選其一）：

E：【推理謎】LOGO不鏽鋼繩鑰匙圈一個

（限量500個）

F：【推理謎】吉祥物『獨角獸』圖案馬克杯一個

（白色，320cc容量，限量500個）

謎人俱樂部會不定期推出最新限量贈品提供兌換，請密切注意活動官網和粉絲專頁。

【注意事項】

◎本活動僅限台灣地區讀者參加。

◎贈品兌換期限自即日起至2019年12月31日止（以郵戳為憑）。

◎贈品圖片僅供參考，所有贈品應以實物為準。

◎所有贈品數量有限，送完為止。如讀者欲兌換的贈品已送完，皇冠文化集團有權直接改換其他贈品，不另徵求同意和通知。贈品存量將定期在【謎人俱樂部】活動官網上公佈，請讀者在兌換前先行查閱或直接致電：（02）27168888分機114、303讀者服務部確認。

◎皇冠文化集團保留修改或取消謎人俱樂部活動辦法的權利。辦法如有更動，將隨時在【謎人俱樂部】活動官網上公佈。

國家圖書館出版品預行編目資料

危險維納斯 / 東野圭吾 著；王蘊潔 譯. -- 初版. -- 臺北市：皇冠, 2019. 01
面; 公分. --(皇冠叢書; 第4733種) (東野圭吾作品集；31)
譯自：危険なビーナス
ISBN 978-957-33-3416-3 (平裝)

861.57 107020932

皇冠叢書第4733種
東野圭吾作品集31

危險維納斯

危険なビーナス

作　　者—東野圭吾
譯　　者—王蘊潔
發 行 人—平雲
出版發行—皇冠文化出版有限公司
台北市敦化北路120巷50號
電話◎02-27168888
郵撥帳號◎15261516號
皇冠出版社(香港)有限公司
香港上環文咸東街50號寶恒商業中心
23樓2301-3室
電話◎2529-1778　傳真◎2527-0904
總 編 輯—龔橞甄
責任主編—許婷婷
責任編輯—蔡承歡
美術設計—王瓊瑤
著作完成日期—2016年
初版一刷日期—2019年1月
初版三刷日期—2019年6月
法律顧問—王惠光律師

讀者服務傳真專線◎02-27150507
電腦編號◎527028
ISBN◎978-957-33-3416-3
Printed in Taiwan
本書定價◎新台幣420元/港幣140元

謎人俱樂部贈品兌換卡

我要選擇以下贈品（須符合印花數量）：□A □B □C □D □E □F

1	2	3	4
5	6	7	8
9	10	11	12

◎請沿虛線剪開、對摺、裝訂後寄出。

【個人資料蒐集、利用及處理同意條款】

您所填寫的個人資料，依個人資料保護法之規定，皇冠文化集團將對您的個人資料予以保密，並採取必要之安全措施以免資料外洩。您對於您的個人資料可隨時查詢、補充、更正，並得要求將您的個人資料刪除或停止使用。

本人同意皇冠文化集團得使用以下本人之個人資料建立該集團旗下各事業單位之讀者資料庫，做為寄送出版或活動相關資訊、相關廣告，以及與本人連繫之用。本人並同意皇冠文化集團可依據本人之個人資料做成讀者統計資料，在不涉及揭露本人之個人資料下，皇冠文化集團可就該統計資料進行合法地使用以及公布。

□同意　□不同意

我的基本資料

姓名：______

出生：______年______月______日　性別：□男 □女

職業：□學生 □軍公教 □工 □商 □服務業

□家管 □自由業 □其他 ______

地址：□□□□□ ______

電話：（家）______（公司）______

手機：______

e-mail：______

◎請沿虛線剪開、對摺、裝訂後寄出。

我對【東野圭吾作品集】系列的建議：

寄件人：

地址：□□□□□

北區郵政管理局登
記證北台字1648號
免 貼 郵 票

〔限國內讀者使用〕

10547

台北市敦化北路120巷50號

皇冠文化出版有限公司 收

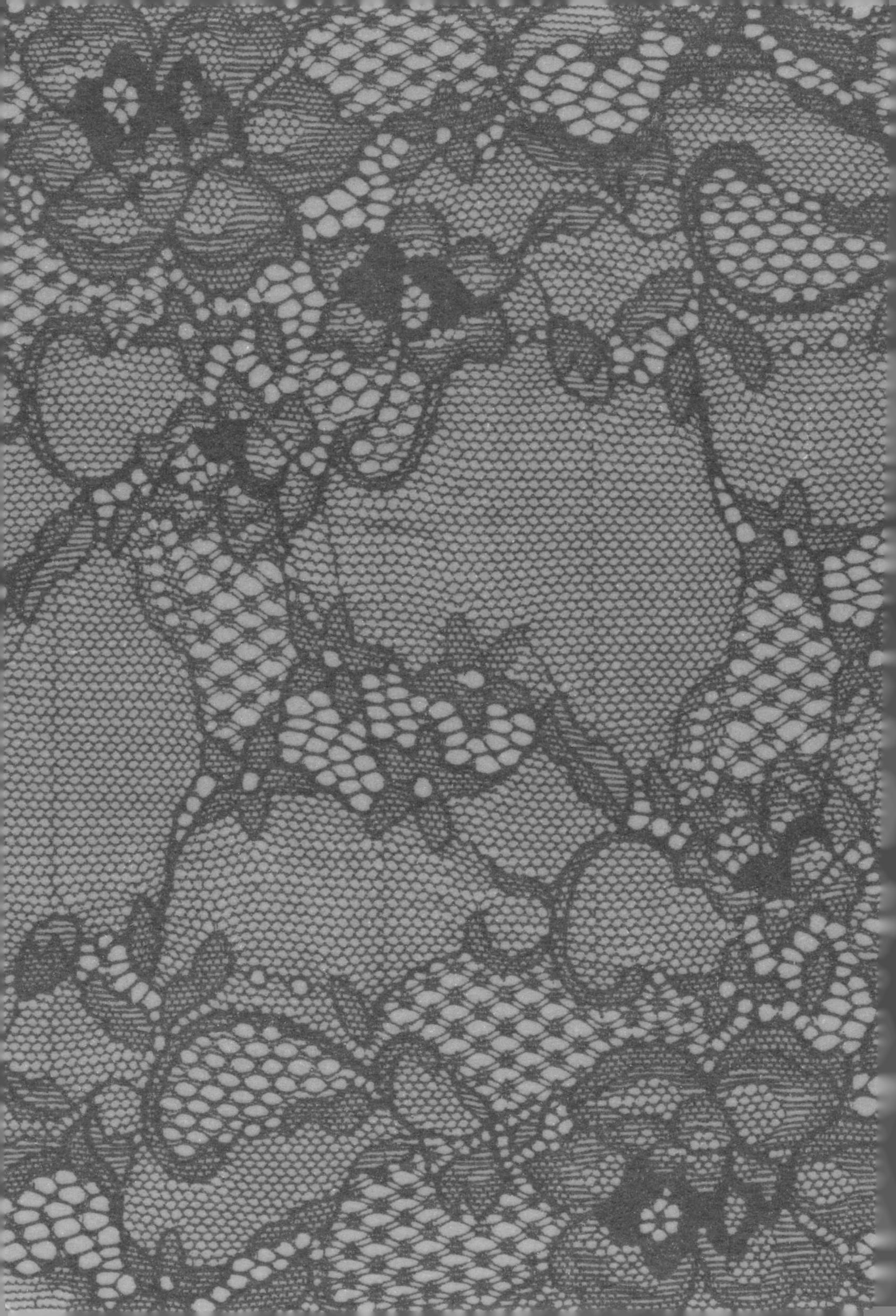

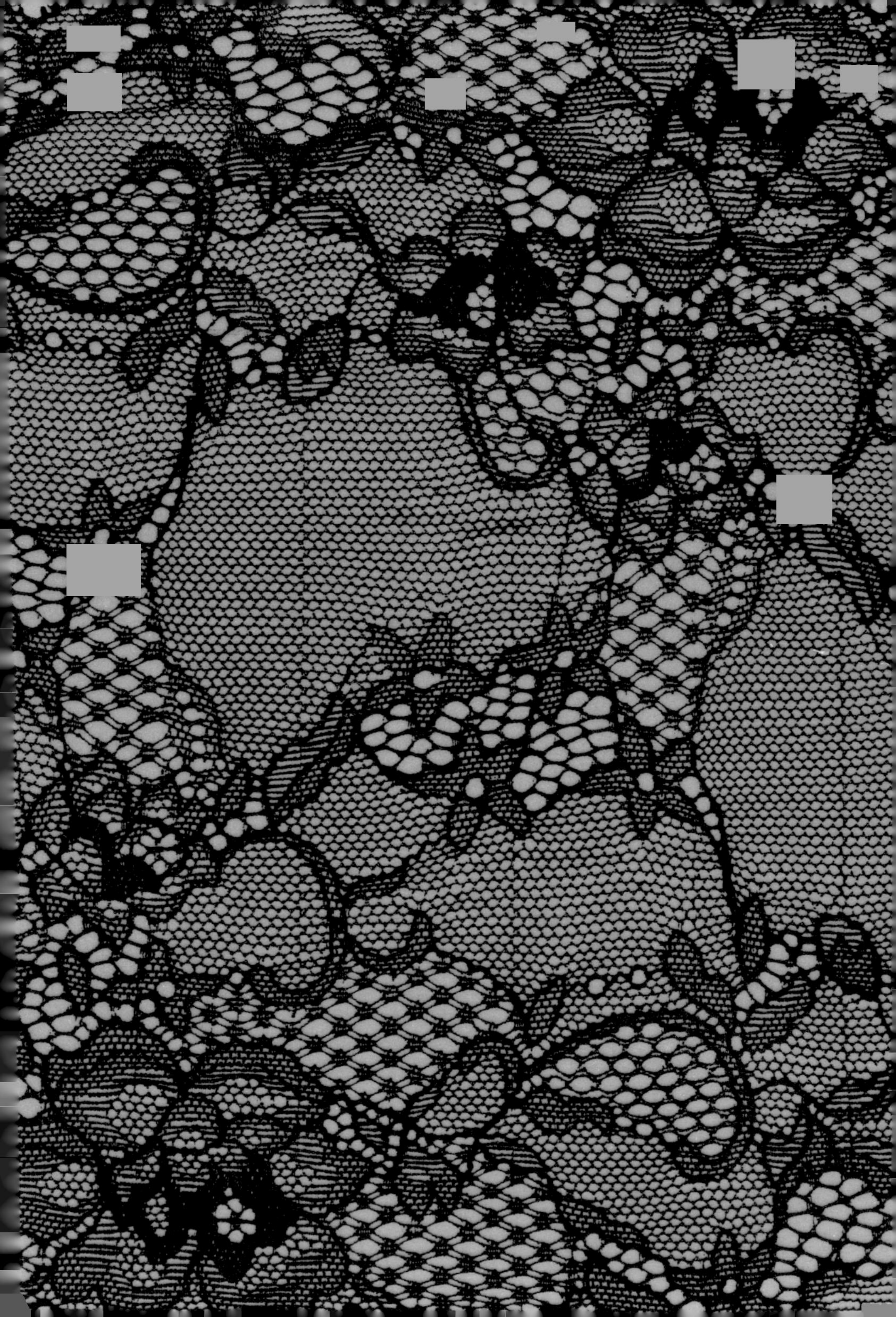